两个人

01
超能恋爱

宋小君等 著

长江出版社

前 言.

超 能 恋 爱　couple

嗨,大家好,我是《两个人》。初次见面,让我们先蹭蹭脸熟悉一下。

超能力,简称EF,主要归为两类:一类是认识上的超常现象,一类是意念直接作用于外界事物,用通俗的语言解释就是:"天啦噜,这样也可以"现象。

本期"超能恋爱",致力于揭开古今中外、天上地下所有由超自然现象引起的恋爱问题。本书一开始就收到了来自宇宙各个地方的神秘邮件,总结了上万个前所未见的未解之谜,最后从中精选出了十三个,以下是未解之谜TOP榜前八名。

未 解 之 谜　T O P 榜

未解之谜1: "我从零下一百九十六度的液氮中醒来时,已经是二百一十八年之后了,我和妻子还能够在一起吗?"

未解之谜2: "我接到一个电话,给我打来电话的好像是三年前死在一场车祸中的温浓浓?!"

未解之谜3: "为什么同样是狐妖,同样是聂小倩,同样是为了勾引男人献给姥姥,别的聂小倩遇到的宁采臣都那么帅,而我遇见的宁采臣这么丑,下不去手,怎么办?"

未解之谜4: "我发小凌夏的超能力是'一遇凌夏误终身',拥有如此招桃花的超能力,他还很苦恼是怎么回事?"

未解之谜5: "我拼命守护的小姑娘,给雀离湾带来的是福,还是灭顶之灾?"

未解之谜6: "当一种会传染的失眠病出现,全世界的人都开始失眠了,怎么办?"

未解之谜7: "只要一牵她的手,她的头顶就会开出花是什么情况?"

未解之谜8: "青蛙儿子去旅行,一直没有回家,它好像遇到了王子,还喜欢上他?"

想看榜单里完整的未解之谜吗?想知道所有问题的答案吗?

那么……

请伸出你们的小手手,用你的食指和拇指捏住本页的右下角,然后手腕不动,手指慢慢发力翻开一页,再翻开……

你想要的答案都在里面。

PS:顺便假装不经意地爆料一下,本书官博君长期盘踞在新浪微博@杂志两个人。

官博君已经躺平,你们可以时不时地去撩拨一下。

两 个 人

目 录

Contents

超 能 恋 爱

【今日热门】

01 废柴进度条正在loading，
晒一晒老司机的日常/ 004

02 【甜饼派送】
青蛙和王子/喵大人/ 008

03 【怦然星动】
时间沙漏/宋小君/ 021
他以时光吻蔷薇/兰溪三日/ 071
异能者管理委员会/边想/ 055

04 【白夜未眠】
念你成瘾/轻薄桃花/ 041
他在时空尽头/Aurora/ 199

05 【十里桃花】
摘心局/九鹭非香/ 011
鲸落/璃华/ 231
佛系书生/薄骨生香/ 181

06 【星际迷航】
你的黑眼圈成精了/沈轻舟/ 087

07 【冰糖雪梨】
草莓味的四十八小时/枕衣衫/ 215
稀有宠物/李望水/ 119

08 【头条推送】
哥哥的朋友是我男朋友/彭湃/ 137

「废柴」进度条正在loading，晒一晒老司机的日常

新浪微博：@杂志两个人 V

01:25 来自iPhone 6

#你拥有哪些废柴的超能力?# 喜欢的明星被全网黑，逃课就被点名，急事赶路遇见红灯，夏天吸引蚊子，选择题永远蒙不对，抢红包手气最差……
天赐的"宠爱"，跪着也要承受。
我们不一样，鸡肋得不一样!
灯光师已准备，请本期作者接过话筒，说说你们的#废柴超能力#到底有多强!

彭湃 V

05:35 来自iPhone 6

#废柴超能力#不好意思，各位，为了奖励，我把我这张老脸豁出去了!!!其实我的超能力就是：人是家乡的人，屎是家乡的屎！本人没有便秘的情况，每天一次，非常准时，但只要我去外面出差、旅游（不超过五天），基本上就不会上大号，然后我一回家，大号立马顺畅。我能怎么办呢？我也很绝望。我只能说，我的身体对我的家乡爱得深沉……

☆ 收藏　　📝 转发 347　　💬 评论 145　　👍 363

宋小君：哇，这波可以，很稳。
彭湃回复宋小君：等拿到奖品，全给你。
是沈轻舟啦：哇，楼上是真的甜。
薄骨生香：确认过眼神，宋小君一定是彭湃想宠的人。

【今日热门】

宋小君 V
12:35 来自iPhone X

#废柴超能力# 小的时候,和小伙伴们玩谁尿得更远,我总是遥遥领先,多年以来打遍天下无敌手,从无败绩;和小伙伴们挑战迎风撒尿,更不曾湿鞋,因为此能力着实超群,使得天下英雄拜服,如今长大,寻不到对手,颇有独孤求败之憾。

☆ 收藏　　　　✉ 转发 347　　　　💬 评论 145　　　　👍 363

是沈轻舟啦 😊:目测全场最佳。
彭湃 😊:画面感太强,不愿承认比我还强。不过,你身高多少?根据抛物线原理,说不定这一局还是我赢。
边想 😊:可仅仅知道身高还是不够的,我猜前方两位男嘉宾即将进行最私密的体型交流。

薄骨生香 V
15:35 来自iPhone X

#废柴超能力# 我的废柴力有点邪门:在暗恋的男神面前总出丑。体育课上踢毽子,看见暗恋的学长,我想不间断地踢个百八十下引起学长的注意,结果"哧溜"一下,一脚踢空,整个人后背着地摔倒,最后背对着对面练操的学长学姐,尴尬地如螃蟹般横着走了。到学校门卫室拿快递,发现暗恋的学长走在我前面,天空中还飘着鹅毛大雪,为了离学长近一点,我小碎步跑着过去,想抛个媚眼,求个关注,结果"哧溜"一下,顺着坡滑下,还顺便踹了学长一脚……自此后,学长知道高一有一个学妹想暗算他。呵呵,我感觉自己受到了学长前女友的诅咒……

☆ 收藏　　　　✉ 转发 347　　　　💬 评论 145　　　　👍 363

宋小君 😊:男神是什么?就是看了一眼就会发现,无论你做什么,他都不会是属于你的男人,比如我。
彭湃回复宋小君 😊:兄弟,这就过分了啊。
编辑姜姜 😊:我听出了委屈?

是沈轻舟啦（沈轻舟） ✓

17:35 来自iPhone 6

#废柴超能力# 说出来你可能不信，我的废柴超能力是平地摔！没错，就是走着走着就能摔个狗啃屎的那种。虽然知道自己有这么个鬼毛病，但我依旧身（爱）正（美）不怕脚崴，敢穿着八厘米的高跟鞋、翘臀小短裙走在街上。但是夜路走多了，总是要遇到鬼的。昨天，我在商场挑选内衣，然后平地一个扑通，直接扑进了大胸模特的怀里！

嗯？手感有点硬，内衣模特的胸不能做得真实点吗？

我转过头，就看到店员们纷纷像看变态一样看着我。

……对不起，我不是故意要袭胸的！我真的是正经人，你看我真诚的双眼！

☆ 收藏　　📝 转发 347　　💬 评论 145　　👍 363

边想👑：你这波"不经意撩拨内衣店模特"的操作真的皮。
编辑小野👑：会不会只是因为体重太……所以才会总是平地摔？
宋小君👑：楼上编辑真相了。
是沈轻舟啦回复**小野**：不好意思，这位编辑我们互相取关吧。
小野回复**是沈轻舟啦**：太轻了！才会走不稳路的呀！
是沈轻舟啦回复**小野**：你依旧是我最爱的那个人。

 **阿逸＿＿＿（吕天逸）** ✓

21:05 来自iPhone X

#废柴超能力# 票圈的各位不好意思了，为了奖品，我又要皮一把了。我的超能力，就是……时间加速！牛不牛？羡不羡慕？像不像李泽言夫人？

是的，我可以让时间加速，只是这种超能力不是很稳定，有时候不受我控制，会暴走，就比如说……1号那天约好10号交稿，我一眨眼睛，时间直接就跳到了15号，中间发生了什么，根本不知道，一言不合就穿越时空！最后只好让编辑把交稿时间宽限到25号，我也很痛苦。

什么steam，什么暴雪爸爸，我一个老实人，真的听都没听说过……

☆ 收藏　　📝 转发 347　　💬 评论 145　　👍 363

编辑姜姜👑：自觉心是进步之母，不交稿是堕落之源！
阿逸＿＿＿回复**编辑姜姜**：这里有个老实人，我们快来欺负她。
彭湃👑：佩服佩服，感觉自己鞭长莫及，还有很大的空间可以进步，毕竟一般我只拖十天。

【今日热门】

边想

20:00 来自iPhone 7

#废柴超能力# 说来有些羞耻,我的超能力是:被蚊子咬了不起肿块,只会留下很小的一个红点!

有人要问了,这个超能力明明毫无槽点,为什么我要觉得羞耻呢?其实这件事要从我的中二期说起。曾经有段时间……我是认真的,觉得自己受到上天的眷顾,所有蚊子都臣服于我不咬我!还做过一个睡着后神仙帮我赶蚊子的梦!中二嘛,觉得自己可牛了,恨不得用这个能力统治世界啊!后来我发现身上莫名出现一些红点,那时候不再中二了,心智也成熟了,逐渐将两件事联系起来,才知道并不是蚊子不咬我,是蚊子咬了我,我没发现啊!

成熟但依然尴尬的微笑

☆ 收藏　　　　📝 转发 347　　　　💬 评论 145　　　　👍 363

编辑姜姜:好萌啊,现在你是小可爱,老了以后就是老可爱,死了之后就是可爱死啦。
薄骨生香 回复 **编辑姜姜**:这也可爱?强行可爱?第一个交稿的最可爱?
编辑姜姜 回复 **薄骨生香**:是的,我想弄点黑幕,将第一个交稿的定为本场比赛冠军啊,有木有!
薄骨生香 回复 **编辑姜姜**:这里有个老实人,我们快来欺负死她。

结束语

感谢参与本期《两个人》话题互动的作者大大们,宝宝们有任何有趣的、想看的话题,欢迎@杂志两个人,去官博君那里表表白,请期待我们接下来的表演!

毕竟宝宝长得像花儿一样

青蛙王子和

【甜饼派送】

QING WA HE

文/喵大人

王子遇到了一只正在旅行的青蛙。

青蛙很惊喜："呱,这人长得真好看,我要拍照寄给妈妈。"

王子也很惊喜："呀,这青蛙好肥啊,今晚可以吃干锅牛蛙。"

王子邀请青蛙去他的城堡做客,青蛙美滋滋地去了。

王子邀请青蛙泡温泉,青蛙美滋滋地泡了。

青蛙悠然地在水里游着,享受着王子的款待,过了一会儿,它觉得不太对劲,怎么水温越来越高了?

"王子殿下,你加水就加水,还放葱姜蒜干吗?"

王子一边往里面倒八角,一边哄道:"乖,别动,泡温泉加这些对身体好。"

青蛙听了很高兴,它小心翼翼地把乱七八糟的调料捡起来放到小包裹里。

王子奇怪道:"你这是干吗?"

青蛙搂紧了小包裹:"我要带回家给妈妈。"

> "王子殿下,你加水就加水,还放葱姜蒜干吗?"
>
> 王子一边往里面倒八角,一边哄道:"乖,别动,泡温泉加这些对身体好。"

作者简介:
微博@是喵大人,不定时派送小甜饼。

王子放花椒的手顿了一下,他有些不忍。

青蛙丝毫没有意识到死亡的来临,还在兴高采烈地拍照,打算寄明信片给妈妈。

水温越来越高了,青蛙就要跳不出来了。

突然,水变凉了。

王子把青蛙捞了出来:"你赶紧走吧。"

青蛙疑惑地看着他:"我还没游够呢。"

王子帮青蛙把小帽子戴上:"我本来打算把你做成干锅牛蛙,但是今天上火就不吃你了。趁我没改主意,你赶紧回家找你妈妈吧。"

"呱,你真是个好人。"青蛙称赞道。

王子别过脸:"我不是特地放你的,只是因为上火,今天不能吃辣的。"

他蹲下身帮青蛙系好小包裹,对它笑了笑:"好了,快回家吧。"

他笑起来很温柔,像云一样柔软。

青蛙的心也突然像云一样软,软得突然塌陷下去。

青蛙害羞地说:"王子殿下,我喜欢你。"

王子面对一只青蛙的表白很诧异:"啥?我们都不是一个物种啊!跨物种是不会有结果的,小青蛙。"

青蛙说:"书上说青蛙是王子中了魔法变成的,只要亲一下就能解除魔法。殿下,你能不能亲我一下?"

王子嗤笑道:"你看的是不是《格林童话》,我告诉你《格林童话》都是骗人……"他的话没说完就被突如其来的吻打断了。

王子见眼前的青蛙慢慢变成了眉目清秀的少年,少年有着寒潭一样清澈透亮的眸子。那双眸子此刻正看着王子:"你说《格林童话》是什么?"

王子努力把之前的话咽下去:"是……是好书,很真实,很深刻。"

少年的眼睛深如寒潭,王子被这双眼睛一看就坠了下去,差点溺死在其中。

青蛙变成人后很欣喜,但过了一会儿又满面愁容:"这样回家的话,妈妈就认不出我了，怎么才能变回去呀？"

王子凑近少年："书上说魔法的作用是可逆的。当然是让我吻你一下，你就能从人变回青蛙了。"

少年惊奇道："真的吗？我从来没看过书里这样写呀。"

王子循循善诱："你看的版本不对呀。"

王子低头看入少年眼中："来，让我亲一下。"

被王子吻了一下，少年又感觉自己的心像云一样在天空中浮浮沉沉。

"为什么我没变回去呀？"少年看到自己没有一点变化，问道。

"你看的到底是什么版本啊？"少年怯怯地问。

王子轻笑道："我写的版本。"

青蛙曾经是冷血动物，现在也出汗了。

青蛙少年在城堡住了一段时间，每天都很开心。直到他看到仆人们为王子准备的礼物：各色珠宝、衣服。

王子一直在悄悄准备的，送给十分重要的人的礼物。

"听说你准备了很多礼物？"少年怔怔地望着王子。

"你都知道了？"王子见秘密被揭开，目光躲闪。

"明天，我就送你回家。"王子柔声说。

"我自己回去。"少年说。

"怎么了？你是不是误会了？"王子莫名其妙。

少年的心揪了起来，他喜欢的人把他当傻子骗，从一开始就是。

"那些珠宝你难道要自己戴吗？"

王子恍然大悟："这是送给尊贵的夫人的。"

少年依旧哀怨地看着他："有什么区别吗？"

王子好气又好笑地搂住他："是送给你妈妈的。"

王子看少年愣在原地，低笑道："书上难道没有告诉你，吃完要付钱吗？你不能赖账，要早些回来啊。"

【十里桃花】

摘心局

ZHAIXINJU

文/九鹭非香
图/Nutdream

> **作者简介**
> 九鹭非香：爱吃肉的圆妹子一只，学名九鹭非香，俗名九三层……开坑，码字，填坑，坑坑不息，永无止境。

每当想起她，他都会找个有树荫的地方坐下，然后从怀里把莹心的心拿出来，打开层层包裹的布，看着她如黑色石头一样的心脏发呆。

//【楔子】————————。

玉尘是一个优秀的杀手，杀人时从无杂念，杀人后也全无惧怕。

但在杀了莹心之后，玉尘却开始常常想起她。

莹心好似成了一只世人所说的幽灵，钻入他的梦里，闯进他的脑海里，偶尔还出现在他眨眼的片刻间，让他失神。

他走得越远，想起的次数越多。忽然间，他就想到了莹心以前和他说过的，但他并不理解的词——思念。

莹心好似变成了云间的雨滴、湖边的微风还有他眉间的山丘。

玉尘很困惑，他不知道自己到底是怎么了，和莹心在一起的时候，觉着她的笑也寻常，闹也寻常，但在他将她杀掉之后，她的身影就失控一样出现在他生活里，时时刻刻，方方面面，无法停息。

到后来，路走久了，莹心出现的次数太多了，几乎影响到了他继续行走。所以每当想起她,他都会找个有树荫的地方坐下,然后从怀里把莹心的心拿出来,打开层层包裹的布,看着她如黑色石头一样的心脏发呆。

这是他杀了莹心后剖出来的心脏,他打算拿回去做药引子的心脏。

莹心的心脏又硬又黑,和她平时微笑的模样一点也不像。

莹心笑的时候……

玉尘抬头望见林间簌簌落下的梨花,他想,莹心的笑就该是这样的,似春风拂花,从脸颊一直能抚进心里。也就是这恍惚间,他好似回到了他对莹心动手的那一天……

// 【第一章】────────♡

那天,是惊蛰之后的暖阳日,夜晚的春雷带走了冬日最后的冷冽,落花飘零的院里,莹心一如往常地在打扫院子。玉尘自屋外归来,夜雨打湿了一身的衣裳,头发湿漉漉地搭在脸上,莹心抬头,看见了他。

她抿了抿嘴,声音微低,眉眼下垂,似有些委屈:"我温了一夜的酒,未等到你来喝。"

是了,前一天,他们还相约惊蛰这一日,要在屋里共饮暖酒,静听春雷与春雨。

但是这天过了,明年就不会有今日了。

"你昨晚到底去哪儿了?"她看着他,似乎又有些心疼,"也未曾躲躲雨,我去帮你拿条毛巾,赶紧擦擦。"她放下扫帚,背过身打算进屋。

"莹心。"玉尘唤住莹心,她侧过头来,他腰间的剑便已经出鞘了,剑尖抵着她的后背。剑刃上还有渗入剑鞘的夜雨,映着朝阳的光,闪着森冷的光。

"我是回来杀你的。"他平静地说出这话,莹心身形微微一僵,随即慢慢转过身来。

她的表情比他想象中的平静太多。

莹心好像一直都是这样,当玉尘以为自己说出的是令人骇闻之事,她总是平静接受;然而当他以为一些事平凡无常,不过如此的时候,她却常常红了眼眶。

他一直理解不了她。

"你一定要……在今天动手吗?"

她的问题,也总是如此不同寻常。

她不在意他要杀她,却在意他杀她的时间。

"嗯。"他也没有多问的习惯,"一定是今天。"

"为什么?"

"我昨日明白过来,你对我动心了。我的任务就是,你对我动心之后,就杀了你。"

莹心笑了笑:"那你遇见我的那一天,你就可以杀我了。"她说完这话,又沉默了一会儿,"你可以……晚一天吗?我今天,还不想……"

"我的任务,不能耽搁。"

话音一落,玉尘把剑往前一送,毫不犹豫地,一剑穿心。

莹心看看胸膛上的剑,又抬头望他,她没有多少哀怨的表情,甚至连痛苦也没有多少,只是身体慢慢没了力气,倒在一夜雨后泥泞的地上。

玉尘其实并不想接住她,只是要剖她的心,所以必须将她抱在怀里,方便动手。

在剖开莹心的心脏前,玉尘看见她一直望着他,目光中是他看不懂的情愫。

玉尘一直是一个不愿意多问的人,他对莹心没有好奇心,可以说,他对世间万物都没有好奇心。所以,莹心是谁不重要,她为什么对他动心不重要,她为什么不想在今天死去也不重要,对他来说,重要的只有结果。

但此时此刻,看着莹心的目光,玉尘忽然疑惑了,好奇了,他问:"你在看什么?"

莹心以最后的力气抬起手,拇指触碰玉尘的脸颊,在他脸上轻轻一抹,湿润的感觉在皮肤上蔓延开,他以为是雨滴,但莹心却说:"别哭了,我早知道有今天。"

他哭了?

但玉尘并未觉得自己的情绪有任何波动,所以,一定是莹心看错了。

"炉上酒尚温,喝完再离开吧。"言罢,她便慢慢闭上眼睛,鼻息也渐渐隐去,"北上,风凉。"

她知道他杀了她之后,要带着她的心北上,但她怎么会知道?

玉尘没法问了,她死了,留下了永远的疑问。

后来玉尘剖了她的心,遂了她的愿,将炉上温酒饮尽,然后带着她的心,上了路。

从这一日起,他要背离江南的春风暖阳,一路北上,直至天寒地冻的北国,将她的心交给堂主,用以疗伤延寿,好似是在以命换命。

// 【第二章】————————。

春风随着他的脚步北上,一路顺遂,除了莹心的身影时不时出现以外,他并未觉得不妥,只是走得慢了点。

堂里的兄弟来信催促过他,让他快些北上,药引子不宜耽搁,但对于这个任务,他感到从未有过的力不从心。他走不快,莹心的时常出现甚至让他开始怀疑,他是不是真的将她杀了。

她大概没死吧，不然，怎么会处处皆在呢？

及至清明，蒙蒙细雨间，他路过一酒家，酒家卖酒的姑娘里外忙活，恍惚间，他又回到了去年的秋日。

那是他找到莹心的那一天，她也是这样，在酒垆间忙活，手脚麻利，神情专注。

他故意上前，让端着酒的莹心撞上了他。她连忙向他道歉，但在抬头看见他的一瞬间，她愣住了，道歉忘了，帮他擦酒忘了，背后客人的喊声也忘了。

那时候他有一个任务，那就是让莹心对他动心，上面千叮万嘱，一定要等她动心了，再杀她剖心。

但玉尘并不知道动心的标准是什么，所以他也不知道莹心见他第一眼之后那愣怔的瞬间，他就可以取了她的心脏。

他留在莹心的身边，跟着她卖酒，陪着她回家。他不知道怎么让人动心，所以他会做的，就是尽量多待在这个姑娘身边，抬重物时帮她的忙，有危险时护她安全。

莹心一开始会羞涩地和他说："你……你要是喜欢我，可以去我家提亲。我没有父亲，只有一个哥哥。我哥哥以前受过伤，嗯……你只要给他糖吃，他什么都答应你。"

这等于变相地让他走后门。

这事玉尘还是清楚的，他分析了一番，认为一个姑娘让人去她家提亲，必定是动心了。

但是堂里的兄弟不这么认为。

他们给他分析说，这或许不是动心，可能就是依赖——一个无父无母的女孩，还带着一个傻子哥哥一起生活，想要找个送上门来的劳力嫁掉，这叫图方便，不叫动心。

他认为，堂里的兄弟身边总有数不清的女人，他们知道的，大概就是女人最真实的模样了。

所以他信了他们，认为莹心还没有对他动心。

但老这样等下去也不是办法，所以堂里的兄弟安排了人，将莹心的哥哥绑了，想让玉尘来一出英雄救美。

可谁也没想到，莹心的哥哥早年受了伤，脑子不好，身体更不好，在冬天的雪夜里被绑了一晚上，竟然死了。

莹心和玉尘"破除万难"去救她的哥哥，但他们见到的，却是一具尸体。

玉尘是从来不屑于关心他人的人。但在这个时候，他忽然有些不自在。他说不出这样的不自在是什么样的情绪，可他的目光，不由自主地黏在了莹心身上。

他关注着她，目光一寸也未挪开。

按照玉尘对人的了解来说，这个时候，莹心应该是要号啕大哭的。

而她没有，她只是静静地看着她哥哥的尸身，走上前去，将她哥哥抱住，很久都没有动,也没说话。她好像,就这样平静地接受了这个事实。

后来……后来日子好像没有什么变化,莹心将她哥哥埋了之后,还是卖酒度日,只是她的表情像是被冬日的雪冻住了一般,她笑得少了。

堂里的兄弟又来告诉玉尘,说莹心内心肯定是难过的,让他乘虚而入,讨她欢心。

可是,要怎么讨女孩子欢心?他不知道。他思索了很久,想起来,莹心的哥哥爱吃糖,莹心也爱吃糖,他们兄妹最爱的就是隔壁镇上王大娘家的桂花糖糕。只是过了秋天,没了桂花,王大娘做不了桂花糖糕;再有冬天大雪封山,两个镇子之间道路也不通,就算有剩余的糖糕,也没人拿过来卖。

玉尘第一次离开了莹心,整整一天。

翻过雪山,到了隔壁镇子,他在王大娘的铺子前敲了半天的门,像是抢劫一样,拿着刀逼着王大娘把家里的糖糕存货拿出来,吓得王大娘一家人战战兢兢地给了他东西。他丢了锭银子转身就走了,留下王大娘一家看着那锭白花花的银子直发愣。

他回来的时候,风雪加身。莹心坐在冷冰冰的院子里,她什么也没干,手指已经冻得通红。

玉尘走进院子里时,莹心慢慢转头看他,脖子转动,似乎都能听到咔咔的声音。

莹心看了他很久:"你没走?"

"我去隔壁镇买桂花糖糕了。"玉尘将怀里的桂花糖糕拿出来,赶了半天的路,即便桂花糖糕在他怀里,也冻得发硬。

莹心呆呆地看着糖糕,又呆呆地仰头望他,然后一下就哭了。

眼泪落下来,让玉尘猝不及防,而莹心哭了一会儿,竟然又破涕为笑。她捧着桂花糖糕,就这样又哭又笑的,在院子里站了许久。

玉尘是真的不懂她。

哭是难过,笑是开心,那她现在到底是开心还是难过呢?

在唯一的亲人去世的时候,她没有哭,却因为一盒糖糕哭成了这样。

虽然不懂,但他并不好奇。

// 【第三章】━━━━━━━。

那日之后,堂里的兄弟告诉他,莹心对他动心了。

他本是该相信堂里兄弟的话的,可他内心总有一个声音在告诉他:不,还没有,一定没有这么快,一定没有这么早。

他继续陪在莹心身边，从初冬，到冬末。他们一起度过的那个冬天格外冷，屋外的大雪常常能下到齐膝盖那么厚。

莹心很怕冷，而玉尘却很喜欢下雪天。越冷的天，他感觉自己越发自在。有时候，彻夜大雪的夜里，他还会做梦。梦里仿佛是在冰雪山洞般的牢房里，他一身雪白，白色的头发，白色的衣裳，连睫毛也是白色的。

牢房外，是衣衫褴褛的莹心，她常常在牢外扫雪，也时常抬头望着他微笑。那微笑便像是雪地里开的花，又小又柔弱，让人不禁疼惜到心里去……

但每当他稍起情绪之时，梦便断了，他醒了过来，一切化为虚无。

他很少回忆过去，也很少做梦，仅有的这几个片段，即使是一样的画面，也很难勾起他的好奇心。

他一如往常地陪着莹心，及至隆冬的一夜，大雪围了屋子，莹心没法去酒庐，便自己在家里温了酒，与他喝了好几壶。莹心喝醉了，她趴在桌子上，眉眼弯弯地看着他笑。

她伸出手，用食指指尖触碰了他放在桌上的食指指尖，她说："都说十指连心，玉尘，你的心能感觉到我在触碰它吗？"

玉尘没有感觉，手上温热的触感能顺着手臂一直往上，但却到不了心里。所有的温度，到达他的胸膛，就没法再往里走了。

"感觉不到。"他如实回答。

话一出口，他才想起，堂内的兄弟经常告诉他：对女人，不能太实诚，如果她们问你有没有感觉到，那你一定要说感觉到了。

他想自己大概没有回答正确，正想改答案。

莹心又笑了，醉醺醺的她笑得比平时更好看一些。

她望着他，又轻轻碰了碰他的指尖："玉尘，你这样很好，非常好。"她迷迷糊糊地说着，"你一定要继续这样，保护好自己。"说完，她就昏睡了过去。

他看着莹心含笑睡过去的侧脸，感觉自己真的弄不明白这个姑娘。

她的情绪，她的话，包括后来她的死亡，都让他不解。

但再如何困惑，再如何耽搁，他还是到了北地。

雪雁堂，他发誓效忠的地方。

在主堂上，他见到了他誓要效忠的堂主。

堂主一身黑袍，脸色比以前更加苍白了一些。玉尘将层层包裹的莹心的心奉上，堂主接过，淡淡地看了一眼，然后随手扔到了一边。

莹心那已经变得黑乎乎的心脏就这样从层层包裹的布里滚了出来，躺在地上，像一块腐烂得连狗都不愿意闻的肉。

玉尘看着那颗心，一言不发。

"我为什么让你去取这颗心，你可知道？"

"属下知道，堂主大限将近，需要动心女子的心续命。"

"嘀，动心女子的心，什么女子的心！"堂主站起来，表情阴鸷，"这不过是一块烂肉！"他盯着玉尘，从怀里掏出一个冰块，冰块坚硬如石，仅仅映着外面微弱的光，便发出了夺目的色彩，"我要的是你的心头血！"

堂主将冰石恶狠狠地丢在地上，冰石与青石板撞击出清脆无比的声音，在大堂中萦绕回响。

玉尘静静地看着那冰石，感觉陌生又熟悉。

"封你记忆，禁你术法，挖你冰心，还让那扫地女去引诱你，布了这般大的局，我要的是你心碎之后的心头血！"堂主气得在大堂之上咳嗽，"可你们雪妖啊，当真是磐石之心，无论如何，你也未动情半分！人都杀了，这心还纹丝不动。"

玉尘像是听不懂这些话一样，只看着地上的冰石发呆。

冰石之中有一个流动的红点，像是堂主所说的心头血。

"你这心，我凿也凿了，烧也烧过了，便是奈它无法！算你命大！"堂主一挥衣袖，转身离开，"拿着滚吧！"

堂主离开，玉尘将地上的冰心捡起。

及至此时，他也是没有什么心痛的感觉的。

他拿了冰心，走出大堂，心在他手上。他微微拉开衣裳，胸膛那块肉便变得雪白，然后慢慢分开出一条缝隙。他试着将冰心放进去，没有多费力，他的心自己回到了他的胸膛里。

皮肤愈合，一切像什么都没发生过一样。

但这一瞬间，他脑中忽然涌上来了许多记忆。

他来自冰天雪地，被囚于冰天雪地，一个女孩日日来他的牢房为他打扫，给他送吃食。女孩是个孤儿，只有一个痴傻的哥哥，为了让哥哥和自己能生活下去，于是在这雪雁堂讨了个生计，还遇见了他。

他问她："你叫什么名字。"

她说："我叫丫头。"

"别的名字呢？"

"没人给我取。"

"那我帮你取一个，你叫莹心可好？"

"莹心？这……这么好听的名字，我可以叫吗？"

"当然。"

"我有名字了！那……那我也有生日了！"莹心说，"取名字的今天就是我的生日，好不好？惊蛰的后一天，正好！好记。"

惊蛰的后一天。

玉尘一步步走向屋外，外面的阳光灼目又灿烂。

他仿佛回到了那一日，他的剑刃冰冷，刺入她的心口，她问他："你一定要在今天动手吗？"

他给了肯定的回答。

时至今日，他才知道，原来一切都是局。雪雁堂堂主为了得到他的心头血，故意让他与莹心遇见，任务是要他让莹心对他动心，其实，是要他为了莹心而心碎。

但是那些凡人啊，心在体外，怎么碎呢？

心回到了身体里，感知到了身体的疼痛，才会碎啊？

玉尘一步踏出，心头钝痛，一口血涌上喉头，心头血自口中呛出。

旁边立即有人惊喜呼喊："雪妖心头血！他吐出来了！堂主最后一搏，果然没错！"

他转头一看，是他在江南见到的堂里的兄弟，是那个在惊蛰的雨夜告诉他"你看，莹心邀你喝酒，为你补衣，你对她冷淡，她也回报你微笑，她一定是对你动心了"的兄弟。

一切都是局。

玉尘倒在地上，旁边立即有人一拥而上："快将他胸膛剖开，里面肯定还有新鲜的血液！"

他们剖开了他的胸膛。

"心呢？"

"他的心碎成粉末了，地上的血是最后的血。"

所有人又都抛开了他，往地上的血迹涌去。

玉尘望着天空，快到夏天了，可为什么胸膛会这么冷呢？这还是第一次，他感觉身体冷得这么难受。

莹心那天，也是这样吗？

倒在冷冰的地上，被自己剖开胸膛，莹心也是这样难受吗？

他怎么能这么坏？而莹心又怎么能到最后也不喊一个痛字呢？

明明，那么痛啊。

玉尘的世界渐渐陷入黑暗，而在黑暗降临前，四周是此起彼伏的哀号和痛喊之声。

雪雁堂堂主听闻雪妖心头血终于吐出来时，急匆匆地赶到大堂。但他怎么都没想到，在暮春之际，自己的大堂上竟然遍布冰柱，宛如冰雪地狱，而冰柱将周围弟子的胸膛通通刺穿。

雪雁堂堂主惊得后退一步，却又见那一片雪白之中的一点猩红那么醒目。堂主又上前一步，也就是在这一瞬间，地上冰柱倏尔立起，径直戳穿堂主的喉咙，将堂主挂在空中。

鲜血滴答落下，只有暮春的暖风轻轻吹着，从地上雪妖剖开的胸膛上吹过，而胸膛里的粉末随风飘散，散到空中，宛如一场晶莹的雪。

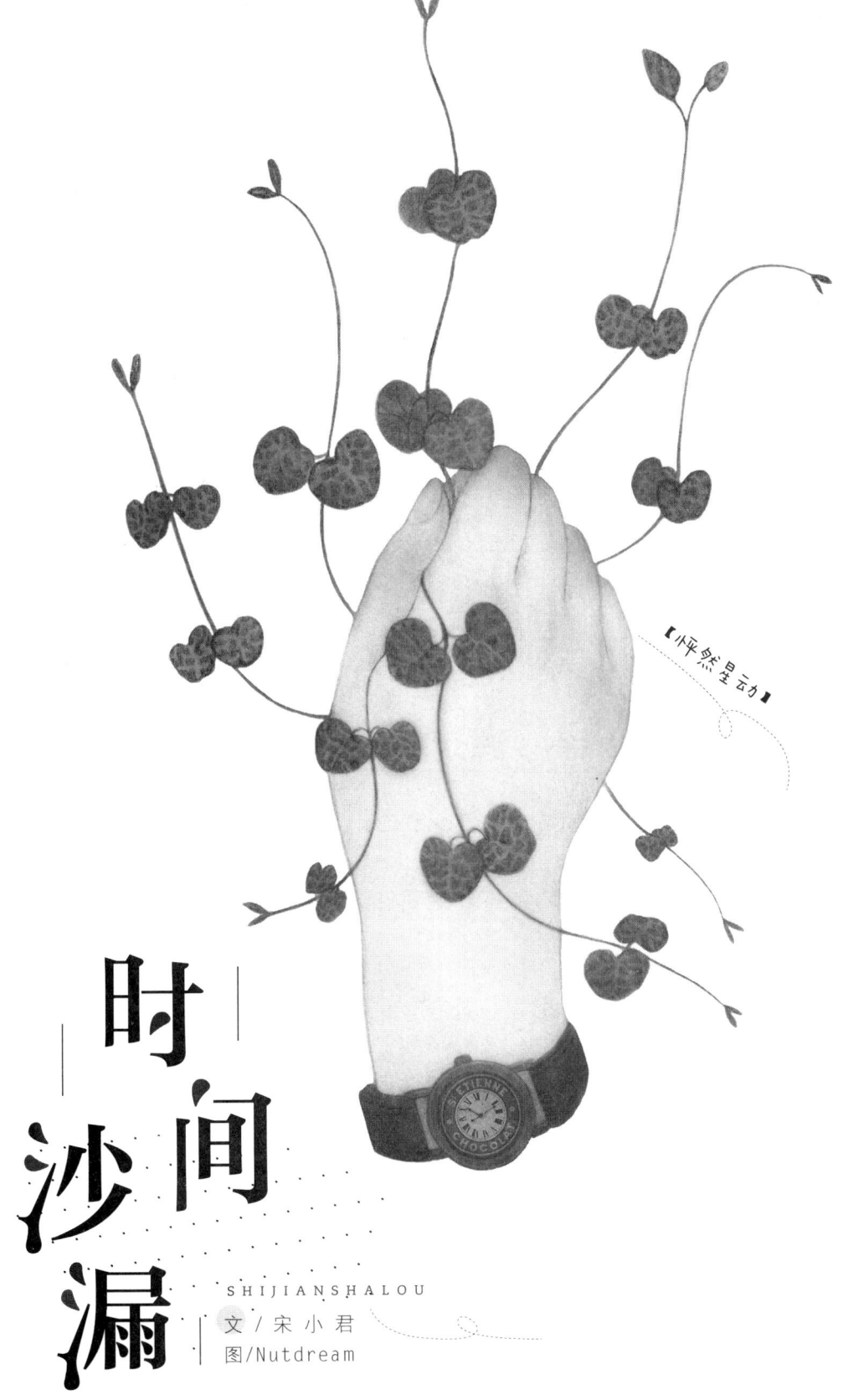

【怦然星动】

时间沙漏

SHIJIANSHALOU

文/宋小君
图/Nutdream

▶ 作者简介 ◀

宋小君：诗人，写情诗，讲故事，探讨生活更多可能性。

从零下一百九十六度的液氮中醒来，已经是二百一十八年之后了。

我看着表单上"丧偶"两个字，一阵头痛，脑神经如鞭子一样抽打我。

从零下一百九十六度的液氮中醒来，已经是二百一十八年之后了。

但我好像仍旧沉浸在一片光里。光很亮，可我眼前却一片漆黑，无边无际。

我觉得自己像一条鱼，在大海里游了很久，却终究不知道要游向哪里。

直到一阵剧痛，我眼前有个朦胧的影子出现，自我介绍说他是国家生命科学院的研究人员，姓赵。

我不知道该怎么称呼他，只好叫他赵医生。

赵医生读取了我所有的数据，他告诉我，我病变的器官目前已经被他们修复，但他们不确定会不会复发。

随即，他又饶有兴致地补充了一句："记录显示，你的妻子程莉，五年前已经提前醒了过来。"

"妻子"两个字，像是一道光，把我从混沌深处打捞出来。

我接过一个显示器，上面是关于我所有的信息。

编号8932637117：陈久成，生理年龄四十五岁，冷冻时间二百一十八年。

冷冻前职业：北京市文物研究所第三考古队队长。

婚姻状态：丧偶，无子女。

我看着表单上"丧偶"两个字，一阵头痛，脑神经如鞭子一样抽打我。疼痛让人清醒，记忆翻涌上来。

说起来，那都是两百多年前的事了。

我的妻子程莉患上淋巴癌那一年，她才二十五岁，刚刚跟我结婚一年，婚房里的囍字都还没有揭。

人其实特别脆弱，尤其是你把许多意义都寄托在一个人身上的时候。

看着躺在床上，已经被折磨得不成样子的程莉，我想到第一次见到她，她才刚刚毕业，在考古现场大呼小叫，见到骨殖会哇哇狂吐，但又偏偏要强，硬撑着跟所有人说："我没事，我没事。"

考古队里所有人都喜欢程莉。

在考古这个老气横秋的行业里，程莉的出现就像是一道鲜活的光。

有些女孩，在哪里出现，哪里就有光。

可现在，程莉躺在床上，美好的灵魂被肉体囚禁，我却无能为力，只能眼睁睁地看着，任她凋零。

一个人活在世界上，需要另一个人给自己位置。

程莉是给我位置的人。

如果没有她，我不知道我在哪儿，我也不知道自己该去哪里。

程莉清醒的时候，握着我的手，问我："你还记得你面试我的时候，跟我说过的话吗？"

"当然记得。"

面试的时候，我问程莉："你觉得考古是什么？"
程莉说："说白了就是合法地挖坟掘墓。"
我一口水差点喷出来。
程莉却一脸无辜地看着我，说："话糙理不糙，考古是为了研究历史，陪葬啊，永生啊什么的都是虚无，我们的工作就是从虚无里打捞伟大的意义。"
我又有点欣赏她了。

我跟程莉说："考古，就是和时间打交道。考古队员对时间的感知和别人不一样，一百年、一千年在考古队员看来，也不过是一道墓门的距离。"

程莉握着我的手，她的力量微弱，但眼神仍旧透出那种与生俱来的狡黠的光。
她说："所以啊，你不要伤心，在一起一年还是一百年，对我们来说都一样。爱过了，就不虚无了；有过了，就是意义。"
程莉病了以后，我从来没在她面前掉过眼泪。
但这一次，我没忍住。
程莉把我抱在怀里，像安慰孩子一样安慰我，眼神里有母亲般的光。

两年后，程莉失去了大部分生命体征，医生宣布了临床死亡。

在此前，我征得了程莉和她家人的同意，由国家生命科学院对她进行人体冷冻，用液氮保存，希望有一天，人类医学发展到一定程度，可以让她复活。
而这更多的，是给自己一个希望，一个活下去的理由。

但我又很害怕，怕她一个人在多年以后醒过来，要孤身一人面对陌生的世界。
她是个特别没有安全感的人，每次过马路都要握紧我的手，要是以后一个人了，她怎么能睡得着呢？

所以，在程莉被冷冻当天，我写下了遗嘱——将来，我自己临床死亡后，也把身体冷冻，希望有一天能和程莉一起复活。

理性一点说，人体冷冻，至少在理论上可行，我们还有机会。

感性一点说，与卿今世为夫妇，更结他生未了因。

人总要为了什么而活着。

我亲手按动按键，看着程莉的身体慢慢浸入零下一百九十六度的液氮里。

我觉得我应该说点什么，可我不知道说什么。

有那么一瞬间，我甚至怀疑，这样做是不是太自私了。

未来是什么样的呢？

会更好吗？

会更坏吗？

谁知道呢？

也许我应该说：来生再见。

来生再见。

我轻轻地喊出声来。

现在，就是"来生"了吧。

我要见到程莉了，我可以再听见她的笑声了。说不定，我会来场恶作剧，从背后吓唬她，让她惊叫，让她大惊失色，让她捶着我的胸口，然后鼻涕眼泪一起出来，大骂我浑蛋。

按照冷冻前的协议，我拿到了程莉现世的住址，但我并没有立刻去找她。

我有一些害怕，我需要调整一下自己的情绪。

程莉比我早醒了五年，她现在的生理年龄还是三十二岁，而我却已经四十五岁了。

我以前读诗时，读到"十年生死两茫茫，不思量，自难忘"，并不知道这具体是什么感觉，现在我知道了。

我担心，我害怕，怕"纵使相逢应不识，尘满面，鬓如霜"，怕程莉认不出我。

跟她比，我老得实在是太快了一些。

闲聊的时候,赵医生告诉我,选择人体冷冻手术的人并不多,因为很长一段时间,人们都不确定这项技术能否成功,以及成功后有多少副作用。

但我不在乎这些。

我只在乎我和程莉又有了时间,又有了人生。

按规定,人体冷冻的志愿者醒来之后,仍旧要配合国家生命科学院的研究。

医生给了我一块手表形状的仪器,说是需要时刻监测我的生命体征,随时和我保持联系,大概是怕我突然死掉。

毕竟对于"未来"来说,从"过去"来的人,像异类。

世界都变了样子,而我来不及熟悉这一切。

在赵医生的指引下,我拿到了自己冷冻前的物品。

洗澡、刮胡子,我看着镜子里的自己,觉得有些陌生。

看着被推送在手表上的地址,我心里平静了一些,这个地址就是我在这个陌生"未来"的位置。

手表上的光点提醒我,已经到了。

站在一座乡间别墅前,我看着风格特别复古的建筑,一时间,有些分不清自己所在的时空。

我曾经亲手清理过一个北宋初年的墓坑,其中出土了一款青铜制的建筑模型,亭台楼阁,雕栏斗拱,颇有情趣。

当时,程莉还感叹,要是能住进这样的房子里就好了。

一声狗吠,把我从回忆里叫醒。

我透过栏杆去看,别墅的院子里晾晒着刚洗好的衣服,仔细一看,都是裙子,像一面又一面的旗帜。

一阵风吹过来,裙子飞舞起来,如与风在嬉戏。一个女孩穿着背心、光着胳膊闪身出来,晾起另一条红色的裙子。

女人能把平常的一切都变成风景。

你爱过的女人的每个角度你都认得。

是她。

程莉。

我隔着这么一小段距离看她,她站在阳光下,被裙子包围着,身上沾着水珠,闪着梦一样的晕光。

我觉得脑袋发晕,喉头发甜。我走过去,走近点,直到被栏杆拦住,怔怔地看着她。

她一点都没变。

不,头发好像长长了。

她看起来更年轻了,更好看了。

冷冻前,她还是个病人。

那场病没有让她不好看,反而让她有一种摄人心魄的美。

现在她好了起来。

我好像老了。

太老了。

我有些惭愧形秽,不知道该不该走上前去抱她,跟她轻描淡写地开玩笑说:"嗨,醒了,睡了这么久,睡傻了没有?还记得那本科幻小说吗,《仿生人会梦见电子羊吗》?你做什么梦了?梦见什么了?"

我在原地站着,挣扎着,直到她也看见了我。

我一下子呆住了,觉得特别口渴,说不出一句完整的话。

她看着我,只是对我礼貌地微笑点头。

我一怔,心像被流星击中,火辣辣地疼。

她果然没有认出我。

随即,我又连忙说服自己,正常,她认不出来很正常,这么多年没见了,我又老了,她大概忘了我的样子吧。

我想走得再近一点,走近她,让她再仔细看看我。她总说我脸上的痘印形状古怪,像月球的坑。她总说我的胡茬长得调皮狰狞,亲她的时候总是弄疼她。她总说……

我的脚步猛地停下来,因为我看到一个男人从屋子里走出来,走到程莉身边。两个人凑近说了什么,然后男人抬头看我,眼神防备,随即他向我走过来,打量我。

"请问,你找谁?"

"我找程莉。"

"这里没有这个人。"

"你胡说什么?她就是程莉。"

我激动了起来,男人却慢慢推开我指着程莉的手,跟我说:"她是我的妻子,她叫温迪。"

我呆住,又看了程莉一眼。就算隔了这么久,我也不可能认错人。她明明是我的程莉,怎么成了这个陌生人的妻子?

我想要走过去,当面问程莉,却被男人拦住。

我根本不想理他,推开他,他却死死地拉住我,我们两个人打成一团。

直到程莉走过来拉开我们,把我推到在地上,眼神里满是戒备:"请你离开,不然我报警了。"

说罢,她扶着男人走了回去,没有回头。

我一个人瘫软在地上,脑子里一片轰鸣,身上的汗渗出来,像是一瞬间被抽空的保鲜袋一样失掉了所有的力气。突然我眼前出现一阵猛烈的白,随即我晕了过去。

等我醒过来,已经是三天以后。

我躺在国家生命科学院的病床上,赵医生在记录数据。

看到我醒了,赵医生责怪我:"你现在身体还是很虚弱,不能剧烈运动。"

"可是我的妻子……"

赵医生叹了口气:"你跟我来吧。"

我站起来,护士扶着我跟着赵医生走进一间白房子。

房子里,四面墙都是显示器,上面是密密麻麻的数据。

赵医生说,这些都是人体冷冻被唤醒的病人。

我看着显示器上不断跳跃的数据,不知道是什么意思。

赵医生指着其中一个编号为8932637200的显示器告诉我:"这是你妻子醒来之后的跟踪记录数据。"

我看着那些符号、光柱、数字,一脸茫然。

赵医生说:"经过人体冷冻之后被唤醒的病人,有一定概率会出现并发症,目前已经发现的并发症有一百八十三种。其中你妻子在冷冻保存的时候，液氮对脑神经造成了不可逆的损伤。你知道，脑神经细胞至今都是无法修复的。"

看着我一脸茫然的表情，赵医生又解释："通俗一点说，你妻子冷冻前的记忆没有得到保存。"

我脑子里嗡的一声响，难怪她认不出我。

赵医生说："为了病人的健康，我们并没有把她冷冻前的事情告诉她。现在你醒了，按照当时的合约，你有权利声明她是你冷冻前的妻子。但是现在……"

赵医生沉默了一会儿："现在据资料显示，她已经结婚了。理论上，冷冻之后，你妻子仍旧是自主权利人，我们没有权利干预她的生活。"

我听明白了，发着呆，说不出话。

赵医生补充了一句："目前你还没有出现并发症，我们会严密地监控。你冷冻前的所有存款，现在都存在中国银行，你可以去兑换成现在的货币。我们也给你提供了临时住房，直到你有能力独自生活。"

我走出来的时候，阳光猛烈、刺眼。我站在国家生命科学院的双螺旋结构的雕塑前，像一辆丢失了GPS的破汽车，不知道自己在哪里，也不知道自己的目的地。

我去了中国银行，兑换了钱，拿到了我存在那里的个人物品。

幸亏是真空恒温保存，东西都没有坏，绝大部分是我和程莉以前的东西，我们的结婚照，婚礼当天的视频，她最喜欢的玩偶，我们的家庭相册，我们一起考古的时候拍的工作相册……

当天晚上，我翻看着这些对现在来说已经是古老的回忆的东西，可一切却好像发生在昨天一样。

我甚至有些恍惚，我到底是在时间的哪一头？

我和程莉之间，到底过了多久？

是两百年，还只是一天？

一夜无眠。

我想了很多。

首先，我要弄清楚程莉现在的丈夫到底是谁，是个什么人。

然后，我要把真相一点一点地告诉程莉，让她想起来一切。

我从来都是个自私的人。

她是我的妻子，是我等了两百年的人，谁也别想把她从我身边抢走。我和死亡已经打了一架，最后是我赢了。这一次，我一定也可以赢。我不管那个男人是谁，我只知道我的妻子应该跟我在一起。

跟踪了男人很多天，我终于弄清了他的身份。

男人叫何旋，是一家互联网公司的创始人，名声不小，财力也雄厚。

这更让我怀疑他是怎么说服程莉嫁给他的。

甚至有可能，他是在骗程莉。

程莉经受了这一切，我不能再让她受一丝一毫的伤害，我必须保护她，她只有我了。

每天晚上，我都会到程莉别墅外面抽烟。

她认不出我，我怕吓到她，不敢贸然接近她。

或者说，我不想以这种方式接近她。

晚上看着这个城市，看那些公寓里亮起来又灭掉的灯，我禁不住想，每一盏灯里面都住满了故事。

只是不知道，他们的故事是喜是悲。

我渐渐习惯了一个人，终于晚上也可以睡着了。

至少……至少我还有个目标。

想到程莉她存在于这个世界上，不管是以什么样的方式，我都觉得心安。

根据我的观察，我发现何旋是一个很自律的男人，每天的生活很单调，除了在公司，就是回家。

每次回家，他都会经过一家花店，买同样的花带回家。

满天星。

我当然知道，因为这是程莉喜欢的花。

她说:"我不喜欢玫瑰,我就喜欢满天星,满天星美好得特别朴素。"

每次看到何旋买花回去,我心里都五味杂陈。

她喜欢的花没变,可是送花给她的人却变了。

尽管我非常不愿意承认,但我还是发现,何旋对程莉很好,甚至是过分的好。

我有时候会觉得自己是个多余的人。

或许,我根本就不应该醒过来。

那天晚上,我坐在别墅外面的路灯底下喝了许多酒,妄图用身体的苦楚对抗心里的难受。

我无数次想要冲进去,告诉程莉:"是我啊,我才是你的丈夫。"

但我没有。

这样只会让事情更糟。

下雨了,我全身湿透,却不想找地方躲雨,直到头顶的一方天空被一把雨伞遮起。

是何旋。

他看着我的样子,叹了口气,跟我说:"找个地方聊聊?"

我们在路边的避雨亭坐下来,看着雨水一滴又一滴落下,摔碎,折射着路灯和车灯的光。

"你是被唤醒的人吧?"

我一惊,看着他,他表情很友善:"你能跟我说说你跟温迪,不,程莉的故事吗?"

我没说话。

何旋却自顾自地说起来:"因为保密协议,我并不知道程莉被冷冻之前的事儿,你告诉我,我才能帮你。"

我冷笑:"你会帮我?"

他笑得很温和:"你不说出来,怎么知道我不会?"

我大概是太渴望和别人说起我和程莉的过去了。

不知道为什么,我不想隐瞒任何细节,仔仔细细把我和程莉的事情从头到尾说给了他听。从我们怎么在考古队认识,到她如何生病,最后选择人体冷冻,比我更早醒过来。

可现在,她却不认得我了。

何旋听完，忍不住叹了口气："人体冷冻技术的缺陷，就是各种不确定的并发症。她……不只是忘记了冷冻前的事情，就连现在发生的很多事情，她都会很快忘掉。"

我呆住。

何旋紧了紧风衣，看得出来，他很怕冷。

国家生命科学院有一个帮扶计划，帮助人体冷冻后被唤醒的人重新适应现代社会，我的公司就是合作公司之一。

她来的时候，连自己的名字都记不住，为了方便称呼，我让她自己从名册上选了个名字。

她说她喜欢温迪这名字，她觉得这个名字很暖。

她很害怕陌生人，经常会不自觉地发呆，短期记忆特别差，很多事情上午交代，下午就忘记了。

但她很温柔也很努力，试了很多方法让自己记住事情。

我很喜欢她。

我本来想要去科学院调出她的资料，知道她的过去，我才好帮助她。

但按照冷冻前的协议，她的资料是保密的，只对科学院和冷冻前的丈夫开放。

我没有办法，只好一点点地安抚她，帮助她。

慢慢地，她终于适应了，但是短期记忆差却没有办法治好。医生说，这种症状是脑神经损伤引起的，类似于阿兹海默综合征。

后来，我们就相爱了。

我和她注册结婚。

她现在生活得很平静，直到你出现。

但我知道，她原本是你的妻子。我也知道，你对我怀有敌意，但请你相信，我们爱着同一个人。

听完何旋的话，我心里堵得厉害。

我几乎是喊出来："可你抢走了她。"

何旋看着我，他说："她不是什么物件儿，她是属于她自己的。她以前选择了你，后来选择了我。"

我怒不可遏:"可我等了她这么久。你凭什么?"

何旋看起来比我平静很多,他说:"你放心,我今天来找你,是有个提议。"

我防备地看着他。

他说:"从法律上,我完全可以拒绝你再见她。但从情理上,我理解你。我愿意帮你。"

我一惊:"怎么帮?"

他说:"前提是不能对她造成伤害。"

我点头。

他接着说:"我可以让你接近她,你也可以告诉她你和她的过去,但我希望你慢慢来,不要刺激到她。她现在很脆弱。你能答应吗?"

我猛点头。

得到我肯定的答复以后,他继续说:"我缺一个私人司机。你可以用司机的身份住在我家里,白天我上班的时候,你可以和她相处,慢慢唤醒她过去的记忆。我会尽量给你们制造更多的独处机会。"

我有些不敢相信地看着他。

他也盯着我,说这番话似乎用尽了他的力气:"我想你和我一样,都不想她再受到哪怕一点的刺激。我愿意相信你。"

我没想到他会答应我,而且是用这样的方式。

我问他:"你为什么愿意帮我?"

他站起来,往回走,说了一句:"你为她做的一切,她应该知道。到时候,选择的权利,还是交给她。"

说完,他走进了雨里,身影看起来很瘦,好像要融化在雨水里。

一周以后,何旋带着我去了他们住的别墅。

程莉对我很友善,或者应该说很客气,客气到让我相信,她不但忘了两百年前的我,也忘记了我和何旋打架的事情。

她的眼神清澈，又茫然。

"我叫陈久成。"我特意把自己的名字说得很慢，观察着程莉的表情。
她脸上仍旧是微笑，客气的微笑，是漂亮女人对不相干的人所露出来的微笑。
漂亮又冷漠。
她忘了我。
很彻底。

我成了何旋的司机，每天除了接送何旋，更多的时间是负责程莉的出行。

别墅里，陈列简单。
我被安排住在楼下的客房里。
我有时候看着程莉，不敢相信眼前的女人已经和别的男人组成了一个家庭，我还和他们住在一起。

程莉打客房电话告诉我，她一会儿要去菜市场买菜给先生做饭，请我送她去。
我心里一抽一抽地疼。

客厅里，挂着程莉和何旋的婚纱照，任谁见了，都会说，真是一对璧人。
程莉的笑跟我记忆里的一模一样。
我看着看着，心里就充满了愤怒。
我不等了，我管不了那么多了，我必须马上告诉程莉："我才是你的丈夫，我为了你等了两百年，你不能爱别人。"

我看着楼梯，握紧了拳头，等着程莉走下来。
突然，我发现别墅里有什么不对劲。
一旦发现了不对劲，我就觉得浑身不舒服。
我仔细看，发现别墅里没有挂钟，没有日历，没有电视机，没有任何跟时间有关的东西。
为什么？
是不是有什么阴谋？
人都是自私的，何旋为什么愿意让我——这个他现任妻子曾经的丈夫住进来？

这里面有问题，一定有问题。

楼梯上，脚步声响，程莉穿着居家服走下来，对我笑，招呼我："走吧？"

我一肚子的话，却又不想说了。我不能过早地暴露，我不能让何旋伤害到程莉。我要稳住，对，稳住。

女人和菜市场，给男人莫名的安全感。

主妇，瓜果蔬菜的气味，嬉闹声，有些生活习惯，百年、千年都不曾改变。

主妇们把新鲜蔬菜带回家，做成饭菜款待辛苦了一天的丈夫，这是属于人间的、属于尘世的幸福。

可我，却感受不到了。

回家的车上，我从反光镜里看她。

她看着外面的车流，有时候会露出茫然的表情，眼神会失去焦点。

"晚上做什么菜？"

她一滞，花了好几秒钟才反应过来，随即脸上又挂上了笑："都是家常菜，先生吃不惯外面的饭，喜欢吃我做的，所以我每天都做。晚饭一起吃吧。"

我心里既酸又暖，脱口而出："好久没吃过你做的菜了。"

"什么？"她看着我，不明所以。

我一愣，没说话，专心开车。

晚上，程莉在厨房里忙来忙去，自言自语……盐呢？糖呢？料酒呢？蚝油呢？

我和何旋坐在餐厅里等。

没有人说话。

闻着厨房飘散出来的油烟味，我们都在享受这一刻。

一桌子菜。

程莉额头上还带着汗，招呼我们吃。

我吃了一口，很咸，几乎要吐出来，抬头看何旋，他正吃得津津有味，见我看他，给了我一个眼神。

我吃着菜,看着程莉脸上满足的笑容,明白了,她一定是忘记自己放了盐。

而何旋,每次还是会努力吃光她做的菜。

程莉去厨房里洗碗。

何旋问我:"出去抽根烟?"

我点头。

我们抽着烟,看着远处沉默了很久。

"她一直这样吗?"我问。

烟雾中,何旋点头:"她醒来以后就这样了,尤其分不清楚时间,分不清自己在哪一年,经常混乱,一混乱就生病。医生说,这是冷冻复苏后典型的并发症,患者会丧失对时间的感知。为了不刺激她,我把家里的表、日历都收起来了。"

我说不出话,只能大口抽着烟。我知道,程莉迷路了,在时间里迷路了。

在这个瞬间,我突然不恨何旋了。

或许,一切都是我的错。

我不该违背世间万物生老病死的规律,让程莉承受这她原本不该承受的一切。

但我还是想知道一个答案:"你为什么愿意帮我?"

何旋抽着烟,从怀里掏出一个古旧的钱包打开,里面是一张照片。

照片上,是一对年轻夫妻。

"这是我的妻子,我们约定好,一起冷冻,一起复苏,在这里见面。可她……没有醒过来,我亲手埋葬了她。我知道等不到的滋味。本来,我没办法活下去,直到我遇见了我的温迪,你的程莉。"

我吃了一惊:"原来你也是……"

何旋点了点头:"我参与了国家生命科学院的帮扶计划,就是不想更多像你我一样的人,独自面临醒来之后的虚无和恐惧。"

他看着我,说:"如果她能找到平静,我不在乎她叫温迪,还是叫程莉。"

我们都沉默了，只有厨房里传出来的洗碗的水声。

此后的日子，我习惯了看着她，从不同的角度。
我也和她聊天，说一些没有意义的话。
我有时候会提到自己以前的生活。
她问我："你夫人是个什么样的人呢？"
我看着她，沉默了，不知道该怎么回答。
她见我不说话，笑了："我看见你手上的戒指了。"
我看看自己手上的戒指，笑了笑说："她大概是世界上最特别的人了。"
她也笑了："每个妻子在丈夫眼里都很特别，对吗？"
我点头："这样的人，只有一个，永远也只有一个。"

程莉很依赖何旋，眼神里透出来的依赖，不论是谁都能感受到。
她给丈夫做饭，给丈夫洗衣服，熨烫衬衣，安排好家里的一切。
我看着她，就好像中间这两百年根本就不存在。
我是她的丈夫。
她就是我的妻子。
她做家务的时候，我在她眼里能看见安宁。

我不愿意夺走这一切，不管我有多么正当的理由。

我就这样看着她吧，看着她头发长长又剪短，看着她生下孩子，成为母亲，看着她成为一个好妻子、好妈妈，过上世俗又平静的生活。

就这样看着她吧，看着她，长久地看着她。

"你病变的器官又复发了，除非更换，否则无法修复。我不确定，现在有没有合适的器官来源……"
两年后，赵医生看着我，眼神里有许多惋惜："不过好在你可以选择继续冷冻。"

我穿好衬衣，对赵医生说："我已经两百多岁了，活得够久了。"
赵医生愣了愣。

我们两个人都意味深长地笑了。

我递给何旋一支烟。
我们两个人沉默着抽完。
我想单独见见她，便问他："可以吗？"
"当然可以。"

何旋说要出门。
程莉问他什么时候回来，会不会很快。
何旋看看我没说话。
我说："会很快。"
程莉说："那晚上，我包饺子给你们吃。"

厨房里，程莉擀饺子皮，剁馅儿。
我问她："你听说过时间沙漏吗？"
程莉眼神茫然，想了很久，终于还是摇了摇头："好像听过，但我又想不起来。"
我说："没关系，我讲给你听。"

时间沙漏，是考古学里的一个名词。
考古队员开掘古墓的时候挖出来一件器物，因为千百年都埋在地底封闭的环境里面，那些文物保存得特别完好，颜色鲜艳，就像主人刚刚才使用过。
但是，一旦接触到了空气，颜色会迅速消失，器物会立即腐朽，你肉眼就可以看见，这件器物只用了一分钟，就走完了原本要用一千年才走完的路。
这就是所谓的"时间沙漏"。

程莉听完，忍不住赞叹："好神奇啊。"
我看着她，说："是啊，从这个维度上看，一分钟和一千年，长度或许一样，并没有什么不同。一分钟，一百年，一千年，只要存在过了，就足够了。"
程莉听着我的话，眼神既清澈又迷茫，不知道在想些什么。

我又问她："你觉得考古是什么？"
程莉这一次没有犹豫，脱口而出："说白了就是合法地挖坟掘墓。"

我笑了,说:"对,考古,就是从虚无里打捞意义。"
至少你身上有些地方,从来都不会改变。

那天,我吃到了程莉包的饺子。
味道和以前一样。
特别好吃。
我吃了好多。
打嗝时都是饺子的味道。

程莉看着我吃了那么多,笑得特别开心。
那是我记忆里,最后一个画面。

一个月后,别墅的女主人温迪整理司机房间里的杂物,不小心弄落一个封好的箱子,有照片掉落出来。
女主人看得呆了。
箱子里有一本厚厚的家庭相册,每张照片都是合影,考古工作照,聚餐的照片,婚纱照……
陈久成身边笑得非常灿烂的女人,不是别人,正是女主人自己。

她看见一枚包裹得严严实实的戒指……结婚戒指,还有她和陈久成的婚纱照。
她看见平板电脑里她和他举行婚礼当天的影像,她看见自己笑得如世界上最幸福的女人。

她看着,想着,似乎在一瞬间明白了一切。
时间沙漏。
她流下了眼泪,分不清一分钟和一千年到底有什么区别。

两百多年前,古墓考古现场。
北京市文物研究所第三考古队正在队长陈久成的带领下,挖掘古墓。
实习生程莉睁大了双眼,满脸期待地看着。

突然,一件精美的美人木雕从土里冒出来,众人还没来得及反应,美人木雕上的生漆慢慢挥发消散,木头开始软化腐朽,最终在众目睽睽之下,化成了一团尘土。

一千年的光阴,在这样一个美人木雕上,用了一分钟,就流过了。

但那天在场的每个人,都记住了美人木雕的美。

这就是虚无里最好的意义。

> 作者简介 •
>
> 轻薄桃花：出生于江南，差一点就是90后的少女，擅易容，懂穿越，游走于宇宙各个时空、世界各个角落，任务是谈恋爱。

他的每一句话、每一个表情，都能让她在泥沼里挣扎的心再次明亮起来。

"夜小姐，你是这起凶杀案的唯一目击证人，请详细叙述当时的情况。"

夜子宁捧住茶杯，瑟瑟发抖，她鼓起勇气回忆当时的情况，断断续续道："陆峥嵘纠缠我……我躲进公寓里，他大力拍门……然后开颜回来了，她同他在走廊里争吵……陆峥嵘大声喊我名字，开颜叫我不要出去，她一向照顾我……后来，我听到开颜惨叫，打开门，看到开颜倒在血泊中，陆峥嵘手里一把水果刀还在滴血……"

这是她一辈子的噩梦，她泣不成声。

走出审讯室的时候，夜子宁眼睛红肿。和她一样前来配合警方调查的萧三秋正在同警官握手，形容悲戚，他是富家公子，和乐开颜感情顺遂。他一辈子没有这种惨痛遭遇，初接到消息，不肯接受事实，差点崩溃。

但男人到底坚强，开颜的后事需要处理，开颜的父母需要安抚，凶手陆峥嵘需要接受审判，萧三秋四处奔走，短短时日已消瘦憔悴。

他送夜子宁回去。

"难为你一遍遍叙述案发经过，我替开颜谢谢你。"

"那种可怕的事情我不想回忆第二遍，可是为了开颜，为了陆峥嵘能定罪，就算要我说一百遍、一千遍我都愿意。"夜子宁悲伤地侧过脸，看着车窗外急速后退的树木，"陆峥嵘带了刀上来，他想杀我，开颜是替我受过……对不起……"

"不是你的错。"萧三秋握紧方向盘，青筋暴起，"我要陆峥嵘一辈子被关在监狱里生不如死。"

他一直是温文尔雅、彬彬有礼的，时下公子哥儿的坏脾性在他身上统统看不到。然而这几天，他所有的教养几乎消磨殆尽，他恨不得把陆峥嵘捅在开颜身上的刀子十倍百倍还回去。

夜子宁在公寓门口下车，入冬之后的傍晚寒气逼人，她穿得单薄，不禁打了个寒战。萧三秋探出头说："快上去吧，下面冷。"

她轻轻应了一声，并不上去，把大衣的帽子戴起来，一张脸在冷风中越发显得柔弱，一双眼睛如黑曜石。她踌躇着说："我看着你走了，我再上去。"

萧三秋看了一眼她身后黑漆漆的楼道，忽然明白过来："你不敢上去吗？"

"我……"她微微低下头，"走廊冲洗过，已经看不见血迹，但我……眼前仍然一片血红，只要走到门前，哪怕关上门，血腥味也挥之不去……其实这几天，我都睡在宾馆里……"

她指指旁边一家看上去破旧的小宾馆。

养尊处优的萧三秋马上皱眉："那里哪能住人？"他忽然觉得她可怜，深受折磨，连好好睡觉的地方都没有，便叹口气道，"上车。"

他载她到酒店，替她开了一间舒适的大床房，送她上去。他一向懂得照顾女性，他的绅士品格刻在骨子里。

夜子宁可怜巴巴说："你能不能陪我一会儿？"他诧异地看着她，她涨红脸，连忙结结巴巴解释，"我是说……能不能等我睡着了你再走……我害怕……我不敢关灯……"

她着急解释的模样小心翼翼得可爱，萧三秋露出了这些日子以来的第一个微笑，轻轻点头。

她睡得并不安稳，一直皱眉，也许是开了空调的缘故，额头上有汗沁出。他伸出手想帮她擦汗，忽然觉得不合时宜，慢慢把手收回来。最后，他帮她掖了一下被角，蹑手蹑脚地站起来，她却忽然尖叫一声，自睡梦中惊醒，大口大口喘气。

"做噩梦了吗？"他问。

她眼中泛起泪花："梦到开颜倒在血泊中……我恐怕一辈子都没有办法忘记那一幕……"

他重新坐下来，握住她一只手，轻声说："希望这样能给你勇气。"

他的手指修长、骨节分明，像钢琴家的手，一点老茧都没有，只掌心传来男子特有的灼热温度，带给她一丝心安。

她果然没有再做噩梦。

她梦到第一次看见萧三秋。那时，她刚刚和陆峥嵘分手，开颜带她出去散心，她趴在码头的栏杆上，萧三秋乘雪白游艇自远处破浪而来。她只觉得富家公子的姿态潇洒恣意，光是身影已叫人折服，到了跟前，方看清他远山似的眉和明珠一般的眼。

开颜挽住他的胳膊同她介绍："这是我的男朋友萧三秋。"

萧三秋，她在心里默默把这个名字念了一遍，面上波澜不惊，淡淡说："你好。"

如果富家公子萧三秋能被灰姑娘收服，那么，这个灰姑娘为什么不能是她呢？

当萧三秋给乐开颜寄来奢华的晚礼服，当萧三秋开着法拉利送乐开颜回来，当萧三秋在乐开颜生日的时候奉上耀眼的珠宝，她的心都被嫉妒的毒蛇悄悄缠绕。

夜子宁嫉妒乐开颜有个英俊潇洒有钱又对她温柔体贴、死心塌地的男朋友。

她睁开眼，阳光已经透过轻纱照进房间，萧三秋趴在她的床上握着她的手睡着了。他们都太累了，强忍悲伤料理后事的他太累了，演了许久悲伤的她也太累了。

她把自己的大衣披在他身上,不小心惊醒他,她触电似的缩回手,不好意思说:"抱歉……害你睡不好觉……"

他揉揉眼,尚处在迷迷糊糊中,盯着她看了好一会儿才清醒过来。

"没关系。"他说,"我……睡得挺好。"

有时候,夜子宁会想,萧三秋其实是不是有点喜欢她呢?他请她们吃饭,餐桌上总有几道菜是她特别喜欢吃的,每次都点饭后甜点,有时是冰淇淋,有时是蛋糕或者布丁,而开颜从来不喜欢吃甜食。

他送开颜口红、香水、耳环或者发卡这些不招眼的小物件,回回都是双份。开颜同她分享,她最爱说:"我们一人一个。"

夜子宁记得那个红宝石的小发卡,别在发间时,萧三秋的目光停留,嘴角露出会心微笑。她把他的微笑、他的眼神、他的一举一动藏在心底,然后夜深人静的时候拿出来咀嚼,反复分析出他和她的一丁点可能。

她喜欢听开颜说萧三秋的点点滴滴,讨厌听开颜炫耀和萧三秋的点点滴滴。

开颜,开颜已经不在了。

她的遗物还留在公寓里,萧三秋和夜子宁整理出来送到乐家。乐妈妈迁怒于子宁,一见她就又打又骂:"陆峥嵘找的是你,是你害死我女儿,为什么死的不是你?"子宁任她推搡,柔弱身躯似布偶般被悲伤的乐妈妈扯来扯去。

萧三秋上前阻止,乐妈妈抓起茶几上的水杯砸过去,夜子宁不躲不避,额角终于流出鲜血。她哽咽道:"阿姨对不起,是我害死了开颜,你打我好了。"

乐妈妈号啕大哭,捶着自己胸膛:"打你有什么用?我的女儿活不过来了。你给我滚,我永远不要看见你。"

她和萧三秋被驱逐出乐家。她的额角尚在流血,萧三秋拿手帕替她按住伤口,她痛得倒抽一口凉气。他凑近了检查伤口,这才发现伤口里头有碎玻璃。

"我送你去医院。"

"不用了,一点小伤,我自己买点消毒药水洗洗就好了。"

她固执,他没有办法,犹豫了一下说:"去我那里吧,我家里有药箱。"

药箱还是开颜准备的。有一次他做饭切到手指,家里连创可贴都没有,开颜跑到药店买了创可贴、消毒药水、棉签等一大堆东西,最后干脆买了一个药箱,零零碎碎的药品塞满了药箱。

他在里面找到镊子,拿酒精消完毒,小心翼翼地将夜子宁伤口里的碎玻璃挑出来。他的神情专注而认真,好像在修复一件珍宝。离得这样近,她闻到他身上淡淡的烟草味。她一直以为他不抽烟,原来是抽的,也许是开颜过世后才开始抽的。她的目光落在他滚动的喉结上,他一边帮她涂上紫药水一边问:"开颜平时有向你抱怨过我吗?"

她回过神:"你在她心中样样都是好的……唯一的埋怨,大概是你不肯带她见你家里人……"开颜念叨过,有一次他的母亲和妹妹明明在隔壁包厢吃饭,他都不肯介绍她去打个招呼。

萧三秋将纱布包好,终于与她对视。他目光灼灼,看得她莫名紧张:"你知道为什么我不带她见家里人吗?"

"因为……因为……"她支支吾吾,说不出来。

他接过话头:"因为我发现自己喜欢上了另一个女孩子。她和开颜是完全不同的类型,看上去很温柔,其实很倔强;不爱笑,眉眼间总是笼罩着淡淡的忧愁。我很吃力又隐晦地逗她开心,却不知道怎样才能让她露出笑容……"

她听见自己的心跳声,震耳欲聋。他的指尖滑过她的嘴角,带起微微上扬的弧度,然后他慢慢低下头看她,温软的唇轻轻落了下来。这是一个如蝴蝶振翅般轻柔的吻,在她心中激起一阵阵涟漪。

"夜子宁,我喜欢你。"

半夜醒来,夜子宁恍惚中有一种不真实的感觉,没想到萧三秋真的喜欢她,更没想到他会选择在这个时候表白。也许是她白日里在乐家受到的待遇令他心疼,即使开颜过世才短短半个月,他也不管不顾地表白了。

她拥住淡蓝色的羽绒被,借着窗外淡淡的月光静静看着这间主卧。屋中有属于萧三秋独有的味道,同样的,也有乐开颜留下的痕迹。床头柜上的一张合照,墙角一盆滴水观音,飘窗上一支口红……这些都是开颜存在的证明。

所以她才会真正做噩梦吧，梦到开颜鲜血淋漓地走过来说："你抢走萧三秋就算了，为什么连我的命都要夺去？"

她一直以为自己足够心狠。开颜喊救命，用力拍门的时候，她坐在屋中的沙发里，纹丝不动。她甚至听到尖刀捅进血肉里再拔出来时鲜血喷出的声音，但她只是默默听着，数着，直到门外再也没有动静，这才拿起手机报警。

她不害怕，不惊讶，只居高临下望着倒在血泊中的乐开颜，面无表情。

然而，躺在这张开颜曾经躺过的床上，这些日子她一直不曾梦到过的开颜，毫无预兆地入梦而来。她只觉浑身冰冷，一闭眼便是开颜幽怨的血红双眼，唯有靠着墙壁，想象隔壁次卧里萧三秋沉稳均匀的呼吸，方觉一丝温暖。

"一直住在酒店也不是办法，要不你搬到我这里来住？"第二天早上，当萧三秋提出这个建议，夜子宁毫不犹豫地拒绝了，好在萧三秋没有怀疑，只当她不好意思，便道，"那我帮你重新找房子。"

她点点头，忽然幽幽叹了一口气，弯下柔弱的脖子："我怕开颜怪我……"

他沉默了一下，轻轻拉住她的手："我知道这对你来说有些突然，甚至不合时宜，但是子宁，我想名正言顺地照顾你，你一个人太辛苦了。"他亲吻她受伤的额头，将她紧紧拥在怀里，她忽然觉得什么都是值得的。

这是她的幸福啊，是她把自己变成魔鬼换取来的幸福。

门外有人喊："大哥，大哥你在家吗？"尖锐的门铃随即响起。

是萧三秋的妹妹萧七冬。萧三秋在和开颜交往时，并不曾过多提起自己的家人，所以夜子宁对这个女孩子的了解仅限于名字。她露出一个浅浅的笑，想给这个女孩子留下好印象。

可是看到哥哥的公寓中藏着一个女人，萧七冬的脸色马上变了，她一把拽住夜子宁问："你是谁？你怎么在这里？"她震惊地问萧三秋，"大哥，为什么一大早有女人出现在你屋里？"

"你弄疼子宁了。"萧三秋不动声色地将夜子宁拉到身边，淡淡地介绍，"她是夜子宁，是我喜欢的女孩子，将来会是你的大嫂。"

开颜一直耿耿于怀的介绍，萧三秋轻而易举就给了她，又是这样郑重其事。夜子宁眼眶泛红,情不自禁握住他的手。巨大的喜悦淹没了她,即使她察觉作为一个妹妹,萧七冬对萧三秋的态度有些奇怪。

但这些都是她爱情路上微不足道的绊脚石,有萧三秋竭尽全力维护她,一切足矣。

他带她看房子,她以为他说的重新找房子是租一处公寓,没想到是去楼盘买房子。

鸟语花香的高级公寓,推开客厅窗户能看到整片湖泊,光衣帽间就有四十平方米,精装修,稍稍添置家具就能入住。

子宁嗫嚅道:"很贵吧?我……买不起……"

他就笑:"我买得起。"

富家公子一掷千金,指缝里漏出来的也是普通人一辈子都积攒不到的财富。她抬起脸看他,努力露出一个淡泊的微笑:"不要,太贵重,我不接受你的馈赠。"

他俯下身,温热的嘴唇贴住她的耳朵:"那就写我们两个人的名字,作为我们的……婚房。"

她又惊又喜,简直不敢相信自己的双耳,而他已经指着房子畅想未来:"这间做婚房,这间做婴儿室,这间做客房……我们有一个大阳台,可以种上满满的鲜花和绿植……这里可以放一个狗窝,我们养一只狗……"

他絮絮叨叨说了许多,最后望着她,温柔地喊她名字:"夜子宁,你愿意嫁给我吗?"

装害怕,博同情,如何在开颜死后乘虚而入,甚至在男人脆弱的时候蓄意勾引……这些,夜子宁曾经都仔细思量过,谁知道这些阴暗的手段统统没有出场的必要。萧三秋对她一往情深,从告白到求婚,带给她一波又一波的惊喜。

他连戒指都偷偷准备好了,是稀罕的粉宝石钻戒,与她的手指完美贴合,在阳光下闪烁着璀璨的光芒。夜子宁站在售楼中心大门前,抬高右手,宝石的光芒与太阳的光芒重叠在一起,几乎晃了她的眼。

忽然余光一扫，子宁瞥到萧七冬立在不远处的梧桐树下，她的脸笼罩在影影绰绰的树枝中，唯有一双眼睛阴森森望过来，仿佛要将子宁的脸烧出一个洞来。夜子宁从来没有见过这样可怕的眼神，像被地狱里的恶鬼盯上。

她从来不是胆小的女子，但这个时候也不免心里打个寒战。

"子宁，怎么了？"萧三秋将车子开过来。

"我看到你——"指向梧桐树的刹那，夜子宁的声音戛然而止，那个本来站着萧七冬的位置已空无一人。

是错觉吗？

不，不是的。

萧七冬神出鬼没，总是悄无声息地躲在阴暗的角落里偷偷看着夜子宁和萧三秋。在他们看电影的时候，在他们逛公园的时候，在他们于海边散步的时候，萧七冬阴魂不散，偷窥他们的一举一动。

萧三秋为此头疼，充满歉意地告诉她："我妹妹她……她老是觉得我的女朋友会把她的哥哥抢走，所以对我的女朋友很是仇视……"他拉过她的手，"我带你回家，我要把你介绍给我的父母，有了他们的支持，相信妹妹她会接受你的。"

那是一个下雨的傍晚，萧三秋开着法拉利在雨中慢慢往家里走。他说起第一次看到她："你趴在栏杆上，海风将你的长发吹乱，你脸上有一种迷茫的神情，像针一样，细微地刺痛我的心脏。我说不清那是什么感觉，我想捉住那种感觉……"

她侧过身子笑："你的游艇那么高，难为你还能看到我。"

"因为你显眼啊。"

其实当时还有开颜在场，但他们都不约而同将她忽略。开颜已经越来越少出现在他们的生活中，直至完全消失。

等红绿灯的时候，他望着递减的数字出神。绿灯还没有亮起来，他忽然说："子宁，我们回去吧，先不要去我家了，等我再做做妹妹的思想工作，我怕她会闹起来。"

夜子宁鼓起勇气："不，就今天吧，我已经是你的未婚妻，我不想退缩。"只要萧三秋认准了她，区区一个妹妹算什么？如果萧三秋的父母都站在她身边，她相信萧七冬最后只能偃旗息鼓，毕竟萧七冬也是要嫁出去的。

萧三秋的父母出乎意料的和蔼，根本没有对夜子宁的出身表示一丁点儿嫌弃，与豪门家族那些势利的父母完全不同。萧妈妈甚至把手腕上的玉镯取下来替她戴上，萧三秋悄悄和她说："我爸妈很开明的，只要是我喜欢的，他们统统喜欢。"

她低声笑："我失去一夜暴富的机会了。"

"什么机会？"

"给我一百万，叫我离开你。"

他佯装生气："好啊，我就值一百万。"他扑过去挠她痒痒，两个人在沙发上闹成一团。

两人打闹间，萧妈妈在厨房里喊："三秋啊，其他菜都准备好了，就剩你要亲自下厨的牛奶炖蛋了。"

他高声应了一下，回头同她说："我记得你最喜欢的甜食是牛奶炖蛋，让你瞧瞧我的手艺，保证让你终生难忘。"他指着外面，"你若是等得无聊，就去园子里逛逛，我家花园种了许多梅花，这个时节正是凌寒独自开的时候。"

她点点头，他站在水晶灯下看着她，眉眼间皆是星星点点的光斑，眼神仿佛和灯光融为一体，叫她看不清楚。

"喂，你怎么还不去厨房？"

"舍不得走，想多看你一会儿。"

她一边笑一边把他往厨房里推："我想吃牛奶炖蛋。"

没有人提起萧七冬，夜子宁几乎以为她不在家中，其实她在的，她只是一如既往地神出鬼没。在夜子宁折下一枝梅花的时候，萧七冬悄无声息地出现在她身后。

她吓了一跳，下意识后退一步。

萧七冬阴恻恻看着她说："哥哥是我的，谁也不能把他抢走。你以为哥哥为你准备婚房和戒指就一定娶你吗？你以为他对你那么好，你们就会永远在一起吗？是的，哥哥对你真好，他的眼神一刻都不肯从你身上移开,他的钱包里有你的照片,你们的聊天记录他统统打印成册子收在抽屉里……哈哈哈,可是我不允许,因为这个世界上,能和他在一起的女人只能是我!"

她爱上自己的哥哥,这是一个癫狂的疯子!

子宁察觉到危险,下意识地挪动步子,但是已经晚了。萧七冬扬起手,夜子宁闻到刺鼻的味道,脸上一阵火辣辣的灼烧感,然后眼前一黑,撕心裂肺的疼痛铺天盖地而来。她捂住脸惨叫,只觉自己似是坠入深渊,耳边是萧七冬疯狂得意的大笑。

花园里响起匆忙的脚步声,随后萧妈妈惊恐大叫:"三秋,快送子宁去医院……哎呀,谁把七冬放出来的?!我明明把门锁上了……她哪里来的硫酸?!天哪……"

萧三秋在哪里?

她什么都看不到,看不到他居高临下望着她,眼底有一闪而过的冷漠和狠戾。良久,在母亲的催促下,他抱起夜子宁,双手微微颤抖。

毁容,永久性失明……当疼痛终于减轻的时候,夜子宁听到医生惋惜地说出几个词语。

病房安静下来,医生和护士统统离开,她脸上缠满纱布,安静地坐在窗前。天已经亮了吧?她感觉到太阳从地平线冉冉升起带来的一些热度。萧三秋帮她把窗户打开,冬日早晨的寒风扑面而来,吹得她浑身冰冷。

"你知道我为什么从来不将开颜介绍给我的家人吗?"仿佛过了一个世纪,开颜这个名字重新被提起,而这个熟悉的问题这一次有了不一样的答案,"因为七冬,她对我的感情有些不正常,但凡我有要好的女朋友,她都歇斯底里,不肯罢休……所以,为了保护开颜,我一直小心翼翼……"

他却故意郑重其事将她介绍给萧七冬,他故意让萧七冬看到他对她有多好,他故意带她回家,他激怒萧七冬,他放萧七冬出来,他为萧七冬准备硫酸,他借刀杀人。

"借刀杀人,这一招你应该很熟悉吧?"她听到萧三秋的脚步声一点点逼近,"和你在一起两年的陆峥嵘,你清楚知道他表面老实,内心却狭隘、自卑、偏激。本来你们相安无事,和平分手,后来你却一次又一次撩拨陆峥嵘。你收他送的礼物,你答应和他吃饭,你让他以为你们两个人之间还有可能。"

"我每天都送开颜回家，怎么那么巧，那一天我正好有事没有送她，偏偏陆峥嵘就来了？夜子宁，我从来不相信巧合，只有你知道那天开颜是一个人回来的。我听到开颜给你打电话，她说晚上和你一起吃饭，她说萧三秋晚上有事不能陪她。"萧三秋冷笑一声，"你的计划，还真是天衣无缝。你掐准时间，你让陆峥嵘买水果带上来，半道上你说家里没有水果刀，叫他不要买水果。"

在陆峥嵘买了水果刀欣喜而来时，她陡然翻脸，隔着铁门叫他离开，叫他不要痴心妄想。她数落他的缺点，从相貌到家世。他的伤疤她统统知道，所以一击即中。陆峥嵘情绪失控，这个时候，开颜回来了。

"你看似什么都没有做，可是你什么都做了。可笑的是陆峥嵘，到现在还不知道自己被利用了。"萧三秋的手轻轻搭在夜子宁的肩膀上，然后一点点收紧，像要捏断她的骨头，"纵然我从陆峥嵘的话中推测出你你的阴谋，可是这都不能当作证据。你的手段当真是厉害，所以，我只能向你学习……夜子宁，你怎么那样心狠手辣？你为什么要那么做？开颜那样善良，她处处为你着想，你到底为什么要那样做？"

为什么？因为她喜欢他，她喜欢乐开颜的男朋友，她想把属于别人的东西抢过来。

重重缠绕的纱布使她说出的话含糊不清，萧三秋却是听懂了，她在问："你和我说的那些话都是假的吗？你从来没有喜欢过我吗？"

"当然是假的，我不过是为了替开颜报仇。"他的声音比冬日里的寒冰还要冷，"我连多看你一眼都觉得恶心。可惜你眼睛瞎了，不然等你的纱布摘除，你就能看到自己丑陋恐怖的容颜。一个看不见的丑八怪，这就是你夜子宁的下场。"

他摔门而去。

走到楼下，半空中忽然一个黑影掠过，重重砸在他面前。就在他的脚下，鲜血蜿蜒流出，将他团团包围。夜子宁，摸索着爬上他打开的那扇窗，从十二楼跳下来，死在他的眼前。

萧三秋看着那张已经被鲜血染红的脸,呆呆地看了许久,眼角慢慢地滑落一滴泪。

如果那一天他送开颜回家,这一切是不是不会发生?

他为什么不送开颜回家呢?

那天,他和开颜摊牌,他说:"对不起,我没有办法继续和你走下去,我好像喜欢别的女孩子……"其实开颜都明白,她一点点看在眼里,也许她一直在等他说出来。

她有眼泪含在眼眶中,也有片刻如释重负的感觉,她轻轻说:"你……你要对她好好的……"然后她擦干眼泪给夜子宁打电话。那么善良的开颜,独自承受他移情别恋的痛苦,没有一句怨言,甚至祝福他和夜子宁。

可是最后,开颜死得那么惨。

他蹲下来,望着夜子宁还在颤抖的身体,低声说:"夜子宁,如果你没有设计杀害开颜,那天晚上她回去就会告诉你,她和我分手了,因为我……喜欢的是你……"

原来真相是这样吗?

夜子宁嘴角浮起讥诮的笑容,谁也不知道其实她有一双能看到未来的眼,她依靠那些偶尔闪现的画面,努力让自己过得越来越好。那一天,她从断断续续的画面中获得的信息是:开颜死去,萧三秋喜欢上她。

所以,她鬼迷心窍,挖下一个夺命陷阱。

原来,不是开颜死了,他才喜欢她。

他本来就喜欢她。

她以为开颜的死是障碍的消失,其实,它才是他们之间最大障碍的开始。

夜子宁闭上眼,血水混着眼泪缓缓滑落。

异能者管理委员会

YINENGZHE GUANLIWEIYUANHUI

文/边想
图/Nutdream

【怦然星动】

> **作者简介**
>
> 边想：希望你看了我的故事能开心。

凌夏看着我，忽然长长叹了口气："我的超能力是……"他小声说，"一遇凌夏误终身。"

事情是这样的，我有一个竹马。我们从小一起长大，关系很好，好到可以给彼此搓背的那种。当然，这些不是重点，重点是我下面要说的话。

突然有一天，他跟我讲他有超能力。

我心想，都多大的人了，还这么中二，他以为我还是那个相信自己是垃圾桶里捡来的小孩吗？要不是他不玩《乙女游戏》，我简直要怀疑他是不是被最近火爆的"四个男人"给洗脑了。

一开始，我当然是拒绝相信的，只当他在跟我开玩笑。但是之后几个小时内发生的一系列奇怪的事情，让我的坚持有点……站不住脚。

他说他的超能力是上个月才刚刚觉醒的，非常突然。

我问他是怎样的超能力，他有些难以启齿的模样。

"一个大男人，扭扭捏捏的干什么？！"我用力捶了下他的肩膀。

他垂着眼不说话，脸上没有一丝笑意。

"难道是透视？"我大胆猜测起来。

透视虽然听起来有点猥琐，但是感觉也蛮酷炫的啊。

"不是。"竹马摇了摇头,"还要更复杂一些。"

更复杂?

如果是那种超级酷炫的超能力,他一定早就跟我说了,这样犹犹豫豫、吞吞吐吐的样子,实在是……

"难道是那种放个屁能熏晕一栋楼的鸡肋超能力吗?"

竹马瞬间露出很嫌弃的表情:"当然不是,你在想什么啊?"

"那你快说呀!"

他看着我,忽然长长叹了口气:"我的超能力是……"他小声说,"一遇凌夏误终身。"

凌夏是他的名字。

我掏掏耳朵:"什么?!"

我是不是听错了? 他这哪里是超能力,自恋病犯了吧?

然而他脸上没有一丝玩笑意味:"我们看过的很多电视剧和小说里,男主经常会有这样的设定不是吗? 世人对他的十个评价中起码有六个是'一遇××误终身'。"他见我点头,继续说道,"我现在的状态差不多是这样,只要一发动超能力,我的身边就会出现一些很奇怪的事,身边的人都会受影响。"

"那你不发动不就好了?"他就是想要跟我炫耀吧!

"很难控制,有时候会暴走。"凌夏认真严肃道,"特别是当我加班、劳累,或者不开心的时候,根本控制不住自己的力量。"

我和他从小到大都住在一个小区的一栋楼里,学校也都一样,毕业后甚至连公司都是同一个,只不过是不同部门和楼层。我了解他的性格,他是个不太会开玩笑的人,所以其实这时候我已经信了百分之六十,还有百分之四十,是对科学的最后一点挣扎。

我:"你有在公司暴走过吗? 我为什么完全没感觉?"

别说那种天崩地裂的效果,就算那种稍微有些异常的感觉也没有呢。

凌夏看了我半晌,看得我都不好意思了,他才憋出一句话:"我的超能力只针对女性。你如果有感觉的话,应该和我的超能力无关。"

我拿起一旁的抽纸巾丢他:"鬼才对你有感觉啊!"

他稳稳当当接下纸巾,嘴角带着一抹清爽的微笑,笑得我的脸隐隐发烫。

"口说无凭!"我看他神情不似作伪,就想让他演示一下,"你发动一个给我看看。"

他闭起眼好像很用力地在想什么,片刻后再睁开眼,对我道:"好了。"

我左顾右盼,没看出什么不同的地方。外面阳光灿烂,公司里大家按部就班,也没有谁突然异变。

这就好啦? 放个屁都还有声响呢,果然他是在耍我吧!

"我看你就是压力太大,想太多了吧!"我拍拍他的肩膀,"不要给自己太大压力,好好休息,实在不行就休假吧。我那边还有个活儿,先走了,有事再叫我。"说着我无情地离开了小会议室,把他一个人丢在了里面。

我回到工位上没多久,办公室里突然骚动起来,说电梯出故障了,有人被困在里面了!

凌夏的办公室在我楼上,如果他从小会议室出来,可能会直接坐电梯上去。我有些担心凌夏会不会被困在里面了,起身赶忙朝电梯那里跑去。

"怎么样?谁在里面?"我问一个看热闹的同事。

"凌夏和余小姐!"

哎哟,我这个乌鸦嘴,还真是凌夏!

不过更令我惊讶的是,老板的女儿竟然也在电梯里。那个余小姐是我们老板的爱女,长得漂亮,学历又高,平时难得来一次公司,就算来了也是一副冷若冰霜的样子,我们员工给她一个绰号,叫"冷美人"。

凌夏和冷美人困在一部电梯里,恐怕很难熬了。

老板听说女儿被困,也很快赶到现场,急得不得了。

"快快快,报警!叫救护车!赶快找人把囡囡救出来!"老板一头汗,"再把我的速效救心丸拿来,我……我受不了刺激!"

秘书飞一般地跑走了,又飞一般地捧着什么跑回来。

消防员十分钟后赶到公司,费了好一番工夫,才总算将两人从电梯里解救出来。余小姐是第一个被消防员拉上来的,等她上来后,她竟然没有第一时间扑进老父亲的怀抱,而是转身朝凌夏伸出手,将对方从电梯里拉了出来。

随后她不仅将凌夏引荐给老板,还大力夸奖他的为人,说他这人多绅士,多勇敢,又临危不乱,让老板要重视这个人。

我在一旁惊得下巴都要掉了,对旁人一向不理不睬的冷美人竟然对凌夏另眼相看了?!

凌夏余光瞥到我,向我走过来,脸有些红:"你别误会,我们才认识而已。"

我误会什么?他和冷美人的关系吗?

我挠挠脸颊,小声嘀咕:"我才没误会……"

他干吗这么认真跟我解释啊?

电梯惊魂后,热闹看完,大家都各自归位继续工作。

快下班时,我去找凌夏一起回家。因为他还有心理阴影,我们俩就没坐电梯,从十二楼走下去的。

"你小子也算是因祸得福了。"我感叹道,"说不定你会因此飞黄腾达呢!"

"你觉得这真是个意外吗?"

我脚步一顿:"什么意思?你还觉得你自己有超能力?"

"就在我从电梯出来后没多久,安娜莫名其妙在我面前摔倒。我看到了,总要去扶吧,她就把我压在了下面,我们十分戏剧性地摔到了地上,还来了个四目相对。"凌夏皱眉说着,"安娜不好意思地向我道歉,最后要了我的微信号。"

要不是他面带忧愁,我真的会以为他是在跟我显摆。

"这不是很好?说明你受欢迎啊。"我语气酸酸地说道。

他停下脚步,眼眸深深盯着我,欲言又止。

"怎么?"我缓下脚步,奇怪地看着他。

他的表情好奇怪,我刚刚没说错话吧?

他眼里滑过什么,最后叹了口气道:"不是这样的,这都是因为我的超能力的关系,我发动了超能力,才会导致她们一个个遭遇危险,进而对我产生好感。她们欣赏的不是我,而是在超能力下显得特别英俊的我。"

脚好痒,好想把他踹下去。这就是在炫耀吧,是对单身流浪狗的无情嘲讽吧!

"能给你带来桃花运还不好吗?"

说着,我们已经快要走到一楼了。

凌夏仍不紧不慢地道:"不是不好,而是她们遭遇危险的时候,我也会遭遇危险,而且遭遇危险的程度与她们对我产生的好感成正比。这样想想,如果发动一次超能力有五名女性对我产生好感,我就要遭遇五倍的危险,我怕有命发动超能力,没命享福。"

这样一想也是,若随时随地遭遇危险,不说身体受不受得了,就是心里也会感到劳累。

走出办公楼,我与凌夏并肩走着过马路,因为是下班高峰时间,过马路的人还挺多。

走到半路中,突然我脚底一滑,莫名其妙地一把将凌夏推了出去,简直像是冥冥中有一只手在操控着我的肢体一般。

被我推出去的刹那,凌夏还很震惊地回头看了我一眼,随后就像我被操控那样,冥冥中的那只手也操控着他一路前进,最后将他前方的一名美女撞了出去,正好令美女躲过了疾驰的汽车。

我慌忙跑过去,见他们二人都跌坐在地上,一脸茫然。我马上把手伸到了……美女面前,扶她起来。

"站得起来吗?没摔坏吧?"

美女抬起头,露出一张楚楚可怜的脸,小巧的脸盘配上红菱般的嘴,大眼睛,柳叶眉,颇具古韵。

"谢……谢谢……"美女握着我的手站了起来。

我再去看凌夏,只见他坐在地上,维持着最初的姿势,一脸冷漠地瞪着我。

"起来啊!"我瞪回去。

凌夏心不甘情不愿地从地上爬了起来。

美女羞答答地冲他弯腰道谢:"不好意思,连累你了,谢谢你救了我。"

凌夏有一米八几,衬得美女越发娇小可人,像只无辜的小兔子一样。

"没事,我也是本能反应而已……"凌夏挠挠头,语气里是满满的无奈。

美女微微红了脸:"能……能加你微信吗?"

我:"……"

好气哦,这什么搞笑超能力,辛辛苦苦地觉醒,结果只是为了撩妹而存在的吗?一点都不正能量!

美女走后,我注视着她远去的背影,对凌夏道:"你的那个能力什么时候消失?"

到这会儿,我已经有百分之八十相信他说的话了。

凌夏可能对我刚才的行为还有些愤懑,没好气道:"发动一次,持续二十四个小时。"

我嫌弃地看了他一眼:"离我妹远点。"

我有个亲妹妹,黎越越,比我和凌夏小四岁,还在上大学。那丫头从小就无比崇拜凌夏,一口一个"夏哥哥"的,对他比对我还亲。要是她受凌夏超能力的影响,做出一些奇怪的举动,我不保证自己能忍住棒打狗男女的冲动。

"现在你相信我了吧?"凌夏整个人都有些无精打采。

我索性揉乱他一头狗毛,道:"那你以后打算怎么办呢?如果像你说的,你压力大了或者感觉疲累的时候就会超能力暴走,除了给自己放个假,也没有更好的办法,还是你想换份工作?"

凌夏摇头:"我现在也很茫然,不过说不定明天就有哪个超能力组织来找我,让我加入他们拯救地球了呢……"

我哈哈大笑起来,觉得他怎么这么逗啊,又逗又丧。

"说什么傻话啦,怎么可能有那样的组织!"我用力拍着他的背。

然后我就被打脸了。

由于我们两个的家离得很近,同一个小区,同一个楼道,就住对门。这晚,我们两个走到楼下时,突然就被眼前出现的一对黑衣人镇住了。

我扯动嘴角,偷偷对凌夏小声道:"什么情况,哪家欠高利贷了?"

凌夏没说话,打量着眼前的黑衣人,缓缓朝他们走过去。

"不好意思,你们挡路了。"

我还以为他有什么好主意，结果他竟然这么直接。

那两个人一身黑社会装扮，跟电影《黑衣人》里一样一样的，明明太阳都落山了，脸上还戴着黑超，人高马大的，一看就不好惹。

我缩在凌夏身后，吓得一个字都不敢说，就怕对方一个冲动掏出把枪来射我。

其中一个小黑摘下墨镜，露出一双有些泛白的眼睛，笑着对凌夏道："请问，是凌先生吗？"

凌夏沉默地看着小黑不说话，但我可以感觉到他的肌肉瞬间绷紧了。

几秒钟的时间里，没人说话，我忍不住从凌夏身后冒出小半个头，替他回答道："他是……"

凌夏："……"

他回头淡淡扫了我一眼，我报以一个灿烂微笑。

小黑从怀里掏出一本证件，往下一掷，内页直接像手风琴一样延伸到地上。

"让你们受惊了，不好意思，我们是异能者管理委员会的，我是陆七，这位是陆三。"

我越过凌夏仔细研究起了陆七手上的证件，上面的确写着"异能者管理委员会会员陆七"这几个字，还盖了个像模像样的公章，下面每一页都是用另一种语言翻译过来的同一证件页。

看完后我直起腰，回头冲凌夏道："看不出真假，要不还是报警吧？"这怎么看都像是当街传销诈骗的架势，穿得还这么像黑社会！

一直没说话的陆三这时候上前一步，边摘下眼镜边冲我们笑道："别激动，别激动，我们真的不是坏人。凌先生你最近是不是时常感到身上发热，总有股奇怪的能量从身体里往外冒？"

我正要往外掏手机，闻言顿在那里，而凌夏脸色微变，警惕地看着对方："你们到底是来做什么的？"

陆三左右看了看，道："这里不是说话的地方，你相信我们，我们是正经国家机关，不是骗子，证件上都有防伪标志的。"

我不给面子地拆台道："骗子都是这么说的。"

陆三："……"

凌夏想了想："你们跟我上来。"

看来凌夏还是有点相信他们的。

凌夏父母早逝，所以他家只有他一个人，平时吃饭什么的，我妈心疼他，会叫他去我家一起吃。我们从小长大，亲如兄弟，就跟自家人一样。

"不要！"凌夏想让我回家里等着，我不肯，一定要跟着，怕那两个人对他不利。

"你在又能有什么用？多个沙包而已，真打起来了，说不定还会把我推到前面。"凌夏把着房门不让我进，态度十分坚决。

这话就有些伤人了，小事不论，在大事上，我绝对是个靠谱的小伙伴好吗！

"就这样，你回家等着吧，半小时后，我这边没动静，你就报警。"说着，凌夏当着我的面啪地把门关上了。

我气得两颊鼓鼓的，恨不得把门给盯穿了。

我回到自己家后，我妈已经把菜饭端出来了，见我就一个人，奇怪道："小夏呢？怎么就你一个？我今天还烧了他爱吃的油焖大虾呢。"

我走向阳台的步伐一顿，严肃地问我妈："是凌夏重要还是我重要？"

我妈郑重其事地回答我："凌夏。"

我抱拳一拜："告辞！"

快步走到阳台上，我拉开窗，伸长了脖子往隔壁张望，奈何我不比龟鳖，没那么灵活的长脖子，看半天也看不出什么。

我妈凑到我身后，也要往外看："看什么呢？"

我："凌夏家来人了，我好奇。"

我妈"哦"了声，和我一起观望起来。

片刻后，我们身后出现一道新的声音："你们在看什么？"

是黎越越的声音，她可能正准备吃饭，结果就看到我们两个姿势奇怪地挤在窗口不知道在干吗。

我感觉到自己背后的重量又增加了，胸口有些闷："黎越越，你该减肥了！"

背后一轻，同时响起我妹的怒吼："梨安安，你要死啊！"

我刚出生时，爸妈给我起名"黎安安"，但大了之后，我觉得自己这名字太女性化，吵着闹着给改了，现在身份证上的名字是"黎安"，但我妹和凌夏有时候为了激怒我会故意叫我这个名字。我极其讨厌别人叫我黎安安，感觉自己立马要翘兰花指了，特别娘！

我叫我妈起开，然后边往门口走边对她俩说："你们先吃饭，我去隔壁叫凌夏，要是我们半小时后没回来，你们记得报警。"

还没等满脸惊诧的两人说什么，我就穿着拖鞋把门摔上了。

我用力敲着对面的房门，中气十足道："凌夏快出来，我知道你在里面！你快出来，不要不出声，我知道你在家！"

大概敲了十秒，凌夏开门了，表情无奈。

"不是让你在家等吗？"他叹气道。

见到他没事，我就放心了。

"你说过半个小时来叫你的。"

我硬挤进门里,见那两个黑衣人坐在沙发上,脊背挺直,跟军人一样,茶几上还摆着两杯凉白开。

凌夏关上门,无语道:"这才过去五分钟吧?"

我不甚在意:"哦?是吗?我大概看错时间了。"说着,我走到黑衣人坐的沙发旁,也坐了下来,很有一副大家一起坐下来探讨的架势。

凌夏冲天翻了个白眼,又想赶我,没想到陆七伸手制止了。

"他留下来听听也好,我感觉得到,他体内也有股能量在躁动。"陆七的眼睛不知道是怎么回事,像是得了什么病一样微微泛白,直勾勾盯着我看的时候还怪瘆人的。

凌夏没法子,只得坐到我对面,我们四个人呈"凹"型坐定。

"我想,凌先生你体内的异能最近已经觉醒了吧?"陆三用一种沉稳而不失亲切的语调道,"我们机构有专门的监测仪器,当感到有人异能觉醒时,我们会第一时间赶到对方身边,给予帮助。"

凌夏道:"什么样的帮助?"

"告诉你你是谁,你为什么会有异能,你的异能是什么,并且该怎样使用和控制它,最后……"陆三的语气发生了微妙的变化,似乎更郑重了,"诚邀您加入我们的组织。"

他们连敬语都用上了,越看越像传销组织的……

我皱了皱眉,看向凌夏,看他怎么说。

凌夏白皙的脸上没有什么表情,冷静道:"最后一条我先不予回应,前面那些问题麻烦先为我解答一下,谢谢。"

陆三点了点头:"陆七。"

我还没反应过来他干吗叫陆七,陆七就开口了:"都看过来。"

我如条件反射般地看了过去,然后就觉得头脑一空,整个人像是被他那双诡异的眼睛摄住了一般,视线死死黏在他脸上,再也挪不开。

下一秒,我进入了一个十分玄妙的世界。

我知道我的身体还在凌夏家的沙发上,但是我的思维、我的精神,却移到了另一个空间里的一段精彩奇妙的故事之中。故事里的画面绚丽多彩,天马行空,瑰丽神秘,令人目不暇接。

我走过一幅长长的画卷,画卷上的纸片人跳出卷轴,在我面前谱写着英雄史诗,演绎着生离死别。我知道从古至今,异人早已有之,那些被烧死的女巫、传奇的领袖、祸国的妖人、救世的英雄,十有八九都是身怀异能之人。

他们穿梭于潮流里,又活跃于历史中;他们或隐蔽于深山里,或执掌江山,看着与常人无异,其实和普通人有着本质的区别。

而有多大的能力就做多大的事,排除异己不能使时代进步,兼容并进才是发展的硬道理,于是异能管理委员会应运而生,管理异人,帮助异人适应社会,吸纳人才,回馈于民。

我慢慢睁开双眼,愣了好几秒,眼睛才对上焦。我又如条件反射一般看向凌夏,发现他像我一样,刚从如梦的幻境中清醒,表情还有些迷茫。

"所以,凌夏也是异人?"

陆七点点头:"我们检测到的信息是这样的。"

陆三道:"但我们并不知道他的具体能力是什么,只是感受到一股很强烈的能量波动,你今天应该刚发动过能力吧?"

凌夏一愣:"是这样没错。"

陆七:"方便告诉我们你的异能吗?"

凌夏从小就是个谨慎多疑的个性,轻易不会相信别人,就像现在,他一下子又不说话了,盯着陆七,似乎在犹豫要不要如实相告。

我就没那么多顾虑,因为凌夏的超能力实在太滑稽了,同时还有点中二。

"一遇凌夏误终身。"我替凌夏开口道。

在场其余三个人各有各的复杂表情。

陆七忍不住复述了一遍:"一遇凌夏……误终身?"

我:"是不是很想笑?"

陆七:"……"

凌夏扶住额头,已经没眼看了。

陆三一直盯着我看,把我看得浑身不自在。

我:"我有什么问题吗?"

陆三:"你没发现你也是异人吗?"

"我是什么?"我掏了掏耳朵,又开始觉得是不是自己幻听了。

"异人,就和凌先生一样,不过你的能力好像还没觉醒,尚在萌芽期。"

太好了,我也成异人了。一天前,我还是个普通上班族,我的世界还一片风调雨顺,我还整天做着买乐透中一千万的白日梦呢,变化要不要这么快?!

凌夏咳嗽一声,把话题引回自己身上:"你们能告诉我怎么控制我的异能吗?"

陆七刚想说话,陆三先他一步道:"能,加入我们。"那表情,老谋深算的。

我忍不住插了个嘴:"这样可越来越像传销组织了。"

陆三:"……"

凌夏叹了口气,显得有些烦躁:"你们如果知道我的异能是什么,恐怕就不会想要我加入你们了。我的异能'一遇凌夏误终身'只要发动了,二十四小时内就会使随机的几名女性陷入危机,然后正巧被我所救,她们再对我产生好感……"

"不对。"

我正听得津津有味,陆三的话让我诧异地看向了他:"不对什么?"

陆三道:"一发动异能,二十四小时内会使随机的几名女性陷入危机?这应该是凌先生运用异能还不纯熟的关系,如果多加训练,运用纯熟之后,我敢保证他能随时随地对任何人发动异能。误终身,听起来挺吓人的不是吗?"

天啊,这听起来可真让人毛骨悚然,"误终身"竟然还能这么解读,本来好好的狗粮超能力,瞬间变惊悚了有没有!

陆三接着道:"至于正巧被凌先生所救和对您产生好感,我觉得这些只是意外。"

陆七指了指我的方向:"或者是这位先生的能力。"

"什么?我不是,我没有!"我震惊地捂着胸口,"我对异能一无所知!"

陆七的眼里涌起白雾,我猜他在发动他的异能。

然后我的视线又黏在他脸上了。

这次我倒是没看到什么美妙的风景,就是觉得整个人一激灵,脑袋上方像是泼下一桶冷水,一下子清醒了。

我的脑海里骤然闪过四个大字——英雄救美。

这难道就是我的超能力啊!所以说,凌夏的异能根本就是诅咒人家出门带衰,我才是那个路见不平,见义勇为的人啊?

我捏了捏鼻梁,说话语气都有些疲惫:"我好像知道自己的超能力是什么了……叫'英雄救美',能随时感知到不好的事情,救人于危难。但我不明白,为什么这个能力一直没在我自己身上发动,反而发动到凌夏身上去了?"

陆七:"可能是你们两个人的能力都不太稳定,你更稚嫩一些,所以被他吸过去的。"

吸铁石啊,还带吸来吸去的,说好的同性相斥呢?

好了,对于异人啊,超能力啊,异能管理委员会的最后一点怀疑也因为自己异能的觉醒彻底消失了。

今后就要带着异能一起生活了呢!

什么鬼啦,一点都不好!还我普普通通的上班族日常啊!

"这异能能不能退的?"我跟陆七、陆三打商量。

陆三可能没想到还有我这么操作的,当下就蒙在原地。

陆七劝我:"英雄救美不是挺好吗?感知危险,以后用得到的地方很多啊。"

这种骗傻子的话就不要跟我说了,我听都不想听:"我就想平平安安过一生,不想感知任何危险,谢谢。你们愿意帮我们就帮,不愿意帮就走吧,我跟我妈说了,半小时后我不从这屋出去,她就要报警了。"

陆七和陆三:"……"

陆七从怀里掏出一张名片放到桌上:"你们想清楚了,可以来这个地方找我们。"

两人从沙发上起身,凌夏为他们开了门,陆七走在前面,陆三随后。

陆三一只脚已经跨出门槛时,他突然回头冲我微微一笑道:"对了,忘了说,我们是国家公务员编制,上班时间自由,五险一金,年假一个月,有饭贴、生日贴、交通贴,病假不扣钱,税后工资……"他冲我比了个数字,"这个数。"说完他摆一摆衣袖,不带走任何云彩,就要走。

我一个滑步过去:"等……等等!!!"顺利卡住了正要关上的大门。

凌夏一脸难以言喻:"你要不要表现得这么急切?说好的想要过普通人的生活呢?"

我一把推开他:"比起普通人的生活,我更想过有钱人的生活!"

在那什么组织里做上几年,我和凌夏就能存上好一笔钱,再也不用给甲方做孙子了!到时候我喝豆浆,一定要买一包扔一半,然后让黎越越给我捶腿,一次一百块,捶不好就拿一沓钞票砸在她脸上让她滚!

这样光想着,我心里就乐开了花。

陆三满脸得逞的笑容:"明天到名片上的地址来报到吧。"

于是,我和凌夏从此走上了一条发家致富之路……

然而并没有。那之后,我们接受了一系列异能管理委员会的培训,把工作也给辞了,还骗家人说是去外地出差。

大概培训了差不多一年,我们才成功出师。是的,一年,你没看错。

我妈和黎越越差点就以为我们深陷传销组织了,要报警营救我们,还好最后我们全须全尾回家了一次,她们才放下心来。

经过一年的训练,我和凌夏已经完全不同,无论是心灵还是肉体。

也因为严格的训练,我和凌夏现在的能力已经是指哪儿打哪儿,例无虚发了。

异能者管理委员会把我俩安排在一个三人小组里当辅助,而小组里唯一的DPS,也就是能打的,是一名叫作宫寿的小姐姐。

小姐姐出生于武林世家,是位用刀的行家,腰侧常年插着把又长又重的刀,自身异能是力量强化"一个指头碾死你",配合她的身手有开山裂石之威。

我和凌夏手持望远镜,身体隐在窗帘后,不住观察着楼下的情形。

我将耳麦贴近嘴小声道:"看到你了,宫寿。"

宫寿扎着长马尾,一身衬衫、百褶裙,充满青春气息。她站在拐角垂着眼,不动也不东张西望，就像一个了无生气的玩偶一样。

凌夏似乎在远处看到了目标，移动着望远镜，对着宫寿道："十二点方向，还有一分钟相遇。"

我设置好秒表："开始计时。"

宫寿冷清的声音从耳麦中传来："收到。"

她背后背着一个被布包裹着的东西，不知道的人很容易误认为那是一把乐器，而我和凌夏知道，那是她的武器。

一分钟，五十秒，三十秒，十秒……

十，九，八，七……

时间到！

"发动！"随着我的话语，凌夏与我体内的能量躁动起来，一同涌向了正与宫寿错身而过的年轻精英男。

精英男一看就是霸道总裁本霸了，梳了个背头，西装笔挺，身后还跟着一个秘书打扮的人。

说时迟，那时快，就在异能发动的下一秒，精英男上方楼宇的外墙玻璃竟然整个剥落，砸了下来。

"天哪！"连我都不由发出一声惊呼。

然而宫寿完全没害怕，毕竟她本身身体素质过硬，再加上有我的帮助，简直万无一失，别说一块玻璃砸下来，就是一头大象砸下来都没问题。

宫寿反应迅捷，一把扯下背上包武器的裹刀布，拉风地在头顶上方旋转几下，就把玻璃碴全都牢牢卷进了布里。

"你没事吧？"她的声音清晰地在耳麦里响起。

精英男可能还在心有余悸中，声音都有些不连贯："啊……谢……谢谢你，这位小姐你……你身手好厉害。"

"过奖！"

跟在精英男身后的秘书吓得屁滚尿流，连忙上前查看老板安危。

"Boss，你没事吧？！"

精英男摆摆手："没事，多亏了这位小姐。"他转向宫寿，"不知小姐贵姓？我该怎么感谢您呢？不如我们一起吃个午饭？"

宫寿把布上的玻璃碴都给抖掉了，然后重新包好刀背上后背。

"哦，我姓宫，叫我宫寿就好。正好我没吃午饭，一起就一起吧！"

两人慢慢往停车位走去，一路相谈甚欢，精英男那张冰山脸上竟然也露出了一抹和悦的微笑。

精英男:"宫小姐是做什么的?"

宫寿:"算是国企吧,偶尔跑跑业务。"

精英男:"哦?是什么样的业务?"

宫寿:"健康险、意外险、医疗险了解一下?"

精英男:"……"

宫寿:"我们还有很多商业险,你也可以了解下。"

精英男:"……好。"

之后的谈话就没必要听了,我呼出一口气,将耳麦关掉,摘了下来。

谁能想到,一年前自以为走上了人生巅峰的我(们?),现在却卖起了保险?

都是坑,都是!

他们训练我们对能力的控制力和掌握力,就是为了让我们更容易卖出保险吗?什么狗屁公务员!我简直想要抓着陆三的衣领疯狂摇晃,摇得他隔夜饭都呕出来!说好的为人民服务呢?说好的神秘任务呢?

不过,也不是完全没有用处就是了,偶尔还是能感觉到"能力越大,责任越大"这句话背后光辉而沉重的使命感的。

我与凌夏肩并肩下楼,才刚出大楼,就听到尖叫声:"抢劫啊……抢包包!快来人啊!救命啊!"

这种时候,我们已经很有默契了,凌夏留下一句"掩护我"就冲了出去。我知道他是对着抢劫犯发动能力去了,连忙在他身上加了个"英雄救美"。

果然,我快步跟上,就见凌夏伸出一条腿挡在蒙面持刀男前进的路上,而偏偏对方就跟瞎了一样完全没看到,就那么跑了过去,直挺挺被绊倒在路上,摔出去三米远,刀都摔没了。

凌夏动作利落地用膝盖顶住抢劫犯,把他按在地上不能动弹。

我拿出手机果断报警,片刻后,警察赶到,我和凌夏,还有抢劫犯和女失主一起前往警局做笔录,得到了见义勇为好青年的称号。

走出警局,女失主加了凌夏的微信,说有机会一定要请我们吃饭,我知道她其实只是想请凌夏而已。

这个社会,一个两个都是颜控!我冷哼一声,在一旁抱着手臂看天。

"走吧!"凌夏告别女失主朝我走过来,伸出长手揉乱我的头毛。

"君子动口不动手,懂不懂啊?"我为了挽救自己的形象,连忙对着一旁玻璃幕墙整理起发型。

凌夏无所谓地"哦"了一声，凑上来用牙齿咬了一簇我的头发。

我整个人一僵，对着玻璃上我俩的投影，面红耳赤。

"别闹！"我忍不住推他。

凌夏没有再发疯，被我轻轻一推就顺势退了一步，放开了我的头发。

"肚子饿了，回家吧！"他的手搭在我肩膀上。

我们在夕阳下缓缓前行，家里老妈应该已经做好了饭等我们回去吧。

我忍不住吐槽："明明我也有份发动异能，为什么她们永远只想和你或者宫寿谈恋爱？下次能派我去执行任务吗？"

凌霄嘴角带笑，夕阳下的五官像是在发光："好啊，只要你能自己对自己发动异能，我随你。"

唉，坑爹就坑在这里，明明是我的身体、我的大脑，偏偏我没法对自己施加异能，说得更清楚一些就是……我自己没法对自己施"英雄救美"之异能。

我叹气道："万一你遇到危险，我都没法救你，这个异能果然很变态。"

凌夏嘴角笑意更浓："不啊，我倒是觉得咱俩的异能挺好的，相辅相成，用着特别顺心。再说就我们现在这个工作内容，你觉得会遇到什么危险？被骗保的追杀吗？"

我："……"

我无言以对。

"不知道宫寿今天能卖出去几单保险。"

"李总一看就是个爽快人，说不定会把保险公司买下来。"

"……这么厉害？"

"拿到提成，我们去旅游吧？叫上我妈和黎越越！"

"嗯，好。"

"话说是不是你给办证处说了什么，为什么他们发给我的证上写的名字是'黎安安'？怪里怪气的啊，连宫寿的都比我好！"

"……"

"你不要装啊！快回答我……喂，你别跑啊！凌夏！"

他以时光吻蔷薇

TAYISHIGUANG WENQIANGWEI

文/兰溪三日
图/Nutdream

> **作者简介**
> 兰溪三日：**A secret makes a woman woman.**

你这么好，我也很喜欢你，可还是晚了。

春花开，冬雪去，昨日种种，终随昨日一同死去了。

T A Y I
SHIGUANG
WENQIANGWEI **1**

八月的第一个周末是霍一行的生日，这天晚上，白露接到一个莫名其妙的电话。

"天赐哥，我的发圈好像落在你家了，那是我最最喜欢的发圈，你帮我找找嘛。"接通电话后，白露还未开口，那边就像倒豆子一样噼里啪啦地说了一长段，听声音是个小姑娘，语气娇柔。

等对方说完，白露温和地道："你打错了，这里没有叫天赐的人。"

少女"咦"了一声，随即不好意思地道了歉。

对这通电话，白露没多想，放了话筒就重新回到厨房做菜，雪浓汤、拔丝白果、醋鱼、东坡肉……全是霍一行喜欢吃的。

菜上桌后，白露擦了擦手，在镜子前整理好头发，又小心翼翼地涂了口红，这才轻轻叩响了霍一行的门："一行，吃晚饭了。"

短暂的安静后，霍一行打开门，以前总是不羁又无畏的眼睛此刻带着淡漠与沉郁，他整个人就像没了灵魂一样。"小露，麻烦了。"他说。

霍一行曾是国内最年轻的物理教授。三个月前，他的研究成果被爆剽窃，同时，他向女学生提出过不正当交易的黑幕也通通浮出水面。一时间墙倒众人推，他被剥夺教授职称，做开除处理。

这段时间，正巧白露研究生毕业从美国回来，就主动承担起照顾霍一行起居的任务。

说起来，白露与霍一行算是青梅竹马。白爸爸曾是霍家的司机，白妈妈是霍家的保姆，那些年，白露一家就住在这所老宅里。后来发生那件事后，这所宅子一度被废弃，不久之前，才被霍一行重新买回来，并种满了蔷薇花……

餐桌上的气氛很安静，霍一行只喝了两口汤，别的菜都没碰。

看着一大桌被冷落的菜，白露有点难过，但她很快就调整好了情绪。以前总是他让着她，现在该她照顾他了。

霍一行离开餐厅前，白露叫住他，指了指生日蛋糕上她刚刚点燃的蜡烛，微微一笑："一行，许个愿吧，会实现的。"

霍一行微微皱了皱眉，看起来不大情愿，但他还是回到了饭桌前，吹灭了蜡烛。

蜡烛刚刚熄灭，座机铃声再次响起。

"喂，你好。" 霍一行正好站在座机旁边，就顺手接了起来。

"天赐哥，生日快乐！但是，你的声音怎么这么低，是热伤风吗？还是……"

依然是方才那个打错电话的少女，但霍一行就没白露那么有耐心了，他什么都没说，直接就挂了电话。只不过，他刚走到卧室门口，却像忽然想起了什么，急匆匆地跑到电话机旁，疯一样不停地回拨电话。

被开除后的霍一行一直都是沉静的，这还是白露第一次见他这么有活力。可奇怪的是，无论霍一行打多少次，那边显示的都是空号。

这时，白露意识到了不对劲，霍一行有过一个非常土气的名字叫天赐。他十分不喜欢这个名字，上初中之后就改为一行，而他周围的人中知道他不喜欢这个名字还偏偏要叫的人，恐怕就只有温浓浓了——三年前死在一场车祸里的温浓浓。

所以，他们是接到了一个亡者的来电？

TAYI
SHIGUANG
WENQIANGWEI ❷

开满蔷薇花的窗台上，十五岁的温浓浓放下听筒。就算被挂断电话，她也没伤心，她就是喜欢霍一行，他怎样她都喜欢。

傍晚，温浓浓到霍家之前，霍一行的

生日派对已经进行到一半了，霍先生怕自己与妻子在家，孩子们会玩得不尽兴，便早早带着妻子看电影去了。

温浓浓进门时，霍一行的朋友们正在打趣白露："小嫂子，今天是行哥的生日，你准备什么礼物了？""别捣乱，给行哥的礼物自然是要在没人时偷偷分享啊。"

大家的七嘴八舌让白露很尴尬，她偷偷地瞄了霍一行一眼。霍小少爷素日里那一双写满了"我最不好惹"的眼睛浅浅地在日光里漾开来。对于这种玩笑，他一点都不气，甚至还有些乐在其中的样子。

他那笑容让白露的心跳漏了一拍，正巧温浓浓来了，她才得以岔开话题："同学你要喝果汁、咖啡还是可乐？"

这是白露第一次见到温浓浓，她皮肤很白，睫毛很长，甜甜软软的，像一颗牛奶糖。

"小露，不用准备，她什么都不喝，马上就走。"十六岁的霍一行没有一点日后治学严谨的教授模样，他顶着奶奶灰的泡面头，左耳骨上的三颗石榴红耳钉在暮色中闪闪发光。

虽然被下了逐客令，温浓浓却像没听见一样，笑眯眯地对白露说："谢谢姐姐，我带了饮料。"然后，她就从随身背着的小兔子背包里掏出一瓶啤酒，走到坐着的霍一行面前："霍天赐，生日快乐，来干一杯吧。"

大家怔住了，他们都知道"天赐"这两个字是霍一行的逆鳞。白露在一旁看着，心里不禁猜测这女孩与霍一行的关系。

霍一行的脸阴沉沉的："多大点年纪就学大人喝酒，小心我告诉你妈妈。"

温浓浓还是笑，眼睛弯弯像月牙："原来庆熙高中的校霸连啤酒都不敢喝啊，真是个好学生。"

她说完这句，整个屋子都安静了。要知道，上一个敢这么挑衅霍一行的人，可是被他一拳就揍进了校医院……可是大家想象中的画面并没出现。霍一行站起身，一把拉住温浓浓的腕子，粗暴地把她向门外拽，边走边对大家说："你们先玩着。"

白露有点担忧，但她没跟出去，只是走到窗台边上看，正好看到大步向前走的霍一行没好气地把自己的鸭舌帽扣在那女孩头上，而那女孩仰头对他笑，原来不知什么时候，外边下起了毛毛雨……

等待霍一行回来的时间里，白露假装不经意地问起了那女孩的身份。霍一行的一个朋友告诉她，女孩叫温浓浓，是霍妈妈手帕交的孩子，一个月前举家搬来南市，也就是白露去英国参加夏令营的那个月。温浓浓的父母平时工作忙，就拜托霍夫人平时多照看一下小女儿，而温浓浓呢，对霍一行一见钟情，穷追不舍。末了，那朋友又加了一句："露露你放心，行哥心里只有你，而且温浓浓那种爱哭小白兔是行哥最讨厌的类型。"

白露连忙摇头："你别乱讲，我同一行

只是普通朋友。"

十年青梅竹马的普通朋友。

那个朋友好像还想说什么,却忽然合上了嘴,摸摸头转身走了。顺着朋友离去的背影,白露看到站在她身后不远处的霍一行,他一身雨后的雾气,眼神晦暗不明……

这个晚上,同一片星空下的三个人都失眠了,温浓浓想着霍一行,霍一行想着白露,而白露想着霍一行那个失望的眼神……

TAYI SHIGUANG WENQIANGWEI ③

时间一晃而过,随着如雨的蝉声,白露迎来了她的高中生活。

开学的第一天早晨,白露就告诉推着自行车的霍一行,以后不同他一起上学了:"我以后都坐公交车上下学,节省出来的时间可以多看看书。"

当然,这只是个借口。

就因为她是他家司机和保姆的女儿,从小学到初中,她虽然一直全校第一,但老师和同学们总是在她背后窃窃私语,女生们出于嫉妒还不约而同地排挤她……白露要借上高中这个机会,在全新的环境中开始全新的生活。

面对白露的拒绝,霍一行有些不明所以,却还是尊重她的选择:"好吧,如果这是你想要的。什么时候改变主意,我这个司机随时恭候。"

白露坚持在学校里和霍一行划清界限,不巧,她同霍一行依然被分到了同一个班,还是前后桌。

这天美术课,白露忘了带水彩盘,昨天老师还特意强调了不带的话,要罚画黑板报。处罚倒还是次要的,关键白露是班长,她丢不起这个面子。眼看老师就要检查到她这里,千钧一发之际,前座的霍一行不动声色地把他自己的水彩盘放在了她桌上。

美术老师一向对霍一行有意见,这下正好借题发挥,话越说越难听,坐在后座的白露可以清晰地看见霍一行握成拳的双手。

"老师,"一旁的温浓浓忽然站起来,"其实是我没带水彩盘,霍同学怕我被批评才把他的水彩盘借给我的,您别怪他了。"

说话被打断了,老师自然不高兴,可温浓浓一副随时要哭的模样,老师也不好再说什么,只是罚他们两个晚上留下来画黑板报。

放学后的教学楼空荡荡的,交完周日志的白露没有直接回家,而是绕回了教室,她总觉得自己该同霍一行说句谢谢。

当时教室里只有霍一行和温浓浓,霍一行趴在桌上百无聊赖地看漫画书,温浓浓则站在小椅子上,艰难地去描高处的画框。突然一个不稳,她整个人从椅子上跌了下来,膝盖撞在水泥地面上,一下子就冒出了鲜血,然后她的眼泪跟着掉了下来。

声音惊动了霍一行,他抬手把漫画书一扔:"你可真麻烦,在这儿等着,我去拿药。"他虽然语气不善,脚下却没耽搁,出门就直奔医务室,都没注意到站在阴影里的白露。

那天直到最后,白露也没把"谢谢"说出口,就一直站在走廊芭蕉盆栽的阴影里,看着霍一行给温浓浓涂红药水,一边涂,他还一边声色俱厉地教训她,说她美术课上自作主张,说她弱不禁风,就像个瓷娃娃,末了,还恐吓她,不准她多管闲事。

小姑娘不生气,只是笑:"可我喜欢你啊,想保护你,就像你想保护白班长一样。"

突如其来的告白让霍一行顿时黑了脸,他扬手就给了温浓浓当头一记栗暴:"才多大的人就喜欢喜欢的,不知羞耻。"

温浓浓摸摸头:"难道喜欢一个人是件应该羞耻的事情吗?"

那之后,他们似乎还说了什么,白露却只记得那一句——难道喜欢一个人是件应该羞耻的事情吗?

是的,她羞耻,很羞耻。

白露是个异常敏感的女孩,她模模糊糊地感觉到霍一行对她特殊的照顾,但她不能接受,无论是单纯的好意,还是懵懂的喜欢,所以她选择逃避……

温浓浓后来是坐在霍一行的自行车后座回家的,一路繁花像是她的好心情。

第二天是周末,温浓浓一大早就给霍一行打电话,约他去动物园……通话结束后,温浓浓许久都没回过神来,接电话的人自称霍一行的表姐,霍一行搬家之后她就住在霍宅,而她所在的时空竟然是十年后?

一通电话连接了两个时空?

TAYI SHIGUANG WENQIANGWEI ❹

二十六岁的白露对十五岁的温浓浓撒了谎。

温浓浓是个蠢萌的姑娘,白露早就知道,所以她不费吹灰之力就编造了一个假身份,还博得了温浓浓的信任。同时,白露怕霍一行接到电话,就随便找了个理由把这台不怎么用的座机放到了自己的卧室。

连接两个时空的电话?既然发生了,那么为什么不相信呢……也许这就是冥冥之中上天的旨意,让她与霍一行破镜重圆。

当年,高中毕业后,白露拿着全额奖学金去了美国,这一去就是六年。在美国时,她听说霍一行复读一年后成了全省理科状元,可后来他却只上了省内的一所重点大学；再后来，她听说他与温浓浓交往，两人交往大概半年后，温浓浓却在车祸中身亡……

在大洋彼岸的这六年中，白露认清了一件事：她是喜欢霍一行的。

学业、尊严、荣誉……对于二十六岁的白露来说，都没霍一行重要。

她错了，她想弥补。

白露回国后的第四个月，她借着圣诞节的机会请了一些老朋友到家里吃饭，霍一行没拒绝，还默默地与她一同去超市买菜。超市里，白露望着认真比对蔬菜价格的霍一行，觉得一切都向着光明的方向发展……

聚餐那天来的都是他们从小玩到大的朋友，酒酣耳热之际，围着火锅的一群人就像回到了少年时代，大家叫霍一行"行哥"，叫白露"小嫂子"，一如那一年霍一行的生日派对上的戏谑。

白露的心突突地跳，耳根火辣辣的，可霍一行接下来的一句话却如一盆冷水将她淋了一遍。

"别闹，你们这么说，该影响小露的行情了。"他说得真挚，没有半点惺惺作态。

白露感到既尴尬又狼狈，而她也终于体会到了当年霍一行听到她如此说时的心情……

霍一行的酒量很差，醉了之后就抱着沙发上的兔子玩偶叫"浓浓"，他眼中流露出的温柔与宠爱让白露心情复杂。第一次，她开始怀疑自己最初的判断——霍一行之所以同温浓浓交往，只是不耐温浓浓的穷追不舍。

很快，她的怀疑便得到了证实。

一个朋友告诉她，霍一行同温浓浓其实已经订婚了，还是霍一行求的婚，钻戒是八克拉的粉钻，是霍一行用大学期间卖出的所有专利买下的。

白露有些惊愕，好半天才说："一行他一直都没原谅我吧？其实……这些年，我长大了很多，也知道了自己最想要的是什么。"

那个朋友抿了抿嘴："他应该从没怪过你。这些年，一行也成长了很多。还有……今天是浓浓的生日，她最喜欢热闹了。"

他话中深意，白露明白。

没有人能一直在原地等你。

可明白是一回事，接受又是另外一回事。

那晚，当再次接到温浓浓的电话时，作为霍一行"表姐"的白露，无意中向温浓浓透露，十年后的今天，霍一行早就同白露结婚了。

除此之外，她还叮嘱了温浓浓一件事。

温浓浓所处的时空是他们高一那年的十二月，也就是说再有两周，就会发生一件影响到白露与霍一行关系的大事。

白露要阻止那件事发生，她并不担心

温浓浓知道未来的轨迹后会乘虚而入，因为那丫头是个太过单纯的人啊……

TAYI SHIGUANG WENQIANGWEI 5

知道霍一行未来娶了白露之后，温浓浓觉得既幸福又难过，幸福是因为她喜欢的人终于得偿所愿；难过是因为她自己终究还是爱而不得。但温浓浓还是努力地去打起精神，因为还有一个重要的任务等着她去完成。

就在温浓浓意志消沉的这段时间，白露的学校生活也不是很顺利。

白露学习好，人缘却很差，大家表面上叫她班长，背地里却说她孤傲，假清高。特别是白露住在霍宅的事不知被谁翻出来之后，大家越发排挤她……霍一行几次提出要帮她出气，都被她拒绝了，直到后来发生了那件事情，她再要后悔，却已经来不及了。

学生会会长苏菲有个小团体，在学校声望很高，进入这个团体就相当于进入了学生会的预备队，白露一直很想加入，奈何对方不待见她。

霍一行很不理解白露对学生会的这种向往，白露也怕他给自己惹事，所以在苏菲邀请她参加学生会午餐聚会时，她特意避开了他。

而令白露觉得奇怪的是，温浓浓找过她好几次，说苏菲这个人其实城府很深，对她也有意见，叫她最好远离她们，但她怎么会听温浓浓的呢……

那个十二月的中午，下雪后的天空一片澄碧，学生会休息室里也是其乐融融的，大家对白露都很友好，让她受宠若惊。

温馨的午餐结束后，苏菲从校服口袋里拿出一支香烟，微笑着递给白露："吸了这支烟，你就是我们的一员了。"

白露感到既兴奋又为难："吸烟是违反学校规定的。"

苏菲"哦"了一声，意味深长地道："既然白班长不想加入，我就不强人所难。其实，我是很看好白班长的，正好下学期副会长的位子也空出来了……"

这大概是这十六年来白露面临的最艰难的选择，虽然吸烟违背校规，可朝思暮想的学生会大门触手可及，她真的不想放弃……温暖的阳光下，她几度握拳又松开，最终还是接过了那支点燃的烟，只是就在她要把烟嘴伸到嘴边的那一刻，休息室的大门"咣当"一声猛地被人从外面踹开了。

炸毛的霍一行像只小狮子，他反锁了房门，大步走到白露面前，从她手里抽出那支烟，把烟头按在了苏菲昂贵的新书包上："你们再耍她试试。"

此时的白露已经有些歇斯底里了，她使劲推开霍一行："谁叫你多管闲事的？你是嫉妒我受欢迎,能加入学生会吧?"

霍一行大概也没料到白露会推他,他脚步一个踉跄,额头撞在书架边,流了血。片刻后,他忽然一笑,从一旁盆栽里拎出一台正在拍摄的摄像机:"对,你是受欢迎,所以她们想把你吸烟的样子记录下来再发出去,让全校的老师与同学都看看你是如何受他们欢迎的。"

白露呆住了,更无颜以对,转身飞奔了出去。

在转头的瞬间,她泪流满面。

一周后,被学校处以记过的苏菲悄无声息地转学了。

"是你把她弄走的吧?"十二月的红枫庭院里,白露气冲冲地来找霍一行对峙。

"怎样?"霍一行转头看她,"开心吗?"即便她在学校推了他,让他没颜面,他待她依旧如初,像护着一只小刺猬一般,小心翼翼地。

霍一行生来含着金钥匙,要风得风,要雨得雨。对着他,白露总是莫名生出自卑感:"可她毕竟是个女孩子,霍一行,你毁了她,良心不会疼吗?"

"小露,"少年从秋千上跳下来,眉头皱得紧紧的,"你这同情心不可笑吗?如果浓浓没告诉我苏菲的诡计,如果我没去拆穿她们,那么现在被毁掉的是谁?你怎么这么不知好歹?"

"我就是不知好歹!霍少爷,求你不要再干涉我的生活!"

人这种生物其实是很可笑的,他们有时恩将仇报,有时越得不到越想要,有时……越珍贵,越践踏。可白露为什么会同情苏菲呢?因为在霍一行的势力圈里,她们都无能为力吧……

TA YI
SHIGUANG
WENQIANGWEI **6**

这场争吵过后,白露申请了住校。

霍夫人早把两个孩子的矛盾看在了眼里,白露离开霍宅的前一晚,她问白露:"你觉得一行怎么样?"温和又慈祥。

白露低着头整理行李,声音小小的:"一行哥人很好,除了……不爱学习之外。"

霍夫人听了,笑起来,伸手拍了拍她毛茸茸的发顶:"我也觉得我家一行很不错,除了不会讨女孩子喜欢之外。如果有时他惹你生气了,小露大人有大量,就放他一马吧。虽然一行看起来无坚不摧,但是他和你一样,都还未满十八岁啊。"

那一晚,有轻轻的脚步声不断在白露门外响起,她知道是谁,但她没开门。

其实,就算霍夫人不说,白露也对自己的不知好歹感到羞愧,只是她放不下自尊,不知道该如何说一声抱歉。

毕竟,学业、尊严、荣誉是十六岁的白露最重要的东西。

苏菲虽离开了学校，但她小团体的成员却还在，霍一行她们不敢报复，至于白露，霍一行放话之后，她们也得绕道而行了，但这股火总得找个发泄的地方吧。思来想去，她们把目光投向了告密的温浓浓，虽然她们也不知道温浓浓是怎么知晓她们的计划……温浓浓又弱又小，在学校里总追着霍一行跑，霍一行对她却没什么好脸色，这样的话，报复她应该没人管吧。

于是，一月初一年中最冷的一天，温浓浓在学校洗手间里，被人用冷水浇了一个透心凉。如果换作身体健康的女生，这次报复可能也就止于一场恶作剧，但对于本身就是早产儿的温浓浓，这次"恶作剧"差点把她送去地狱。

温浓浓住院期间，霍一行也没去上学，听说一直在医院照顾她。女孩儿们这才意识到，温浓浓对霍一行来说也许并不是一个路人。她们吓坏了，最后找到了白露，求白露去跟霍一行说说好话，作为报答，她们愿意支持白露做新一届的学生会会长……

白露到病房外时，霍一行正在给温浓浓喂粥："不能挑食，要乖乖喝光。"

午后的阳光从百叶窗中投射进来，光影明暗之间，恍若旧岁。白露背靠在医院走廊的墙壁上，鼻头一阵阵发酸。随父母刚到霍宅那年，水土不服又自卑敏感的她生了场大病，一脸不服不忿的小男孩也是这样喂她喝粥的，他说："我叫霍天赐，以后你就是我罩着了。"

当时，她把他看作火炉、大树、太阳，可如今，他们怎么就成了这样呢……

霍一行出门时，正好看到白露，他脸上露出喜色，可旋即又装模作样地扬起下巴："是来看浓浓的吧，你的确该谢谢她。"每次他们吵了架，就算责任不在他，第一个开口求和的人也是他。

那一声"浓浓"让白露更是难受，道歉的话到了嘴边变成了"反正她现在也没什么大碍，你能不能不要报复学生会的那些人？毕竟受了处分，是会在档案里记一辈子的"。

他凝视她，怒极反笑："白露，你真行。"

最后，也许是白露的说情起了作用，霍一行没有报复。过了寒假，新学期的学生会选举中，白露如愿以偿。

7

二十六岁的白露感觉得到，过去在慢慢改变，而她也有了自己作为学生会会长的记忆。在她原本的人生轨迹里，她被苏菲欺骗，留下了那张抽烟的照片，而霍一行为了替她消灭证据，在争斗中被误伤了一只眼睛，直到现在视力也十分弱。霍家人本想为儿子讨个说法，霍一行却拒绝了，因为他怕查到最后,会把火引到她身上。

那会儿,霍一行一心一意保护白露,可她怕受牵连。霍一行住院时,她一次都没去探望过。

现在想想,白露认为就是从那时起,自己与霍一行间有了隔阂,连一向疼爱她的霍夫人眼中也多了失望。她害他失去一只明亮的眼睛,他又怎么能待她如初呢……现在就好了,一切都被她改变了。

白露在美国主修法律,她回国的六个月间,除了照顾霍一行外,也在查他的论文剽窃案。终于,元旦前,她拿到了非常有利的人证物证,霍一行的冤案得以昭雪。

之前责难他的校长、老师、家长都亲自登门拜访,而他就站在那里,脸上带着微笑,平和地接受他们的道歉。就在那一刻,白露不得不承认,霍一行真的变了,再不是年少时那个睚眦必报,非把人家撵出学校才解恨的校园一霸了。

除夕过后,白露中奖得了两人行的北海道旅行券,霍夫人让她找霍一行一同去。她很忐忑,因为霍一行一向不太喜欢旅游,没想到他竟没拒绝。

他们到小樽的第一天就下起了大雪,酒店对面的天狗山掩映在漫天雪花中辨不分明,给人一种处在世界尽头的感觉。旅行的过程中,霍一行对白露很照顾,定攻略,拎行李,在她不小心要在雪地上滑倒时,会第一时间伸手拉住她,掌心温暖,目光澄澈……因为电影《情书》,大家都说小樽是个初恋的城市,白露坚信她会在这里找回迟到的初恋。

离开小樽的那天,他们去了天狗山。回程中,白露一个没注意,霍一行就消失在了她的视线里。

白露吓坏了,不顾团员们的劝阻,一个人冒雪往山上走。等她找到他时,他似乎刚从一块峭壁下爬上来,羽绒服被刮得满是口子,脸上也带了伤。

白露惊魂甫定,不知不觉间,泪水决堤而出……算起来,她最后一次哭还是在高中,此时此刻,她再没办法把自己的情绪藏在面具之后了。她飞奔过去,一头扑进霍一行怀里,哭喊着:"你吓死我了!为什么不呼救啊?"呼救的话,她一定第一时间找到他。

这时,白露双臂牢牢抱住了霍一行的腰身,脸紧贴在他的脖颈上,可他的身体却在她入怀的瞬间兀地僵硬起来。他似乎想推开她,但手臂抬了抬,最终还是落在了她背上。

他拍着她,轻轻安慰:"这不是没事吗?别哭了,脸都哭花了。"

明明隔着厚厚的羽绒服,白露却仿佛能感受得到霍一行掌心的温度,像是三月第一缕春风般暖,透过肌肤,穿越血脉,直达心底。

细雪无声,万物一片寂静,就在这个瞬间,白露不想等了,人生无常,有些话不说就真的没有机会了。

她抬头凝视他，嗓音哽咽："霍一行，我喜欢你。我也不打算再回美国了，回国后我们就结婚吧！"压抑了整个少女时代的感情终于在这一刻迸发，以决绝，以坦白，以眼泪。

霍一行愣了下："小露，我……一直以为你讨厌我。"

"不，不是的……"白露死死抓着霍一行的袖子不松手，"对不起，真的对不起……我对你做过那么多坏事，但我没有讨厌你……"

可白露终究不懂，或是不愿去懂，那些伤害已经造成了，时至今日，就算是饱含热泪的道歉也是苍白无力的。"小露，"霍一行弯了手指，轻轻抹掉她的泪水，他饱满的嘴唇张了又合，好像有很多话要对她说，最后，却只道，"都已经过去了。"

他们在晚风中摘过樱桃，在春日开满樱花的江堤上放过风筝，他也曾因她的背叛而觉得暗无天日，生无可恋……可是，时过境迁，再回想，那些都是很久之前的事情了啊。

喜欢也好，讨厌很好，都已经过去了。他们之间的爱情似乎总是没有天时地利，他喜欢她的时候，她敏感自卑，仗着他的喜欢伤害他，让他错以为她是厌恶他的；但现在，当她终于敢面对自己的心意时，他的爱情已经给了别人……

然而，白露决定不能就这样放弃，只要利用那个连接双时空的电话，她还可以改变自己犯下的错误。

8
TAYI SHIGUANG WENQIANGWEI

在很长一段时间里，温浓浓都没有再成功地将电话打到未来，似乎这只是一个无迹可循、完全随机的事件。

很快，两年过去了，温浓浓升入了高三，而在这段时间里，她发现霍一行同白露之间的关系越发僵硬。经历过高一时的吸烟事件后，他们两个似乎开始冷战，但一直都在观察霍一行的温浓浓却知道，这冷战只是白露单方面的，霍一行虽然嘴硬，却还是偷偷地帮助白露，可她根本不领情，每次发现霍一行在照顾她，她就要发脾气，怒斥他不要干涉她的生活……温浓浓有些疑惑，这样的两个人在未来真的结婚了吗？

抱着这样的疑惑，在她打到未来的电话再一次被"霍表姐"接听后，她忍不住问："天赐哥和白露现在幸福吗？"

电话那头的霍表姐有片刻静默，旋即笑了一声："当然了，他们青梅竹马，感情深厚，现在幸福得不得了呢。"

放下听筒后，温浓浓也觉得自己多想了，其实爱情是最没道理可讲的，霍一行不会因为她对他好就喜欢她，更不会因为白露伤害他、践踏他就放弃守护白露。

当然，温浓浓不知道，听筒那边的白露与她通话时正望着楼下花棚中给蔷薇剪枝的霍一行发呆。蔷薇花啊，白露听说这是温浓浓最喜欢的……

在这次通话中，白露想让温浓浓阻止第二个灾难的发生——高三那年的寒假，自认正义卫士的白露告发了霍一行爸爸曾经收受贿赂的事，因此霍爸爸被免职，霍一行也彻底同白露决裂了，尽管那所谓的贿赂，只是一个受过霍爸爸恩惠的人送的一些土特产。

十七岁的温浓浓是个被家人、朋友从小宠到大的孩子，她没什么手段，只选择了最简单的方法。她总在课余时间找十八岁的白露聊天，迂回地跟白露说世上没有完全的黑与白，法外有情之类的话，弄得少女白露莫名其妙。

温浓浓所做的一切，另外一个时空里的白露都能感受得到，因为她渐渐会有一些多出来的记忆。白露并不相信温浓浓能有什么高超的智谋，她只相信温浓浓对霍一行的喜欢，温浓浓那么喜欢霍一行，一定会倾尽一切阻止那场悲剧的发生。

高三第一学期的期末，白露得了全校第一，而霍一行是全校倒数第一。这时的白露已经当了两年的学生会主席，在学校有了一定的威望，也有了一个很有好感的男生。那是一个无论相貌还是家庭背景都完全不能与霍一行相提并论的男孩，总是一身带着肥皂香的校服，站在人群之中完全不起眼。白露之所以看重他，大概只因为那个叫顾青树的男孩同自己一样家境贫寒却坚忍不拔吧。

期末后的第一个周末是顾青树的生日，白露卖掉了霍一行送给她的珍珠项链，用得来的钱给顾青树买了一支钢笔。顾青树收下笔时，对她笑了笑。在那笑容闪现的瞬间，白露觉得自己的心里满满的。这才是平等的关系吧，不像霍一行那样，总是干涉她，让受了恩惠的她无地自容……

白露没想到的是，顾青树生日的第二天，他却顶着又青又肿的眼睛来了学校。顾青树被霍一行打了。

这次不等白露去找霍一行算账，霍一行就主动找到了她："小露，为什么要卖掉它？"少年手里拿着那串珍珠项链，他清澈的双眼中，比起怒气，更多的是悲哀。

"因为讨厌。"白露本就生气，外加自己卖项链的事儿被霍一行戳穿，她恼羞成怒，口不择言，"你用你爸爸收的那些赃款买的东西，我不稀罕！"

"你……"霍一行一直都很尊重霍爸爸，白露这次真是触到了他的逆鳞，可他还是强压着怒气去拉白露的手，"小露，你说这话不是存心的，只是为了气我是吧？"

"你爸爸做的那些见不得人的勾当，我都知道。我要是你，肯定羞耻得无地自容！"白露从小住在霍家，看到过很多人给霍爸爸送礼，她自卑的心理让她选择只记住了那些送礼的人,而忽略掉霍爸爸并没有收礼物。敏感、自卑、尖锐,年少时的白露终于关不住心底那只野兽了……

她奋力挥开霍一行伸来的手,因为太过用力,他手上攥着的珍珠项链被拉断了,昂贵的珠子滚了一地,其中很大一部分掉进了一旁的下水道……白色的珍珠消失在泥水里,没发出丝毫声响,像是什么东西再也回不来了一样。

那天白露最后的记忆,大概就是霍一行蹲在雪地里找珍珠的狼狈模样吧……

之后的一切都发生得再自然不过了,在顾青树有意无意的撺掇下,尽管温浓浓多次劝白露不要意气用事,甚至拿出了顾青树在背后谣传白露拿钱倒贴他,他根本看不上白露的录音,但已经钻进牛角尖的白露依然打了那通举报电话……

的两个人。温浓浓穿着一身白色毛绒衣,双马尾上各绑着一只白绒球,整个人依旧是又甜又软、爱哭可欺的小奶油模样。

温浓浓低着头,显得很愧疚:"天赐哥,那通电话是我打的。对不起,我……我嫉妒白班长,想让你讨厌她,就诬陷那个电话是她打的,我没想到会是这个结果……"

结果就是霍爸爸被停职,如日中天的霍家一落千丈。

傍晚艳丽的残阳坠落得很快,橘红的日光落在雪地上,像是一条长长的血痕,浓得化不开。少年霍一行站在"血痕"之上,方经家中巨变的他,仅仅一天就瘦了一圈,可即便如此,他依旧把背挺得直直的。

白露意外,接下去,短暂的宁静后,霍一行只是抬手揉了揉温浓浓头上的绒球:"你啊,傻瓜……"

白露站的位置让她看不清霍一行的眼神,只觉得他声音里是不符合年龄的萧索与无奈。

"对不起。"温浓浓又道。她是委屈的,白露知道。

面对温浓浓不停地道歉,霍一行最后只是说了一句:"走吧,该吃晚饭了。"从头到尾,他都没提那个举报电话,只是在他转身时,白露似乎感觉到了他眼角的余光扫过了她所站的阁楼,这让她立刻藏到了厚厚的天鹅绒窗帘后,好半晌后,她才敢

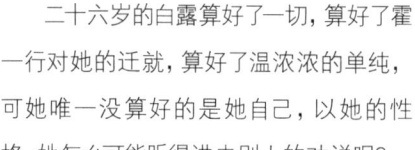

二十六岁的白露算好了一切,算好了霍一行对她的迁就,算好了温浓浓的单纯,可她唯一没算好的是她自己,以她的性格,她怎么可能听得进去别人的劝说呢?

然而,就在白露以为一切都无法改变的时候,她又多了一段记忆——温浓浓认下了那通举报电话。

记忆里的她站在阁楼上,看着花园里

探出头来。

这时,太阳已经完全落下了,月光把霍一行照得通透,他的背影清瘦又坚定。少年像是一夜之间长大了……夜色中,他宽厚的手掌握着温浓浓的小手,就那样走出了庭院,走出了他的少年时代,没有回头……

就在这段新记忆出现的那个晚上,成年的白露再次接到温浓浓的电话:"我能做的就只有这些了,希望你们幸福。"

白露惊愕了半晌,才道:"你……你怎么知道我不是一行的表姐?"

温浓浓笑得很轻快:"你是他喜欢的人啊,我既然喜欢他,想了解他,又怎么能不了解你呢。"

通话的最后,温浓浓说:"我们这里下雪了呢,你们那里呢?"

白露望向窗外,不知何时,天地之间大雪纷飞,掩盖了一切不堪与肮脏,两个时空仿佛在这一刻交错了……

然而,就算已经死去的温浓浓牺牲如斯,白露之后的记忆依然没有改变。霍宅被政府收回,白露一家搬去别处。她在校园里虽然也能见到霍一行,两个人却再没说过一句话,然后,她出国;然后,他复读,成为理科状元;再然后,他与温浓浓交往,温浓浓车祸去世……终于,白露不得不承认,即便年少的温浓浓阻止了吸烟事件的发生,认下了举报电话,自己与霍一行之间的未来依旧无法更改,他们仍然渐行渐

远,像是两条相交线,亲密地交汇在一起,之后,便是永远没有相交的可能了。

覆水难收,破镜难圆。

她以为是开始,其实早就结束了啊。

在转年春,冰雪融化时,白露买了回美国的机票。

离开霍宅的前一天晚上,霍一行沏了一壶银钩为她送行。他们曾在稚龄时共同饮过一杯烈酒,如今却要在茶香中分别,他们就这样,以浓烈开始,以清淡结束。

氤氲茶香中,白露还是忍不住问:"你是什么时候喜欢上温浓浓的?"她一直很好奇这个问题,她想知道自己究竟是什么时候失去的霍一行。

霍一行微笑:"什么时候开始的我也不清楚,但在意识到的时候,就再也不想让她离开我的视线了,"只有在提到温浓浓时,他平静的眼底才有一些波动,"她那么好,我很喜欢她。"

你这么好,我也很喜欢你,可还是晚了。

春花开,冬雪去,昨日种种,终随昨日一同死去了……

TAYI
SHIGUANG
WENQIANGWEI 尾声

白露不是一个善良的人,她在返回美国之后,才把那个可以连接两个时空的电

话的事情告诉霍一行。

"一行，如果你们有缘，你应该还能接到她的电话。"再多的，白露没有说——如果能接到，那么你就能救她了。

三年后，白露回国开会，在熙熙攘攘的街头，远远地看到霍一行揽着一个女孩子的腰肢，他温柔地对她笑，把鸭舌帽扣在她毛茸茸的发顶，不知道他对她说了什么，但她笑得那么甜美，一定是很有趣的，或是很温柔的话吧。

白露停下来，看了看手机，下午三点，她该去机场了。

等她再抬头时，霍一行已经不见了。

耀眼的阳光让白露有些眩晕，她不禁怀疑，也许那连接两个时空的电话从来没有响起过，一切不过是一场午后短暂的白日梦……

【星际迷航】

你的黑眼圈成精了

NIDE
HEIYANQUAN
CHENGJINGLE

文/沈轻舟
图/Nutdream

▶作者简介◀

沈轻舟：现为自由撰稿人，擅长科幻、推理、悬疑、情感故事的写作，儿童与成人故事都有涉猎。人很文艺，文不正经，愿望是写尽全宇宙的脑洞。

"我原本以为这只是普通的失眠，但是最近我发现，这种失眠症会传染。"

林悠悠有个闺密叫秦蓝。自从搬去校外和人合租后，秦蓝的睡眠质量就不好了。

"你晚上回去和你室友做什么了？"彼时，林悠悠正抱着一大摞实验数据册往实验楼赶。她是A大生物科技系的大三学生，因为在校期间表现突出，被她的导师破格提入实验室……打杂。

"什么都没有做啊。"秦蓝打了个哈欠，双眼无神地说。

林悠悠停下脚步，认真地看向秦蓝："蓝蓝，你老实告诉我，你是不是在和那个男人谈朋友？"是的，秦蓝的室友是个男的。虽然闺密间也存在着诡异的占有欲，但林悠悠觉得比起这个，她更介意好朋友连谈恋爱的事都瞒着自己。

"没，没有的事。"秦蓝支支吾吾地说，"我跟你说过啦，我和沈只是普通朋友。"

"普通朋友，你会见面第一天就搬去和人家合租？"说起秦蓝去校外合租事件也是一件奇葩。

半个月前的某堂课上,突然有个男人到教室来找秦蓝,秦蓝便跟他出去了。当时因为角度的关系,林悠悠只远远瞥见了那男人的侧影,是个高大而清俊的男人。其间,林悠悠发微信问秦蓝这人是谁,秦蓝表示自己也是第一次见。

十五分钟后,秦蓝回到了教室,她面色苍白,直冒冷汗,似乎受了很大的刺激。可林悠悠问她发生了什么,她又不说。到了当天傍晚,秦蓝就抛弃了同住的林悠悠,说要搬出去和那个男人一起租房子住!

林悠悠当然是极力反对的,怕好友被骗。

秦蓝当时是怎么回答她的?

哦,这丫头眼神一阵乱飘,说:"我相信沈是好人!"

林悠悠再问,秦蓝语无伦次地说:"我……我这也是为了你好!"

林悠悠:"?"

秦蓝和那男人一住就是大半个月,所幸这丫头每天都按时来学校,但林悠悠还是不能放心:"正好我下午没课,我上你那儿去转转吧。"这是她第N+1次提出这样的要求了。

"到……到时候再说。我还有课,先走了!"说完,秦蓝就如兔子一样跑走了。

林悠悠:"……"

盯着秦蓝背影发呆的林悠悠没看路,有人一头撞了上来。

"啊!不好意思!对不起……对不起!"对方是个男生,他忙不迭地道歉,并弯腰帮林悠悠捡起散了一地的册子。

"没事。"林悠悠也蹲下去捡,捡着捡着,她一抬头,哟,好大两个黑眼圈!

"同学,你晚上没睡好吗?"林悠悠脱口问。

男生双眼无神似死鱼一般:"是啊,上礼拜从市中心回来,晚上就开始失眠了。躺在床上明明很困,但就是怎么也睡不着,凌晨三四点才能稍微眯一会儿。现在每天基本只能睡两三个小时,真要痛苦死了。"说完,同学打了个大大的哈欠,睁着一双死鱼眼走了。

A大在远离B市市中心的偏远山区,来回就要半天时间。按照以往的经验,学生们去一次市中心,几乎都要累掉半条命,回来倒头就睡死了,他竟然还会失眠?

林悠悠狐疑地继续往实验楼走,不知是否因心里有了"失眠"两个字,她特别留心,结果一路上遇到的同学们都在打哈欠,人人眼下都有两个厚重的黑眼圈。按理说,这不应该啊,最近又不是什么考试周,他们学校排课很人性化的,学生们基本天天都能睡到自然醒。

突然,前方有人"啊——"了一声,一个女生晕倒了!

"她应该是睡眠不足。"晕倒女生的同伴打着哈欠说,"我看再这样失眠下去,我也要晕了。"

看着来往的同学们一个个耷拉着脑袋,死鱼一样翻着眼,一副困极的模样,林悠悠皱起了眉头。

"师兄,学校里同学们的失眠情况好像越来越严重了。"洁白的实验室里,林悠悠犹豫再三,还是说出了自己的猜测,"而且我问过了,大部分同学的失眠,都是去了市中心回来后开始的。"

被称作"师兄"的男生转过身来,他穿一身实验室的宽松白大褂,戴一副厚底眼镜,长相虽不是那种能让人一眼记住的帅,但是很耐看。

"最近有老师的消息吗?"他不答反问。

见林悠悠摇头,他方垂眼道:"另一部分失眠的人则一定是那些去过市中心的人的室友。"

林悠悠眼皮子一跳:"师兄,你什么意思?"

关风,也就是林悠悠的师兄从办公桌上取了一份文件递给林悠悠。

林悠悠一低头,"失眠症紧急研究任务"九个大字就映入她的眼:"什么意思?"

关风的脸色很凝重:"市中心的失眠症两个月前就爆发了,现在市中心几乎人人睡眠严重不足。失眠不是病,但长时间睡眠不足会导致人的注意力不集中,工作效率低下,脾气暴躁,甚至会引发死亡。对于这种失眠症,市中心的医疗专家们都束手无策。一个月前,市领导紧急向我校的附属研究院求助,请求我们尽快找出应对失眠症的办法。研究院分了一批教授专门去做失眠症的研究,咱们老师也在列。只是这段时间老师云游去了,老师的任务就由我接手。"A大的研究院在国际上都是颇有盛名的,市领导会向研究院求助并不奇怪。

"那你有眉目了吗？"林悠悠问。

关风托了托眼镜，目光沉了下来："我原本以为这只是普通的失眠，但是最近我发现这种失眠症会传染。"

"你说什么？" 林悠悠一下子跳起来，因为她想到了秦蓝。秦蓝这些日子失眠严重，前些日子秦蓝刚去过市中心。那天林悠悠本来也要去的，但被一个实验绊住了。秦蓝和她同住一屋，去市中心的日子正好是半个月前，也就是秦蓝搬去校外的日子。搬走那天，秦蓝怎么和她说的：

"我……我这也是为了你好！"

一时间，林悠悠只觉得心慌慌的。秦蓝一定知道些什么！而且，秦蓝今天没来学校！手机也打不通！不行，她要去找秦蓝！

02

"叮咚叮咚——叮咚叮咚叮咚——"

林悠悠虽然没去过秦蓝的"新家"，但好歹曾经"逼问"出了她的地址。因而此刻，她才能在这间老公寓外疯狂按门铃。

"叮——"

"哐当——"

门铃与开门声同时响起，下一秒，林悠悠听见了一道清冽动听的男音："同学，你找谁？"

林悠悠诧异抬头，一眼就撞进了男人的眼睛里去。他的眼睛是暗灰色的，其中又有一点冰蓝，仿若死水里的一点明光，让人看得都要忘记移开眼。

"同学？"

林悠悠刹那间回神："嗯，我找秦蓝。"

男人犹豫了一下，并不具侵略性的目光上上下下将她打量。半晌后，他转身向屋内走："进来吧。"

这公寓虽老，但比林悠悠想象的舒服得多，两室一厅，客厅里有个巨大的落地窗。此刻，窗帘大开，灿烂的阳光肆意地洒在男人身上。从林悠悠的这个角度看过去，正好可以看见他柔光满满的下巴和一点侧脸。嗯……这个男人看起来真是又帅又温柔。她觉得依秦蓝的习性，秦蓝应该很难把持得住。她记得秦蓝跟她说过，这个男人叫沈沛森。

"她就住这里。"沈沛森突然出声。

"啊？哦哦！"回过神来的林悠悠抬手就要去转动门把手，却被沈沛森拦住了。逆着光，他的眼神让人看不真切，他说："她好不容易睡着，你动作最好轻一点。"

"……哦。"

秦蓝住的是次卧，三十平方米的空间，窗帘紧合。床上的秦蓝把自己蜷缩成小小一团，埋在被子里，微微打着呼噜。林悠悠走到窗边，把紧闭的窗户开了一丝缝隙，以便通风。接着，她在床边的椅子上坐下来，等着秦蓝醒来。

没想到坐着坐着，她就睡着了。

她应该睡了很久，因为睁开眼睛的时候，房间里已经完全黑下来了。

窸窸窣窣……床上有声音。

林悠悠以为是秦蓝睡醒了，高兴地看过去，却看见……

房间里虽然暗黑，但有路灯的光自窗外射进来，正好照亮了大床。床上的秦蓝仍旧蜷缩在被子里，她头顶上方却悬浮着一个男人！有两根细细的橡皮导管似的东西自男人头顶伸出来，眼看就要扎进秦蓝的太阳穴里去！

林悠悠："啊——"

那男人猛地侧过头来，双目一金一红，背上还长着两对薄如蝉翼的翅膀！

林悠悠："啊啊啊——"

男人翅膀一扇就朝林悠悠飞扑而来，正在这时，房门"砰——"一声被人撞开，一个大火球"唰"地飞进来，是着火的抱枕！

抱枕正好砸在翅膀男的背上，他发出"嗷"的一声惨叫，翅膀瞬间烧着了。

此刻，霎时房间内灯光大亮，跌坐在地的林悠悠一眼就看见沈沛森出现在门边，他抬脚就朝翅膀男冲去。

可翅膀男的动作更快，只见他连滚带爬扑到窗边，自窗口一跃而下。

沈沛森并没有追下去，而是在窗边小声骂了一句脏话。他转身见地上的林悠悠正一脸呆滞地望着他,便叹了口气:"你没事吧,同学?"

林悠悠艰难地转动着眼珠子,目光落到床上时,她的眼神才有了焦点:"秦蓝怎么还在睡!刚刚那么大动静!"她急得不行,"刚刚那个……怪物对她,对她……不行!我得她送去医院!"

"她没事,只是服了安眠药。"沈沛森语气平淡地说。

"因为睡不着才吃安眠药的吗?她这样子也不知道吃了多少……不行,我还是得送她去医院!"

沈沛森看了她一眼,道:"没有过量,只是正常的量。"见她疑惑地看过来,他居然大方承认,"是我给她服的安眠药。"

"什么?为什么?!"想到刚刚沈沛森与那怪物对峙的场景,一阵极度不安的感觉涌上林悠悠的心头,她一步上前挡住在床上昏睡的好友,"你到底是谁?刚刚那个又是什么东西?"

男人眼中的那抹冰蓝暴露在灯下,闪着诡异的光。他就那样面无表情地盯着林悠悠看,一言不发。

秦蓝慢慢地睁开眼睛,视线所及是老旧的天花板、电扇和对面的床。她腾地坐起来,瞌睡虫全跑了。

"你可醒了。"下铺传来迷迷糊糊的声音,是林悠悠,她刚刚趴在书桌上睡着了。

此刻是凌晨四点。林悠悠和秦蓝住的是双人间的研究生宿舍,这批研究生这段时间正好毕业,因此整栋宿舍楼都是静悄悄的,唯有林悠悠她们寝室亮着一盏小夜灯。林悠悠是怕秦蓝晚上有什么事,不敢睡死,干脆就趴在桌上睡了。秦蓝之所以回到她们的两人宿舍……也是一言难尽。傍晚在出租屋时,任凭林悠悠如何逼问沈沛森,他愣是一句话都不肯说。林悠悠受不了了,她要把秦蓝带走,还要报警!

"我送你们回学校吧,这么晚了,你们两个女孩子不安全。"

林悠悠:"……"

鉴于她一个人确实没办法把睡得跟死猪似的秦蓝弄走,她就默许了沈沛森的建议。送到宿舍楼下，沈沛森就头也不回地走了，徒留原地的林悠悠盯着他的背影发呆，觉得他有毛病。

"那你报警了不？"秦蓝自上铺探出一个头来，小心翼翼地问。

林悠悠斜眼看她："你是希望我报警呢，还是不希望？"

秦蓝紧抓着手指："这个，我当然是希望……"

"秦小蓝！"林悠悠猛地一拍桌子，"到底怎么回事？你还不快给我老实交代！"

事情还要从半个月前秦蓝去了市中心一趟说起。

"我有好几个月没去市中心了，本来是想好好逛一逛的，哪里想市中心的人一个个都弯腰驼背、双眼无神、目光呆滞，远远望过去，跟一大群丧尸似的。我有点害怕，就先回来了。"秦蓝边说边不安地抠了抠脸，"我睡眠质量比较好，在回校的大巴上就睡着了。我坐在最后一排，当时车上只有我一个乘客。睡得迷迷糊糊的时候，我感觉有人在摸我的脸，那感觉有多恐怖你知道吗？我一下子清醒过来，可整辆车里除了司机，还是只有我一个人。一开始，我以为我是做梦呢，但是后来……"说到这里，秦蓝不安地盘起了腿，声音压得低低的，"后来我又睡着了，但是睡得不沉，迷迷糊糊之间我睁开了眼睛，看见我身边的玻璃窗上映着一个男人，但那个男人是有翅膀的，还把一根管子插进我的脑袋里！"

"啪……"有什么东西掉到了地上，是书，被林悠悠拂落的，她脸色有些发白，因为她确定，秦蓝不是说谎。见秦蓝一副失魂落魄的模样，林悠悠倒了杯水喝掉，勉强让自己的声音听起来是镇定的："后来呢？这跟你要和沈沛森同居有什么关系？"

"沈沛森说可以帮我对付那个怪物。"秦蓝幽幽地说。

"也就是说，我们白天看不见那怪物，只有晚上才能看见。而你在大巴车上之所以看见了怪物，是因为那时大巴刚好经过一个很暗的隧道。"林悠悠的语速很慢，她在借此整理自己的思绪。

"听沈沛森说，那怪物的皮肤很特殊，可以自主控制反射和吸收太阳光，就是一种在大白天的隐身术。但是一遇到火，它们就不行了。"说到这里，秦蓝顿时两眼冒光，手舞足蹈，"沈沛森来教室找我的那天，你是没看见他有多帅啊！他怕我不相信他说的，就把我带到教学楼后面的小树林里，

'咔嚓'一声打着打火机,往我身后那么一扔!那个翅膀男就现形了!"

"那东西难不成一直跟着你?!"

"就是啊!"秦蓝一拍大腿,"看起来,沈沛森是想抓住那怪物的,但那东西现形后就逃走了。沈沛森说那东西并不会走远,会潜伏在我周围。不榨干我,那东西是不会走的!他说那东西只会在我睡觉时对我动手,还……还会牵连到和我一起住的室友!我就很急,问他要怎么办。他说他可以帮我,但学校里人多不方便动手,他要我跟他出去住。"

"然后你就同意了?"

秦蓝点点头。

"不清楚他是什么人,你就敢跟人家走?"

秦蓝:"……"

林悠悠:"?"

秦蓝挠挠头:"我当时吓死了啊,救命稻草有一根就抓一根咯。而且我很警觉的,出去住的第一天晚上就专门找了几个体院男生埋伏在我房间楼下。我住二楼,房间有个大窗户,跳窗什么的也方便。更何况我晚上基本不睡觉,好好守着房门呢,万一有事,我就直接给我哥们打电话!"

"等等!"林悠悠暂时撇开秦蓝随便就被陌生男人"拐走"的蠢事,"你说你晚上基本不睡觉,这么说,你这些天没睡好完全是你自己作的?"

"可以这么说……"

"那沈沛森今天为什么给你吃安眠药?"

"他给我吃安眠药了吗?我不知道啊。"

林悠悠皱起了眉头,看来秦蓝的失眠是个别现象,和学校里的集体失眠没关系:"那你和沈沛森住在一起后,那个怪物又来找过你吗?"

秦蓝摇了摇头。

林悠悠猛地站起来:"前面你说那怪物只会在你睡觉的时候对你动手,因为这些天你没好好睡觉,所以它就没出现。很有可能就是这个逻辑,我还是觉得那个怪物跟集体失眠症有关系!"说到此处,林悠悠忽地抬头,"沈沛森有说那怪物是什么东西吗?"

秦蓝把自己裹进被子里,大大打了个哈欠:"他不爱说话的,跟他同住十多天,他总共就跟我说过两句话:'这是你房间','有事叫我'。"

这件事大大超出了林悠悠的预计,她急需找个人商量跟倾诉。眼看时针快要指向五点,她决定熬到宿舍大妈开了大门就去找她的师兄。

"呼——"

"呼呼——"

"呼呼呼——"

寝室里忽然响起了诡异的呼噜声,林悠悠一抬头,就看见秦蓝趴在被褥间,又睡着了。最近这段时间,也真是难为这丫头了。想到这里,林悠悠踩着凳子爬到上铺,想给秦蓝盖好被子,正在这时——

"呼——"一阵冷风吹来,冷得林悠悠打了一个寒噤,差点从凳子上摔下来。奇怪,她明明关好窗了啊。出于一种本能和直觉,她缓缓转头,就看见玻璃窗不知何时开了一条缝,一个健壮的成年男人正趴在玻璃窗上,半金半红的眸色,是那个翅膀男!

"唰"的一声,翅膀男头上伸出两根导管,他贪婪一笑,翅膀一动就要破窗而入!

正是这个时候,"扑哧"一声,有什么东西击中了翅膀男的背。翅膀男闷哼一声,暗金色的液体瞬时布满玻璃窗。那是……翅膀男的血,而他背上的东西……是一个沉重的钩子。钩子末端连着一根粗绳,绳子正往下拉,翅膀男惨呼一声就被带了下去。

林悠悠冲到窗户边,翅膀男"砰"的一声砸到地面上了。

地上站着个人!

路灯将那个人的影子拉得老长,他负着手,侧脸的轮廓柔和而完美。因为就在三楼,林悠悠一眼就认出那是沈沛森!大晚上的,他怎么会在这儿?可惜她听不见他们在说什么。

此刻,沈沛森眸中的冰蓝似是变作了一把利刃,狠狠刺向地上的男人:"'他'在哪里?"

翅膀男倒地不起,只有眼神是倔强的:"你别妄想通过我找到'他'!"

沈沛森不咸不淡地看他一眼:"你再小心,不还是被我抓到了。"

翅膀男:"?"

沈沛森:"所以,对我来说,找到'他'也不在话下。"

"你……"不知是因为气急还是因为伤势太重,翅膀男没说完话就吐出一大口血来。

沈沛森面色一冷,抬步就朝他逼近。但沈沛森到底晚了一步,只见翅膀男的血腾地着起火来!金色的血就跟油似的,顷刻间就燃烧到极致。

翅膀男自燃而死。

"师兄,我说的都是真的!"

第二天一大早,叮嘱秦蓝待在人多的教室里别乱跑后,林悠悠则火速跑来关风这里,把昨晚发生的一切都告诉了他。她不敢保证集体失眠症是否与那怪物有关,但出现那种生物本来就是极度不寻常的事啊。即使报警,警察也未必相信她,她思索再三后还是来找关风了。

关风藏在镜片后的眼神叫人看不真切,他说:"你说的事情太匪夷所思,我怎么相信你?"

林悠悠登时就笑了:"我有录像!"

昨夜,翅膀男一下子就烧没了,沈沛森也走了,到了第二天早上,地上已没有任何痕迹。幸而昨夜林悠悠怕自己和秦蓝出事,整夜开着手机摄像头,正好拍下了翅膀男撞上玻璃窗的那一幕。

录像以翅膀男惨叫着跌下去而告终。关风低头看着林悠悠的手机屏幕,眼中闪过一抹白光。他抬头看向林悠悠:"这件事实在特殊,你还跟谁说过吗?"

林悠悠的脑海里瞬间就出现了沈沛森的脸,她该怎么形容他?说他是和翅膀男一伙的吗?应该不是。她无须把翅膀男的事情告诉师兄,他知道的本来就比她多得多。想到这里,她摇了摇头。

关风垂下眸子:"跟我来吧,我还要做进一步的分析。"

"哦。"

林悠悠从来只在实验室打杂,因此她并不知道,实验楼的地下还有那么大的空间。

"老师的很多实验都需要保密,而这部分的实验就主要放在这里进行。"在狭长的地下走廊里,关风边走边道。

跟在他身后的林悠悠边走边打量,这走廊有点像医院里的白色走道,两边有规律地分布着一个个房间,都是实验室。林悠悠只觉得新奇:"我什么时候也可以来这里啊？"她指的是来这里做实验。

关风弯弯嘴角："你今天不是来了？"

"这不算啦。"

两人边走边聊，很快来到了走廊尽头的一间实验室外。

"好了，进来吧。"说着关风打开了门。

林悠悠欢喜地走进去，却——

实验室的门在林悠悠身后轰然合上，彻底隔开了她与关风。透过门上的玻璃小窗，她不解地看着外头的关风："师兄？"

关风面无表情道："你知道得太多了。"

林悠悠："？"

关风居然不再多言，转身就走。

林悠悠震惊了，她"砰砰砰"地拍门："师兄你干什么？师兄你去哪里？放我出去啊！"偏偏刚才她的手机看完录像后，关风没把手机还给她！

林悠悠疯狂地拍了一会儿门，这门是电子防盗门，外头一反锁，里面根本打不开。她慌乱地环顾四周，目之所及皆是一片白。这里除了白墙、白地、白天花板，什么都没有。怎么会这样？师兄他这是……尽管不愿承认，但她不得不面对现实：自己，似乎是被软禁了。

"嘀"的一声，电子防盗门被人从外头打开。缩在墙角的林悠悠猛地惊醒过来："师……"她的声音在她看到来人时戛然而止，因为她看见此刻门外站着的人是……

"怎么是你？！"

门口的男人长身鹤立，实验室普通的白大褂愣是被他穿出了一种制服的感觉。他什么也没说，只用那双灰中透着冰蓝的眼睛望着你，你心中便会升起一丝希望，尤其是像林悠悠这样被困了许久的人。她下意识朝男人走去："你怎么会……"却又很快警觉过来，"你到底是谁？"

沈沛森低声："出去再说。"

"你到底是谁？！"与沈沛森一道小心翼翼地行走在白色走道上，林悠悠实在忍不住再一次问出口。

沈沛森抬手指了指胸。

林悠悠:"?"他白大褂的胸口有块名牌,上头写着:A大附属研究院一级科研员沈沛森。

"这白大褂真是你的?!"

沈沛森颇为无语地"嗯"了一声。

"这么说,你是因为研究项目才会知道那个怪物的?"这么一来,很多事情都讲得通了:沈沛森为什么要找上秦蓝并帮她,为什么他对那怪物所知甚多,又为什么可以对付得了那怪物。

沈沛森没有承认,也没有否认。

身为一个打杂妹,林悠悠对本校的研究院有着一种超乎寻常的爱意。她几乎是立刻消掉了对沈沛森的敌意,转而对他充满了好奇:"你一直以来都是我们学校这边的研究员吗?秦蓝知道你研究员的身份吗?你研究那怪物多久了?你……"

沈沛森突然朝她"嘘——"了一声,另一只手在面前的门上输入一串密码,门"嘀"的一声开了,他拉着林悠悠迅速闪身入内。

这只是一间普通的实验室。

林悠悠:"你要干什么?"

沈沛森却径自越过她,走到墙边抬手就去拉立在那儿的一个大柜子。柜子被拉开,露出了墙上一个弹孔大的洞来。

林悠悠越来越疑惑,可沈沛森不说话,她也只能学着他的样子,猫下腰去看洞。

"给我看一下。"

"……旁边还有一个。"

"好……吧。"

旁边确实还有个半个弹孔大的洞,因为太小了,林悠悠一开始都没发现。

给她指完了洞,沈沛森就站在那儿不动了。因为半蹲着,他的长裤紧绷,腰臀一路到大腿的曲线充满了蓄势待发的力量。他眼睛一眨不眨地盯着眼前的小洞,全然当林悠悠是空气。不知怎的,林悠悠有点生气,心想:不理我,你刚才就别救我出来啊!她负气地去看那个更小的洞,这一看,注意力完全被吸引了。

那是一间很大的实验室，实验室当中有一张医用单人床，床上躺着一个紫发男人。因为他是趴着的，自林悠悠这个角度，便能清楚看见他背上一对薄如蝉翼的翅膀。

"嗯……"她的惊叫声被身边男人一巴掌捂在了嘴巴里。林悠悠没有反抗，因为自狭小的洞口里，她看见了另一个人。

宽松的白大褂，厚底眼镜，不是她师兄关风又会是谁？

关风走到床边，只见他抬手在紫发翅膀男头顶拨弄了几下，翅膀男头上的两根管子就伸了出来。接着，他从口袋里掏出一个香水瓶大的瓶子放到翅膀男面前，说："吃吧。"

两根管子动了动，下一刻，它们精准地插到瓶子里，发出"咝咝咝"吸液体的声音。突然，那翅膀男转过脸来，林悠悠看见翅膀男一脸陶醉的表情。

"他们在干什么？"她不禁脱口道。

沈沛森："吃饭。"

林悠悠："？"

沈沛森垂下眼睑："那是一种来自异度空间的生物，以褪黑激素为食。他现在正在吸食褪黑激素。"

"等等，你说他们吃褪黑激素？"因为最近身边失眠的人比较多，林悠悠特地查了相关资料，恰好就了解到了褪黑激素。那是一种人在睡觉时大脑产生的激素，由下丘脑的松果体分泌。褪黑激素具有镇静剂的作用，可以降低机体的活动，增加疲劳感。可以说，它是一种诱导自然睡眠的体内激素。

"难道近段时间B市和我们学校的集体失眠症是因为……"

沈沛森点了点头："头上的两根导管可助他们深入人的大脑直接吸食褪黑激素。没有了褪黑激素调节，人自然睡眠，人的睡眠自然就会被影响。"

林悠悠惊得都不知该如何调整面部表情了。近段时间人人睡不好、人人都有黑眼圈的原因居然是这样。但是，她很快又想到了另一个问题："导管插入大脑，人不会受伤吗？"

沈沛森道："那两根管子是那些生物自体生成，材质特殊，短期内不会对被吸食者造成明显伤害，但时间久了也会致命。"

林悠悠忽然就想到了B市市民因失眠而死亡的事件。她手足冰凉，额头直冒冷汗："你说的这些……可信吗？"

沈沛森看了她一眼："信不信由你。"

"那……这些都是你的研究成果？"

"算是吧。"

嘴上虽怀疑，但对于沈沛森的说辞，林悠悠心里其实已经信了七八分。眼睛看着那个小洞，她下意识咬手指："那我师兄现在也是为了研究吧……他……他把我关起来是怕我撞上那个怪物，会有危险？对！一定是这样的！"

沈沛森怜悯地看着她。

"你干吗？"

沈沛森忽然站直了，高大的身形几乎将林悠悠整个儿笼罩："跟我来。"

他不知从哪儿给林悠悠搞来了一套白大褂和白口罩，然后就带着她闪身进了走廊的另一间实验室。而透过这间实验室大门上的猫眼，正好可以看见关风所在的那间实验室的大门。

"我们要干什么？"

沈沛森放松地坐在书桌后，拿过一本书开始翻："等。"

室内很安静，只有林悠悠来回踱步的焦躁声音。

"我还有一点不明白。"她绞着手指，"因为有那些异次元生物，就暂时叫他们失眠怪吧，因为有失眠怪作怪，失眠会传染就可以理解了，肯定是失眠怪吸完了这个人的激素吸那个人的。那我也在学校里啊，为什么失眠怪没来找我？"

沈沛森合起书本，抬眼："他们主要分布在B市，被带到A大的……失眠怪并不多，目前这里的学生足够他们吃饱。当然，这也是因为你的住处比较偏远，且一个人住。但如果不及时控制这种状况，其他的失眠怪早晚会找到你那里。"

"那你又是怎么找上秦蓝的？"

"在回A大的大巴车上，我看见失眠怪在吸食她的褪黑激素。"

"你说谎！"林悠悠忽然冲到书桌前，瞪圆了眼睛，"秦蓝说当时大巴车上除了司机，只有她一个人！"

沈沛森突然笑了，整个面部线条都柔和起来，叫人如沐春风："我自己开的车，两辆车经过隧道时，我的车正好停在大巴车旁边。"

"哦，这样啊。"她讪讪道，抬头却正好对上了男人看过来的眼。他的眉梢带着点点笑意，看她的眼神却是专注的，那一点冰蓝里映着她的脸：小小的，慌慌的，又很可爱。在他眼中，她是这个样子的吗？她忽而有点脸红，赶紧"噔噔噔"退后。

"你……"

"你……"

两人同时开口，视线再次在半空中相撞。停留一瞬后，双方又都飞快别开眼去。不知怎的，两人间的气氛忽然就有些尴尬起来，空气里似乎有看不见的小火星在噼里啪啦燃烧。林悠悠清了清嗓子，掩饰似的问："我们还要等多久？"

提到这个，沈沛森的脸就沉了下来："不等到合适的时间，有些事情不好做。"

林悠悠："？"

他们一直等到了晚上八点。

虽然沈沛森又变戏法似的从书桌抽屉里拿出饼干、泡面之类的东西，但现在的重点不是饿肚子好不好，她很担心在外面的秦蓝啊！

"我们到底要等到什么……"

"嘘——"

林悠悠的瞳孔放大，只因书桌后的沈沛森瞬间就闪身到了门边，动作灵活得叫她眼花。她揉揉眼睛，赶紧也凑过去看。

"啪"的一声，走廊上的灯被人关了。下一刻，关风转身朝身后的门内打了个响指，先前那个翅膀男就自己走出来了。

关风拍了拍对方肩膀，一人一怪就开始在暗黑的走道里前行，越行越远。

"我们跟上去。"沈沛森边说边打开了门。

"能进地下实验室的人本就少,晚上八点后,门会从外面锁死。"沈沛森道。

林悠悠下意识去看沈沛森,他侧脸紧绷,目视前方时,眼神是一种如临大敌的凌厉。她其实很想问"那我们怎么出去",但瞧着他的脸色,她最终没开口。而且……他们很小心地跟在关风他们身后,虽然离得远,但间或也能瞧见,师兄和那翅膀男有些亲密得过分了。

"叮咚——"前方忽然传来电梯的声响。

沈沛森和林悠悠赶过去时,那电梯已一路下到了"-23"楼。

林悠悠惊:"这地下室有这么深?"

沈沛森"嗯"了一声,他环顾四周,视线突地在某一点定格:"我们不能坐电梯,得走楼梯。"看向她时,他有些犹豫,"你……"

林悠悠明白沈沛森的未尽之言,整个人忽而就振奋起来:"我没事,我可以走楼梯。不用担心我,我坚持得住!"抬头看他一眼,她又别过眼去,"失眠症的案子本来是老师负责的,老师不在才交给师兄。现在师兄全权代表老师,我得知道他到底在做什么!"

沈沛森目光复杂地看着她,终是道了一句:"跟紧我。"

那是一间走道尽头的实验室,门扉紧闭,却有亮光自门底的缝隙泄出来,关风他们肯定进了里面!

沈沛森正皱眉想着,袖子被人扯了一下。

林悠悠朝他指了指墙上的通风口。

十分钟后。

黑暗的通风道里,沈沛森和林悠悠一前一后在匍匐前进。

"当初我无意中看到了整栋实验楼的设计图,还问老师通风道怎么造那么大,不怕人爬吗?老师说就是要人爬。老师还说,很多实验室出事故时,里头的研究员都是因为电子防盗门坏了打不开被困死在里头的。建个大些的通风道也算是一种救生方式了。"

"你的老师，是个很有爱心的人。"沈沛森道。

"那是！"

"我们到了。"

林悠悠："……"

他们位于天花板上的通风道里，透过栅栏式的通风道口，底下的场景尽收眼底。

底下是一间三十平方米大小的实验室，当中那台庞大的仪器几乎占据了大半个房间，那是……

"时空维度仪！"林悠悠很小声地惊叹道。

沈沛森倏地转头看她，面上有狂喜："你果然知道这东西，你……"

林悠悠一巴掌捂住了沈沛森的嘴，因为底下，关风和翅膀男走到了仪器边。

"主人，要开始了吗？"翅膀男搓着手，脸上尽显贪婪。

关风极轻佻地笑了一声，在仪器的刻度盘上拨弄了几下，抬手按下了仪器上的某个红色按钮。

那仪器陡然射出一道白光，整个空间都开始震动！不，不是一般意义上的那种震动，而是……整个空间的空气发生了变化，有些地方的空气变得浓稠，有些地方则稀疏，空气里荡起一条条水波似的纹路。

下一刻，白光所落之处的半空中撕开了一个洞！

那是一个白色光洞，洞口起初只有子弹孔般大，接着开始以肉眼可见的速度变大，它越来越大，越来越大……突然，一只黑手从洞里伸了出来！

"快拉我一把！洞太小！我被卡住了！"洞里传出男人粗声的一道叫唤。

外头的紫发翅膀男赶紧跑到洞下，飞上去一把抓住了那只手，然后就从洞里拉出了另一个更加健硕的翅膀男来！

旁观到这里，林悠悠完全震惊了："他们，他们这是在……"

沈沛森的脸完全隐没在黑暗里："把更多失眠怪带到这个世界。"

"师兄他这是在干什么？难不成人类集体失眠的事是他搞鬼……"她的话没能说完，因为底下的失眠怪开始说话了：

"这洞太小了啊，主人！"刚来的健硕翅膀男叫道，"为什么不开个大洞，一次性多拉几个人过来？我老婆、孩子、兄弟姐妹……后头还有很多人排着队想过来呢!"

"你以为主人不想?"紫头翅膀男削了健硕翅膀男一下,"是这机器有问题!"

"啥意思?"

"时空维度仪是那老头子设计的。"关风淡淡开口,"他定好了打开空间的大小参数,我没办法修改。那个空间每次只能允许一个人通过,多出来的人是会被空间夹缝挤成碎片的,而且老头子设置了机器的使用频率,一个星期只能启动一次。"

"那把老头找来啊!"健硕男一拍大腿。

"找不到。"说完,关风就自顾自去摆弄机器,不理他们了。

"他们当然找不到。"黑暗管道里的林悠悠冷笑,"老师云游去了,除非他自己回来,没人能找到他。"

"必须找到他。"沈沛森沉声道,"时空维度仪是你老师设计制造的,只有他能阻止那些失眠怪来到这里。"

林悠悠的嘴巴张大,几乎可以放进一个鸡蛋了,半是因为惊愕,半是因为……她觉得沈沛森的话很有道理。在这里就要提一下林悠悠的老师江教授了,那绝对是个奇才,一手创办如今A大的附属研究院,且精通生物、物理、计算机等多门学科,是个罕见的全才!

"老师真的可以阻止师兄他们?"

"时空维度仪是他发明的。对于维度仪,他肯定比我们了解更多,至少……"沈沛森眸中射出一抹凌厉的光,"不能让关风再利用时空维度仪放更多失眠怪来这里。"

"对!"林悠悠太激动了,一头撞到头顶上方的金属管道,发出"咚"的一声闷响。

底下一人两怪瞬间抬头:"谁在上面?!"

沈沛森一拉林悠悠的手:"走!"

"他们在上面!快追!"

"他们在通风道里!快!堵住通风道口!"

虽然通风道口足够一个人通过,但到底比不过外头的人行动迅速。很快,林悠悠就听见脚步声越来越近,下面的一人两怪已经跑到他们身下了!这时,林悠悠和沈沛森也爬到了一个岔路口,往前和往左都有直通的管道,但听脚步声,关风他们应该是径直往前去了。

她一拉前方沈沛森的小腿:"我们去左边!"

沈沛森没动:"爬的时候有声音,他们很快就会发现我们的。"

"那要怎么办?"

黑暗的管道里,沈沛森回头,眸中的那点冰蓝落在林悠悠身上:"我们分头行动,我引开他们,你从左边走。"

"不行!"林悠悠当即拒绝,"要走一起走!"

"现在不是意气用事的时候,乖。"说话间,沈沛森回过身来,下意识替她理了理额间的乱发。

林悠悠看着沈沛森。

沈沛森看着林悠悠。

然后,两个人都僵住了。

下一刻,林悠悠的小脸一下涨得通红。沈沛森则"嗖"一下收手,整个上半身弹跳似的回了前方,他咳了一声:"我也是从大局考虑的。出去后,你一定要找到江教授。"

"我……"

沈沛森又回了头,他的蓝眼亮晶晶的,耳际也有一抹不正常的红晕。他说:"我等你来救我。"

那是一条狭窄的山路,坑坑洼洼的,两边皆是长着刺的灌木。

天快黑了,又饿又累的林悠悠还在跌跌撞撞地朝前走。

突然她没留神,一脚踏空,整个人不受控制地朝右手边的灌木丛栽下去!灌木丛底下可是空的!

"啊——"

幸而底下只是个小土坡,比起摔疼,林悠悠更多的是受了惊吓。但是,她的脚……

"丫头,你干啥事儿了?"一道中气十足的老头的嗓音乍然她头顶上方响起,"被人抢了?不应该啊!这鸟不拉屎、鸡不生蛋的地方,贼来了也得亏本吧?"是的,林悠悠此刻所在的地方是她老家,一个连车都不通的山旮旯里。别说车,连正儿八经的大路都没有,她一路都是翻山越岭过来的。这么个地儿,没人领着走,外人铁定迷路。

林悠悠抬头,此时站在她面前的老头一身白色唐装,长胡子雪白,精神矍铄。她嘴一撇,开口就来:"我脚崴了,爷爷——"

"叫老师!"老头吹胡子瞪眼,"让人听见了,还以为我给你走后门呢!"

"这里又没别人!"

"习惯要从细节养起。"

"……"

是的,这人便是林悠悠口中的老师江教授,当然,也是从小将她养大的爷爷。老爷子在A大的地位很特殊,他和林悠悠都觉得一旦公开了两人的关系,林悠悠这大学就上得没什么意思了。因此,祖孙俩的关系一直是对外保密的,连林悠悠最好的朋友秦蓝都不知道。不过,别以为同在A大,老爷子会给她走后门,老爷子只是把她招进实验室打杂,因为他习惯了自己的孙女打下手,图个舒服。

"爷爷,怎么办?师兄在用您的时空维度仪干坏事,我们得阻止他!"此刻,林悠悠已被老爷子扶回了那间位于林间的小木屋,她的脚也好得差不多了。她迫不及待把最近发生的事一股脑儿倒给爷爷了。她现在害怕又惊慌,承受着巨大的压力。她怕自己晚一步,沈沛森就会……不行不行!不能想!他那么厉害!一定会没事的!

老爷子没意识到孙女的反常,他摸着胡须沉吟道:"我曾经是跟关风那小子提过一句时空维度仪的事,没想到那小子这就偷出来用了!坏小子!"老爷子重重拍了一下桌子,背着手焦躁地走来走去,"他不会给我乱开空间吧?那可要大乱的!"

"我是有看见师……关风开了一个空间,比较小,只能容一个人过来的那种。"林悠悠道。

"那是因为我锁定了调整空间大小的刻度盘!不行!我得回去!那个坏小子!"老头子边说边要往外头冲,却突然停步,"等等,我得带上个东西。"

那是一个圆圆的小球,看起来像一朵小菊花。

"爷爷,这是什么?"

老爷子眯起了眼:"调整空间刻度盘的零件。这玩意儿我一直随身带着,是时空维度仪上的关键零件!我得彻底把刻度盘锁了,让它一点儿也不能打开。"老爷子是想过干脆毁了时空维度仪的,但那毕竟是他半辈子的心血,一时舍不得。

"让我看看。"林悠悠猴急道。

然后,林悠悠一个没接稳,"小菊花"骨碌碌就滚到了地上。她赶紧追过去,"小菊花"滚啊滚,一路滚到门边,"啪"地一下被一只黑色皮鞋踩住了。她一抬头就看见了关风:"你怎么会在这里?!"

关风笑得轻蔑:"这就要多亏小师妹带路了。"顿了一下,关风朝里头一颔首,"别来无恙啊,老师。"

老爷子:"畜生!"

关风眉毛一皱:"把他们拿下!"他身后立马冲出两个翅膀男来,一个紫发男,一个健硕男,拎小鸡似的就把林悠悠和老爷子拎住了。

"你们放开我孙女!住手——"紫发翅膀男一胳膊肘就把老爷子敲晕了。

"你们别打我爷爷!放开——"情急之下,林悠悠一口咬在健硕翅膀男手腕上。翅膀男吃痛,一个反手就把她丢出去了。

那会儿,林悠悠正站在窗边,被这么一扔,眼看她就要磕到窗户下方的铁支架了。正在这时,窗外倏然闪进来一个高大的身影,将林悠悠一拦一抱。

熟悉的男性气息袭来,林悠悠猛然间睁大了眼,还没抬头呢,她发颤的声音就溜出来了:"沈沛森,你没事?太……太好了!"

沈沛森垂眸看她,眼里有他自己也未察觉到的温柔:"嗯,我没事。"

林悠悠克制不住似的,一把抱住他的胳膊。这时,前头的关风发出一声冷笑:"还把他当好人呢,我的小师妹?你也不看看他是谁!"

林悠悠茫然地看过去,一点儿也不明白关风是什么意思。

"他不跟我们一路,却能在关键时刻赶到你家。"关风恶劣的视线射过来,"你说是因为什么?"

"因为……什么?"

"他和我们一样,一路偷偷跟着你啊!"

"不可能!"林悠悠断然道,"沈沛森是被你们抓住了!他是为了保护我、拖延时间让我先离开才会被你们……"

"那你看看他有一点阶下囚的样子吗?"

林悠悠颤了一下,茫然的视线落到沈沛森身上:"怎么……回事?"

沈沛森还保持搂着她垂眸看她的姿势,只不过,此刻他眼里写着愧疚。

她抓在他胳膊上的手指越发用力:"到底怎么回事啊?!"

沈沛森闭了闭眼,再睁眼时,灰蓝色的眸内已无半点情绪。他把林悠悠靠墙边放好,转身直视关风:"废话少说。"他抬步就冲向关风,直取……关风手里的"小菊花"!

两个翅膀男赶紧迎上去帮忙,却轻易被沈沛森一脚踢飞一个。

"砰——"沈沛森一个使力,关风就被压制,狠狠撞在了墙上。沈沛森一只手掐住他脖颈,另一只手扣住他左腕,他手里的"小菊花"就落到了沈沛森的掌心。

"看见了吗,小师妹……"关风边说边咳,"他的目的和我的一样,都是要拿到时空维度仪的关键零件!"

林悠悠已经站起来了,却又一个踉跄,"砰"的一声倒在了地上。

那一下应该挺疼的,可她一声也没吭,全憋在心里了。这么想着,沈沛森的背影就僵硬了。

林悠悠屁股疼,但她的心更疼。她死死盯着沈沛森的背,恨不得在他背上盯出一个洞来:"关风说的是真的?你从头到尾都在利用我?"

"林悠悠,我……"沈沛森艰难启齿。

"你这个大骗……"她的瞳孔倏然放大,因为关风趁沈沛森走神的工夫,空着的右手里忽然多出了一把刀,然后将刀狠狠刺向沈沛森腰际。

"噗"的一声,利刃入肉,立时有血水迸射而出,是……金色的血。

"扑哧——"

关风将刀捅得更深,狞笑道:"你好啊,我的同类。"

这时,一紫一健硕两个翅膀男冲向沈沛森!

"小心啊!"林悠悠大喊。下一刻,林悠悠只觉眼前一黑,身子一沉,沈沛森高大的身体已然重重倒向她。她下意识地迎面将他抱住，却忽然感觉他背上的触感不大对头。她不由朝他背后探头，就看见他宽阔脊背上的肌肉紧绷，那里正有一对透明的翅膀生出来，和那些翅膀男的一模一样！只是，他的翅膀是金色的！

震惊已不能形容此刻林悠悠的心情了，她真的很想甩手把这个家伙扔掉啊！

沈沛森看出了她的意图似的，大掌一伸就把她两只小手都抓住了，他说："我们走！"

"可是我爷爷……"

"他不会有事！"

"等等……沈沛森！啊——"

"噼啪——"

林悠悠猛地惊醒过来，意识到那是燃烧的柴火发出的声音。

这是一个又黑又潮湿的山洞，只有靠近洞口的火堆，才不会瑟瑟发抖。而火堆的对面，沈沛森正屈腿靠坐在那里。

傍晚那会儿，两拨人对战的结果是，沈沛森带着林悠悠跳窗逃走，老爷子则落在了关风一伙的手上。沈沛森说"小菊花"被关风带走了，关风想要利用时空维度仪最大限度地打开异空间，势必要老爷子帮忙，因而老爷子暂时不会有事，他们只需尽快赶回A大研究院，阻止关风就行。

林悠悠很生气，很想掉头走掉，可又怕半道遇上关风一伙……眼见前头出现了一个山洞，她就一头冲进去不想走了。

"天黑确实不便赶路，我们在这里歇一晚上。"说完沈沛森就自顾自地去捡柴火，任由金色的血流了一地。

林悠悠："……"

而此刻她都一觉睡醒了，他的血还在流。

林悠悠郁闷地盯着他，他闭着眼，脸色苍白，而他腰一侧的地上是一大摊金色的血。她随手拔了手边的狗尾巴草，咕哝道："流死你活该啦。"

就在此时，沈沛森睁开了眼。

两人四目相对，林悠悠毫不客气地瞪着他。

沈沛森垂下了眼。

林悠悠觉得他是心虚，越发生气，手边的那把狗尾巴草都被她踩躏光了。这时，沈沛森开口了："我来自J星系X星域第三王国，你可以将我的国家称作T国。那个地方距离地球很远，一百万光年的时间也到不了，但利用时空维度仪穿越空间，则是一瞬间的事。"他的声音淡淡的，是一种不带感情的平铺直叙，"十年前，我的国家发生内乱，导致环境污染，资源枯竭，现存的褪黑激素不能供国民吃饱。"

"十年战乱，国家政权最终分裂成了两派：保守派和激进派。虽然政见不同，但两派领袖的宗旨是一样的——尽快寻找到更多褪黑激素，解决民众的温饱问题。就是在这个时候，我们发现了地球。"

"你们想把地球人都变成你们的食物？！"林悠悠又怒又惊，不客气地拿狗尾巴草砸他。

"当然不是。"被狗尾巴草砸了，沈沛森也没有生气。

看着林悠悠的眼睛，他温和道："发现地球的是保守派的领导人，且这个消息只有少数高层领导知道，并没有在民众间传开。事实上，是我父亲率先发现了地球这个星球，而且是江教授使用时空维度仪时不慎与我们的空间连接，两个截然不同的空间才会有联系。我父亲嗅到了空间另一头褪黑激素的味道，觉得这对T国来说或许是一个机会，便派我顺着打开的空间潜伏过来。只是我没想到，我们赖以为生的食物，会是你们脑内分泌的激素。"

"你说谎！"林悠悠厉声道，"既然你是顺着我爷爷打开时空维度仪时开启的空间过来的，那我爷爷怎么会不知道？"

"T国人在白天会隐身。"沈沛森解释道，"因而我过来时，江教授看不见我。"

"那你又是怎么混进研究院的？"林悠悠又问。

"地球是个与我的国家截然不同的地方，我很快了解到你们已具备人工合成褪黑激素的技术，只是人工合成的激素与人脑自然生成的到底有差。正好江教授所在的研究院有褪黑激素研究项目，我便偷了一个研究员的身份到研究院学习。我没有害人的意思，只是想学习褪黑激素的合成方法，好回去为我的国家制造食物。"

"你说你是来学习的，那后来那些作乱的失眠怪又是怎么回事？"

提到这个，沈沛森的脸色就沉了下来："我刚才说了，我的国家有保守和激进两派人，在我通过开启的空间进入地球时，有一个激进派的狂热分子金红与我一起过来了。那晚，金红潜入我和父亲的实验室，本是想窃取我父亲的实验成果，没想却听到了我与父亲的对话，在我进入空间时，他也跳了进来。金红是个极端危险分子，他非常狡猾，且善于伪装，我一直在找他。"沈沛森面若寒霜，"不过，幸而T国目前并没有进行维度空间穿越的技术，要想开启空间，就必须借助江教授的时空维度仪，而维度仪正好又被江教授做了手脚，不然，会有更多激进分子被引入地球，届时后果不堪设想。"

林悠悠盯着眼前脸色苍白的男人，他的话虽然匪夷所思，但是，听起来也不是作伪。可是，她即刻又想到了另一个问题："你说你一直在找那个金红，那关风和金红……"

沈沛森嘴唇紧抿："他们很有可能是同一个人。"

"不可能！他是我师兄啊！我们认识了三年，我从没觉得他……"

"那他近来是否总有意无意向你问起江教授的行踪？且白日里他的表现，相信你已经看得很清楚了。"

"你是什么时候发现我师兄不对劲的？"

"你被他关起来的前几天。"

"你……"她还想再说些什么，却见对面的沈沛森忽然两眼一闭，晕了过去。

"沈沛森——"她忙扑过去接住他，发现他身体的温度低得出奇，气息也微来越微弱，更可怕的是，他还在流血！

再这样下去，他会死的！她的脑海里莫名就生出这样一个想法。怎么办，怎么办？谁来告诉她，她该怎么办？

"沈沛森！沈沛森你醒醒，醒醒……告诉我，我该怎么救你啊！沈……"她的声音戛然而止，因为她听见了一道不同寻常的声音。

"咕噜咕噜——"是从沈沛森的肚子里发出来的，听起来像是……他饿了。对啊，他白天赶路，想必没进食，又流了这么多血，肯定要吃饭补充体力啊！可他要吃的东西是……

林悠悠紧紧咬住了自己的唇瓣。

她低头,怀里的沈沛森已经被她拍醒了,但是明显气力不支的样子。

他好像说被吸一次不会死人的,她在心里想,而且,我睡眠质量好得很,被吸一次应该也不会受什么影响。想到这里,她把沈沛森好好放在地上,自己在他身边躺下来,开始酝酿睡意。"我也只能帮你到这里了。"嘟囔了这样一句,她闭上了眼睛。

或许是生物对食物的本能追逐,迷迷糊糊快睡着的时候,林悠悠看见沈沛森虽然还不清醒,但脑袋上的管子已经伸了出来。她没觉得害怕,反而觉得头上有两根管子的他像无害的小动物。

接着,她便感觉脑袋一麻。

她没有觉得疼痛,头脑倒是越来越清醒了。

这几秒好似过了很久,又仿佛只是一瞬间。她睁开眼睛,正好对上沈沛森看过来的震惊的眼睛。

"你……"他太震惊了,脑袋上的管子都忘了收回去,动作间一抖一抖的,还挺可爱。林悠悠注意到,他的伤口不流血了,脸上也有了血色。看来他果然是饿了。

"你不必为我做这些。"他低下头去,声音里有愧疚。

"我可不是牺牲自己救你,我是要你养好了身体去救我爷爷!"她哼了一声,双手抱膝坐起来,转过脸去不看他。

沈沛森半晌没说话。

待她忍不住疑惑地望过去时,他方郑重道:"我会给你一个交代。"一字一句宛若誓言。

他眼中的那点冰蓝越来越亮,林悠悠却忽然感到一阵不安。她张口想问他些什么,却不知该从何问起。

"睡吧,我守着你。"他错开了与林悠悠的对视。

"嗯。"她终究什么也没说。只希望爷爷平安无恙吧。强压下心中的不安,她这样想。

林悠悠和沈沛森赶到A大时正值中午,往来学生们一个个哈欠连天,脸

上都写着"我没睡饱",一切似乎与林悠悠离开前一样。

沈沛森却盯着研究院的方向,面色凝重。

"你怎么了?"林悠悠不由问他。

十五分钟后,两人来到了研究院大楼前。

大楼周围空无一人。

林悠悠正要说话,却见沈沛森忽然咬破他的指尖,将一滴金色的血点在她的眉心:"你……"她突然噤声,眼前一暗又一亮,下一刻,她看见大楼周边围满了翅膀男!

"你们白天看不见T国人,我的血可让你短暂与我发生连接,就可以看见了。"沈沛森解释道。

"他们在干什么?"

"来到地球的T国人应该都来了。"沈沛森面沉如水,"这是一场欢迎与祭奠的仪式。看来,金红已经先我们一步回来了。"

林悠悠和沈沛森依旧从通风道进的实验楼。

"金红是激进派的领袖,他为人张狂,做事没有一点底线。"沈沛森爬在林悠悠的前方,刻意压低声音道,"我怀疑他是想大大打开T国与地球之间的空间连接口,把激进派的人都引到地球上!"

"那怎么行?"林悠悠激动起来,现存的那些失眠怪已经搞得人心惶惶了,再多来一些还得了?

"一定要阻止他们啊!"

沈沛森突然朝她"嘘"了一声:"看。"

"爷爷!"

他们不知道关风,或者说是金红在哪里,只能小心翼翼地在管道里一路爬一路看,没想到却先找到了江教授。此刻,老爷子正坐在那间摆放时空维度仪的地下实验室里,对着时空维度仪发呆。

"等等,还有人!"沈沛森一把拉住了急吼吼的林悠悠。他话音刚落,老爷子左手边的一扇小门打开,那个紫头发的翅膀男走了出来,把什么东西交给老爷子就出去了。

"我爷爷怎么动也不动啊?他是不是出什么事了?"

沈沛森也有点担心。又等了一会儿,见没人出现,他们就悄悄打开管道口的栅栏盖,跳了下去。

"爷爷!"林悠悠一下地就迎向老爷子。

椅子上的江教授闭眼锁眉,像是睡着了。

"爷爷?"林悠悠忍不住抬手搭上老爷子的一边肩膀。这时,老爷子倏地睁开眼睛,一把掐住了林悠悠的脖颈。

"林悠悠!"沈沛森一步上前,一把拉开江教授行凶的手,却看见对方一只眼金一只眼红,这是……

沈沛森猛地环顾四周:"金红!出来!"

老爷子左手边的那扇小门又开了,一个全身黑暗的高大男人站在里头。里头光线昏暗,林悠悠并不能看清楚他的脸,却见关风直挺挺倒在他脚边。

"师兄!"她倏地看向沈沛森,"这到底是怎么回事?"

此时,沈沛森已制住了乱动的老爷子,并在他耳后发现了一个小伤口,伤口上糊了一层金色的血。沈沛森的脸色沉下来:"T国人的血会与地球人发生连接,金红将自己的血滴进江教授的身体,对他实行了意识操纵。"

"这么说,我师兄也是被他操纵的?!"

沈沛森还来不及说话,就见实验室的大门被人用力撞开,一群翅膀男涌了进来。

"给我拿下他们!"金红的声音自小门内传出来,跟破风箱似的声音。

"别反抗,他们不会伤你。"在林悠悠耳边留下这样一句,沈沛森一闪身就进了小门内,与金红缠斗在一起!

"你是个人才,何必跟那些保守的老家伙混在一起?"金红一个后退避开沈沛森的攻击,破风箱似的声音继续往外传。

"我们靠自己的努力获取粮食。你的行为算什么?这是掠夺!"沈沛森一脚扫过去,金红躲闪不及,腹部结结实实挨了一下。沈沛森正要追击,却听得身后的林悠悠惊呼一声。沈沛森猛地回头,看见的不是林悠悠被欺负,而是……

江教授木着脸站在时空维度仪旁,一束白光打在他对面的半空中。那里,一个圆盘大小的空间已然开启。

"开大一点!再大一点!"金红猖狂大笑着,"让兄弟们通通来这里享受美味佳肴！"金红在与沈沛森打斗时，还分了一分力气控制着江教授！江教授再度转动了时空维度仪的刻度盘！没有"小菊花"，江教授是在强行转动刻度盘。因为随着他的使用，刻度盘上裂开了一条缝。

半空中的空门连接口越来越大，室内的翅膀男皆露出兴奋的表情。

"爷爷！不要！住手！"可林悠悠无法阻止自己的爷爷，她正被两个翅膀男压制在墙角。

"开，阿三和阿四来了！"有个翅膀男欣喜叫道。

半空中的洞口，两个翅膀男的脑袋冒了出来。

正在这时，沈沛森猛地看向江教授，脸上是孤注一掷的神情。谁也没看见的是，在发现江教授耳后的伤口时，沈沛森把自己的血也涂了上去。

江教授转动刻度盘的手一顿，下一刻，他重新动起来，却是极快地向反方向转着刻度盘。半空中发出一声尖叫，那个打开的空间口瞬间合上了，空间里的"阿三""阿四"险些被夹断头！与此同时，半空中撕裂开了另一个洞口，洞内是全然的暗黑，且它越来越大，越来越大！

"啊——救命！"

"啊——"

制住林悠悠的一个翅膀男居然不受控制地被吸进了洞内！

另一个翅膀男也被吸进去了！

第三个翅膀男被吸进去了！

第四个！

第五个！

……

林悠悠猛地抬头，就看见小门内的沈沛森一脚踢开金红。金红试图抓住手边的桌子，可整个人还是身不由己地被吸进了黑洞里。

接着就轮到了沈沛森。

"沈沛森！"林悠悠疯了一样跑进小房间拉住他，她一把拉住了他的手。可来自暗黑空间的吸力太大了，两人的手不得不分开，沈沛森就如被拽住线的风筝一般，进了那黑洞里。两人的手分开时，他朝她笑了一下，对她说："我说过会给你一个交代。"

林悠悠低头看向自己的手，掌心里静静躺着"小菊花"。

"沈沛森——"

这一刻,林悠悠焦急到了极点,心里有个声音告诉她,她再也见不到他了。

"不——"突然想到了什么,她猛地转过身去,"爷爷!"

江教授闻言抬起头来,眼里清明一片。

其实,在沈沛森被吸进洞里的瞬间,脱离意识操纵的江教授就清醒了,但江教授没有关闭那洞口,因为……

"这是那小子希望的。"江教授如是对孙女道。

几分钟的工夫,研究院内外的翅膀男通通被吸进了黑暗洞口里,江教授把"小菊花"放进刻度盘中央,调整刻度,关闭了洞口。此时,刻度盘中央的缝隙已经很大很大了。

"我的大部分意识被操控了,但小部分的意识是清醒的。"江教授道,"我开始是被那叫金红的操控了,接着是沈沛森那小子操控了我。沈沛森让我关闭前一个空间,开启一个暗黑空间。"

"什么叫……暗黑空间?"林悠悠方才哭了,此刻的声音便有些沙哑。

"那个空间的坐标是沈沛森在操纵我的意识的时候报给我的,那似乎是他的国家里一个专门惩罚人的地方,里面的惩罚措施只对他的族人有效。至于他们为什么会被吸进去,应该是跟他们自身身体构成有关系。"

"那沈沛森怎么办?"

"不知道。"

"悠悠,你昨晚没睡好吗?怎么这么无精打采的?"A大的校园里,秦蓝追上林悠悠,好奇道。

是啊,自从失眠怪们集体被吸走,大家的失眠状况几乎都改善了,秦蓝也搬回来了,林悠悠却开始睡不着了,因为她整夜整夜想着沈沛森,担心他会过得不好。

辞别了秦蓝，林悠悠一个人往研究院大楼的方向走。

旁边的小道上突然走出来一个穿白大褂的人，是关风。

"师兄。"林悠悠叫了一声。关风还是她的师兄，之前只是被金红操控了意识。

两人并肩往实验楼走。

"知道金红一开始为什么要吸我们人类的褪黑激素吗？"关风忽然开口。

"他坏呗。"林悠悠咬牙切齿。

"反正你们地球人晚上都玩手机、玩电脑不睡觉啊，我就以为你们不用睡觉，干脆就吸走你们的褪黑激素咯。"关风学着金红的声音，"这是我的意识被他操纵时，我听见他说的话。"

林悠悠："……"

关风拍拍林悠悠的肩膀："所以，以后晚上早点睡。"

"……好。"

"对了。"关风突然转身看她，"听说老师正在着手修复时空维度仪，就快修好了。"

林悠悠猛地抬头："真的？！"那次打开黑暗空间后，维度仪的刻度盘裂了一条缝，坏了。为此，林悠悠很是颓废了一阵子。

"因为老师对T国人很好奇，得知有良善的T国人后，他想和他们建立联系，或许能达成一些双方共赢的研究。"

"太好了！"这是不是表示……她还有希望见到沈沛森？！想到这里，林悠悠再也忍不住，朝关风挥了挥手就往实验楼里冲："师兄，我先走一步了！"

看着少女风风火火跑远的背影，关风眼里有一丝惆怅。但想到方才她眼内一下子燃起来的希冀，他到底还是笑了。

"希望你幸福，我的小师妹。"

稀有宠物

XIYOUCHONGWU

【冰糖雪梨】

文 / 李望水
图 / Nutdream

> **作者简介**
> 李望水：不想当导演的编剧不是好作者。

"主人……"

唐狄的轻喃让樊紫干笑了两声，道："唐先生，我是正经人，是不玩这种角色扮演游戏的。"

 Chapter_1

樊紫抱着糖果来到后台时，唐狄还在舞台上卖力地表演。

今天是唐狄巡回演唱会的最后一天，唐狄终于把演唱会开回了自己的大本营，樊紫这才得以被召见。

说是召见，其实是帮唐狄和他的宝贝糖果团圆。

糖果是唐狄养的狗，一只小巧的约克夏，更是唐狄的宝贝女儿。唐狄的巡演搞了两个多月，他一直没着家，想糖果想到疯了。身为唐狄请来的特别宠物看护，樊紫自然要在唐狄"思女心切"的时候，带着糖果来见他。

门外传来的观众们撕心裂肺叫喊"安可"的声音，吓得樊紫双手一哆嗦，知道演唱会到了尾声。

果不其然……

"糖糖宝宝！爸爸来了，你在哪儿？"

唐狄一脚踹开门，脸上满是还没来得及擦干的汗，他穿着银光闪闪的背心和工装裤，一看就是刚刚跳完舞，贴在脸上的麦都还没摘下来。向来因为冰山美颜而被粉丝津津乐道的英俊脸庞上，只剩下痴汉一样的红光。

糖果还趴在樊紫的腿上，对唐狄的热情呼唤一点儿反应也没有，冷漠地给了唐狄一个精巧高贵的屁股，顺便亲昵地舔了舔樊紫的胳膊。

樊紫有点尴尬，毕竟唐狄那个人是个小心眼儿，向来不容许糖果对其他人亲密。

果然，唐狄笑得灿烂憨傻的脸一下子垮了下来，他凑到樊紫面前冷冷地看着她，丝毫没有注意到此刻二人的距离近得只剩一根手指。

樊紫却感受到那喷洒在自己脸上的灼热气息，她有些不自在，只好硬着头皮和他打招呼："唐先生，演出结束了啊。"

唐狄眯着眼睛看着樊紫，樊紫又不着痕迹地后退了些，低下头。

"瘦了。"

樊紫一惊，左右端详糖果，道："瘦了吗？它每天都有正常吃东西啊。"

"我说你。"唐狄淡淡地说道。

这关心未免太过暧昧了。樊紫干笑两声，没说话。

唐狄终于直起身子，语气里带着一丝愉悦："等我。"

"……哦。"樊紫缩了缩脖子，脸上有点儿红。

唐狄被化妆师拉去收尾，很快，他换好了自己的私服，抱起樊紫怀里的糖果。

大概是"爱女"在怀，唐狄的表情柔和了许多，他低声对樊紫说道："走了，回家。"

这亲昵的语气让樊紫有些恍惚，却仍是像条件反射般跟了上去。唐狄抱着他的糖果像大爷一样大摇大摆地走着，刚刚结束演唱会的工作人员还站在走廊上进行收尾工作，唐狄和他们打招呼告辞，态度谦逊而诚恳。

樊紫沉默地跟在唐狄身后，偷偷用余光打量着他。如今穿着运动服的唐狄和那个在舞台上妖冶魅惑的男人完全是两个人，他卸了妆，配合着朴素的打扮，看起来迟钝又普通。

不过……

樊紫低下头看了看手表，整十点半，如果不能在十二点之前到家的话，唐狄不普通的一面恐怕要暴露于人前了。

谁知他们刚到停车场就被唐狄的粉丝围住了，尖叫声像利箭一样，快要刺破樊紫的耳膜。

樊紫下意识就要往回走——她一个陌生女人，如果在粉丝众目睽睽之下上了唐狄的车，那她还不得被撕了啊！

谁知下一秒,她的手腕就被攥住了。

樊紫目瞪口呆地看着走在前方的唐狄,他一只手抱着糖果,一只手牵着自己,黑着一张脸在前方开路。

直到上了车,樊紫还没有回过神来。刚才,粉丝的目光已经快要把她射死了,她压力颇大,战战兢兢地问道:"唐先生,这不好吧?"

唐狄正在和糖果玩耍,漫不经心地回道:"有什么不好的?"

——你这是在给我招黑。当然,这话樊紫没敢说出口。

"你是我请过来的,我有责任对你的安全负责。刚刚那种情况,我不可能把你丢下不管。"

樊紫无言以对,只能干笑两声。为了能在这个时候少面对唐狄一会儿,她靠在椅背上假装睡觉,谁知眼睛一合上,瞌睡虫竟然真的来了。

意识迷迷糊糊的时候,樊紫总觉得有一道目光时不时停留在自己身上。

也不知睡了多久,樊紫再次睁开眼睛的时候,眼前满是通红的车尾灯。他们竟然还堵在路上!她惊讶不已,司机无奈地抱怨说刚才有粉丝追车,他们只好绕路,谁知前方出了事故,已经一个多小时都没动。

一个多小时!樊紫一个激灵,下意识地抬起手看表。

零点过一分。

完蛋了!

突然一个热乎乎的身体朝她贴了过来。唐狄手脚并用地搂着她,像一只正在撒娇的大型犬一般。

樊紫浑身僵硬。

"主人……"

唐狄的声音甜得能滴出蜜来。

樊紫的表情犹如便秘了一般,如今她只能祈祷唐狄的司机是见过世面的,千万不要被自家大明星现在的样子吓到。

Chapter 2

唐狄会变成狗,而且这条狗还是樊紫逝去的爱犬樊蓝这件事儿,到目前为止只有她一个人知道。

事情要从三个月前说起。那时樊紫养了十三年的狗樊蓝因病去世,樊紫因此辞去了工作,终日蜷缩在家里不愿出门。有一天,她家的门被人敲开,来人正是戴着墨镜、一脸高傲的唐狄。

"你……"樊紫困惑地看着唐狄,"你找哪位?"

唐狄如冰封一样的脸上出现了一丝裂痕,他显然没料到自己居然没被认出来。他尴尬地清了清嗓子,很有眼力见儿的助理立刻凑上前来,向樊紫阐述他们此行的目的:唐狄的爱犬糖果在宠物诊所就医时受了樊紫很多照顾,因为自己工作比较忙,没有时间照顾爱犬,所以想聘请经验丰富的樊紫做特别看护。

樊紫摇了摇头,苦笑道:"很感谢你的特别邀请,但是很抱歉,我想我不太适合。"

唐狄皱了皱眉,问:"为什么?"

樊紫沉默,她和唐狄并不熟,她觉得自己没有必要向对方解释得太过详细。

等了半天也等不到樊紫说话的唐狄终于有些急了,生硬地憋出一句话来:"可是糖果生病了!"

"怎么会?"樊紫很惊讶,在她的印象里,那只叫糖果的约克夏一直很活泼。

唐狄憋着的那口气似乎被他自己理顺了,他找到了合理的理由,慢条斯理地说起话来:"我带糖果去看医生,它怎么都不老实。我的助理告诉我,糖果只信任你,只和你亲近。"

"可是……"

唐狄后退一步,十分诚恳郑重地朝樊紫鞠了个躬,说:"至少在它痊愈之前,拜托你!它对我真的很重要!"

后来樊紫从唐狄的助理那里得知他的身份,一个高高在上的大明星居然那么诚恳地拜托她,看来是真的很在意那只狗。樊紫想到自己病逝的爱狗,犹豫过后终于同意成为糖果的看护。

她入住唐狄的家,几乎二十四小时陪着糖果,自然也不得不面对唐狄。不过还好唐狄是"空中飞人",在家的时间并不多,她虽然借宿在他家,却并不会觉得尴尬。

而她得知樊蓝在唐狄的身上重生,则是上个月的事儿。

那天是中秋节,月儿正圆。她观察了糖果好一段时间,确认它现在健康得很,于是写了一封辞职信准备给唐狄。

唐狄难得有个短暂的假期回家休息,樊紫琢磨着今天到底是过节,于是买了月饼放在客厅,将辞职信夹在祝唐狄中秋快乐的小卡片里,她便早早回客房睡了。

她睡得迷迷糊糊,隐约听见楼下的座钟敲了十二下,接着她的门就被敲响了。

说是敲门声,更像是狗狗用爪子挠门的声音。

樊紫以为是糖果,连忙跑去开门,不想门一打开,唐狄蹲在她的门前,两只手乖乖地垂在地上,仰着头看着她。

"唐……"

樊紫刚吐出一个字,就被唐狄扑倒了。

唐狄骑在她的身上,不断用头拱着她,鼻子也凑在她身上闻来闻去。讲真,如果不是唐狄平日里的种种举动暗示着他是一个性冷淡,此刻也没有什么过激的举动,樊紫真以为自己要被潜规则了。

唐狄毛茸茸的头蹭得她痒痒的,她只好努力避开他的骚扰,顺便挣扎。

"主人……"

唐狄的轻喃让樊紫干笑了两声,道:"唐先生,我是正经人,是不玩这种角色扮演游戏的。"

唐狄语气抱怨,道:"主人,你不认识我了吗?我是樊蓝。"

樊紫一愣,继而生起气来,推拒的力气变得大了起来。

"放开我!这种玩笑一点儿也不好笑。"

她一把推开唐狄,对方可怜兮兮地看着她,表情十分委屈。

"主人,我真的是樊蓝啊,你不记得我了吗?"

唐狄小心翼翼凑到她面前,舔了舔她的脸。

樊紫的呼吸一下子急促了起来,她看着唐狄湿润的眼睛,有那么一瞬间,她好像真的在他身上看见她的大金毛。

阳光铺在草坪上,樊蓝朝她跑了过来,嘴巴张开,似乎在笑。

樊紫犹豫了一下,她试探地碰了碰唐狄的头。他一下子兴奋起来,温顺地用头蹭了蹭她的掌心。如果他的身后有尾巴的话,她相信,此刻那条尾巴一定摇得厉害。

这种感觉实在是太熟悉了,樊紫紧张了起来,伸出自己的手,唐狄立刻将自己的手搭在她的手上。

樊紫声调颤抖道:"小蓝?"

唐狄吐了吐舌头,笑得见牙不见眼。

// Chapter_3

总之,午夜十二点以后,唐狄会成为樊蓝的这个设定,樊紫接受了。

也不怪她这么轻易相信,变成樊蓝后的唐狄对樊蓝和她的一切都如数家珍。而那所有有关樊蓝的事情,樊紫发誓自己没有向任何人提起过。

又或许,她只是为了给自己一个希望。

清晨,樊紫是在唐狄的怀里睁开眼睛的。她醒来的时候,唐狄显然已经醒了很久,还维持着僵硬的姿势搂着她,不知道在想什么。

樊紫发誓当时的自己根本不知道抱着自己的人是唐狄,她以为还是她的樊蓝。于是她像往常一样懒洋洋地挠了挠他的头发,顺便在他的脑袋上落下轻轻柔柔的一个吻。

"小蓝,早安。"

"小蓝……是谁?"

声音是熟悉的,但语气完全是陌生的。

樊紫一下子清醒了过来,猛地从唐狄的怀中弹开。她不敢相信地看着唐狄,脸上带着可疑红晕的唐狄正揉着酸疼的手臂,表情也恢复成平常高冷的模样,哪里还是她的小蓝。

尽管很不想承认,可樊紫不得不接受樊蓝再次消失的事实。这个事实,很快让她沮丧起来。

"樊蓝是我以前养的狗。"樊紫难过地解释着,看来唐狄对昨晚的一切一无所知,她也完全不知道怎么向唐狄解释自己的爱犬占用了他的身体,只好说道,"我每天早上醒来都会这么和它打招呼。对不起,我睡迷糊了。"

"迷糊到在我的房间睡了一晚上?"唐狄的声音依旧冷冷的。

樊紫更加尴尬,她局促地环顾四周,渐渐发现不对劲儿,屋内的摆设实在是眼熟得很。

唐狄表情高傲,兀自说着话:"樊小姐,我请你回来是做糖果的特别看护,不过,我并不介意你对我有什么想法。事实上,我……"

"那个……唐先生,这儿好像是我的房间。"樊紫果断地打断唐狄的话。

唐狄一愣,脸上立刻闪现出十分可疑的红晕,他慌张地摸了摸鼻子,装模作样地四处打量,心虚地问道:"是这样吗?"

樊紫好心地给他找台阶,说道:"没关系的,唐先生,我想你可能是最近压力太大了,梦游到我的房间。你放心,我知道你是好人,我不会对媒体乱说。"

也不知道是不是樊紫的错觉,在她说完这句话之后,唐狄的脸色居然变得难看了几分。

面色复杂的唐狄终于想起自己的来意,从口袋里拿出樊紫的辞职信,将信封放在桌上,道:"这个,我不同意。除了你以外,别人照顾糖果,我都不放心。"

樊紫完全忘了自己是要找唐狄辞职的,眼下这个情况,别说唐狄不同意,在没有弄清楚樊蓝的事情之前,她自然没办法安心离开。于是,她连忙将辞职信收了起来,低声道:"我知道了,给你添麻烦了,非常抱歉。"

唐狄十分意外地看了樊紫一眼,似乎没想到她会这么快改变主意。一身乱糟糟的男人

"嗯"了一声,扯扯皱皱巴巴的衣服,转身离开房间。

樊紫细心观察过,唐狄只有在她身边的时候才会在十二点以后变成樊蓝,所以眼下的情况暂时还不会影响到他的工作——毕竟他们见面时,他已经下班了。她也和樊蓝约法三章,无论如何都不能做任何伤害和影响到唐狄的事。在得到自家狗狗的保证之后,她这才放下心来。

但樊紫知道,这毕竟不是长远之计。无论如何,她都不能因为自己的私欲影响到唐狄。

// Chapter_4

樊紫坐在急速行驶的保姆车里,怔怔地看着窗外。

糖果乖巧地趴在唐狄的身上,唐狄有一下没一下地抚摸着糖果的毛。

"我们这是要去哪儿?"樊紫慵懒地问道。

"演唱会的工作忙完了,公司替我接了一部和宠物有关的戏,我打算带糖果一起上镜。"

樊紫当然知道,可是她担心的不是这个,而是拍戏的话,一定会碰上开大夜的情况,如果糖果也要拍,那她势必是要在场的,而这就意味着唐狄很有可能拍戏拍到一半变成樊蓝!

这可怎么办?如果他在大庭广众之下变身喊她主人的话,一定会影响他的演艺生涯的。

樊紫的头痛了起来,都怪她,如果不是她拖到现在,也不至于把唐狄置于此等危险处境。

忽然,一只手探上了樊紫的额头。陌生的温度让她有些愣怔,抬起头来便看到唐狄难掩关切的脸。

"不舒服?"

樊紫避开了些,唐狄的亲昵让她无所适从。虽然他们的亲密接触并不算少,但那时他是樊蓝啊,并不是唐狄。

唐狄是大明星,是她的雇主。严格说起来,他们算得上熟悉,彼此之间也没什么特别的关系。

樊紫这副陌生的样子让唐狄有些不满,他撇了撇嘴,僵硬地收回自己的手。

"干吗一副心事重重的样子?"唐狄竟然宽慰起她来,"剧组生活没有那么艰苦,戏很快就拍完了。"

"唐先生……"樊紫犹豫再三，终于下定决心，开口说道，"这段时间，要不我们别见面了吧？"

"为什么？"唐狄一下提高了音量，道，"我们不见面的话，糖果怎么办？我怎么办？"

"你？"樊紫愣了愣，没有弄明白唐狄和这件事儿有什么关系。

"对啊，我……"唐狄说着不知道为什么结巴了起来，"我……我生活不能自理，没个人在我身边是不行的。"

"可是你有助理啊。"

"我只想要你。"

唐狄的话彻底把樊紫吓蒙了，她怔了半响，干笑道："唐先生，你这是发烧了吧，要不我陪你去医院看看？"

气鼓鼓的唐狄看着樊紫，眼神慢慢变得幽怨起来。他叹了口气，语气沉重地问道："樊紫，你真的不记得我了吗？"

樊紫完全被问住了，唐狄的这句话是什么意思？

车子完全没有停下的意思，唐狄问完这句话后就再也没说话，徒留樊紫一个人云里雾里的。

她应该记得唐狄吗？可是，此前她和唐狄明明一点儿交集也没有啊。

樊紫怔怔地看着唐狄的侧脸，尝试在自己的记忆中搜寻有关他的一切，然而还是一无所获。

入夜，樊紫在剧组为他们准备的酒店房间里发呆，糖果跟她睡。大概糖果也感觉到了她的心不在焉，一直有一下没一下地舔着她的胳膊。

挠门的声音响起，樊紫跑去开门，果不其然，门外站着变为樊蓝的唐狄。糖果看见樊蓝时倒是挺乖的，一点平日里高傲的样子都没有。

"主人！主人！"樊蓝又朝樊紫撒欢。

樊紫托着下巴问道："小蓝，以前我们认识唐先生吗？"

"唐狄吗？"樊蓝眨了眨水汪汪的大眼睛，说道，"我认识的哦，阿紫应该也认识的吧。"

对这个答案，樊紫始料未及，她怎么也没想到，樊蓝居然会认识唐狄。

樊蓝告诉樊紫，在还没有被樊紫收养的时候，它是路边的一条流浪狗，每天除了想方设法地找食物填饱肚子以外，还要尽可能地躲开熊孩子朝它扔过来的石子儿。

那时，富家小少爷唐狄每天放学后从它面前经过时，总会摇下车窗，丢好些食物给它，甚至最后为了它拒绝了家中豪车的接送，亲自给它喂食。

樊蓝就是在那个时候和唐狄成为朋友的。小少爷唐狄衣食无忧，却有着被父母寄托了厚望的烦恼。他告诉樊蓝，其实他一点儿也不想学金融继承家业，他想当一个大明星，学唱歌跳舞。那时的樊蓝不会说话，只能舔舔他的手，以示鼓励。

有一天，唐狄在给樊蓝送小吃的时候被附近的混混们盯上，混混们想从他身上讹些钱，于是他被堵在巷子里。

樊紫就是在这个时候出现的，如天降神兵一般。她的脸上化着大浓妆，穿着比那些混混还要生猛。

她一脸冷漠，粗着嗓门道："你们……在我的地头上敲诈？"

那几个混混显然对她有几分惧怕，但又不想丢了面子。他们鼓足勇气冲上去和她扭打在一起，却被她几拳几脚揍了回去，只好灰溜溜地逃走。

文弱小少爷唐狄颤抖着从角落里站起来，细声细气地向她问好。

谁知樊紫扫了他一眼，冷冷地"嗯"了一声。

唐狄涨红了脸，半天说不出话来。

樊紫恍惚想起自己的从前，因父母早逝，亲戚不愿意照顾她。她从十三岁开始自己生活，的确有过这么一段走弯路的黑历史，但她是真的不记得，当时自己出手救的人就是唐狄啊！

后来，也不知道唐狄是不是被她刺激到了，在那一块再没出现过。倒是她，遇上了流浪狗樊蓝，一时心软把它领养了。

从某种意义上说，虽然她养着樊蓝，却是樊蓝救了她。有了樊蓝以后，她有了牵挂，懂得了责任。它陪伴着她度过了十二年的寒暑，让她不再害怕寂寞，让她开始学会付出和爱。如果不是樊蓝，她恐怕早就成了什么少年犯，失去了现在精彩的人生。

想不到，她和唐狄之间还有这么一层关系。

所以说，唐狄那句话是什么意思？因为她年少时的一句挑衅，所以他要来找她的麻烦？

樊蓝用脑袋不断蹭着樊紫的脖子，行为举止俨然是一只黏人的大型犬。

樊紫心中想着唐狄，此刻又对着他那张狗腿的脸，心情十分复杂。她把樊蓝从自己身上扒了下来。樊蓝有点委屈，哼哼了两声。

樊紫摸了摸樊蓝的头，道："小蓝乖啊，唐先生有洁癖的，如果被他发现你用他的舌头舔我，他一定会把自己的舌头割掉的。"

樊蓝的嘴角抽了抽，道："他有那么蠢吗？"

樊紫想了想，说道："他啊，他只是太寂寞了。"

樊蓝安静了下来，悻悻地趴在一边。

"阿紫喜欢唐狄吗?"

樊紫的心颤了一下,面对樊蓝的这句质问,原本应该果断否决的她忽然找不到答案了。她小幅度地点了点头,猛地反应过来,又用力地摇了摇头。

樊蓝不解地看着她,问:"这是什么意思呀?"

樊紫苦笑,道:"唐狄是谁,我又是谁,我怎么能喜欢他呢?"

"可喜欢就是喜欢,哪有什么能不能的啊?"

樊紫没有说话。

像唐狄那样的人,大概不会有人不喜欢他吧。

他像个太阳一样,虽然高冷傲娇,可是非常的细心和温柔。自打认识他以来,樊紫的世界就被填满了。她不再是一个人,也不再孤独。

唐狄总是嘴硬心软。那时她刚到他家,他的家坐落在半山腰,是独门独户的小别墅。那次恰逢台风过境,家中门窗在风雨中嘎吱作响,客厅的落地窗也被强风卷起的石头给击碎了。

家里断了电,黑漆漆的一片,客厅里满是雨水枝叶,一片狼藉。樊紫既要保护糖果,还要想方设法把窗户堵上。

狼狈绝望之中,大门忽然被人踢开。

樊紫永远都不会忘记那一幕,外面电闪雷鸣,一身湿透的唐狄站在大门口,大口大口地喘着粗气。他没带一点妆,眉眼依旧那么好看。他快步走到樊紫面前,从她手中抢过湿透了的拖把,沉声道:"我来,你和糖果快去睡觉。"

"你怎么回来了?"

"我录节目的时候想起客厅的窗户有点问题,之前一直没来得及换,这里线路又比较复杂,刮台风就很容易断电。"唐狄絮絮叨叨地解释,最后才飞快地补充了一句,"你一个人在家,我不放心。"

樊紫愣愣地问:"你这是……担心我?"

"我是担心我宝贝女儿!"黑暗中,她看不太清楚唐狄的脸色,只能从他的语气中听出几分羞赧。他粗暴地说道:"快去睡觉!"

樊紫就这样被赶回了卧室,外面风大雨大,她却十分安心,大约是潜意识里一直有个声音在对她说:有唐狄在家,你还怕什么?

真是好笑啊,唐狄和唐狄的家,居然在不知不觉中成了她的避风港湾。

想到这里,樊紫揉了揉爱犬的头,低声说道:"也许,喜欢吧……"

樊蓝听了,高兴地舔了舔樊紫的脸,说道:"那我就放心了!"

樊紫一愣:"你放心什么?"

"主人,明天见。"

不知道为什么,樊紫觉得心底深处传来一丝痛感。她觉得好像有什么东西正在离她而去,这让她更加用力地抱紧怀中的樊蓝。

樊蓝靠着她的胳膊,很快睡着了,呼吸匀称而平稳。

唐狄似乎并不喜欢演戏。

樊紫看到他垮着的俊脸,得出以上结论。

唐狄黑着一张脸坐在他的椅子里,樊紫犹豫了一下,抱着糖果走了过去。大概是见了糖果,他脸色稍霁,稍微坐直了一些。

"你……不舒服吗?"自从樊蓝问她那个问题之后,她面对唐狄的时候总是怪怪的。

"我讨厌这里。"唐狄说道。

"为什么?"

唐狄道:"我又没学过表演,我就是个唱歌的,瞎演什么戏啊!粉丝喜欢我,所以看我演什么都是好的,但路人呢?路人看我不就和看马戏团小丑一样吗。"

樊紫哭笑不得,弱弱地说道:"可是,大家都这样啊。"

"什么叫大家都这样?"唐狄粗声粗气的,瞪了她一眼,"这不像是你会说的话。"

樊紫哭笑不得道:"我应该说什么样的话?"

"冷冷地看着我,然后说我没用。"唐狄哼了一声,假装她的声音说道,"'像你这种只懂得享受庇护的人,注定是个弱者。为什么要来这里?难道你不知道这样的自己只会给自己添麻烦吗?'"

樊紫尴尬地笑了两声,道:"我……这个,人总有中二期嘛!不要太把我中二期说的话放在心上。"

"你这是承认你想起来过去发生的事儿了?"唐狄挑起一边眉毛看她。

樊紫摸了摸鼻子,想再糊弄也糊弄不过去了。

唐狄哼了一声,说:"我倒是觉得,那个时候的你可爱多了,虽然凶巴巴,但是比现在好。"

樊紫一愣,下意识问道:"现在?现在的我怎么了?"

"口是心非。"

唐狄忽然起身将樊紫一拉,让她坐到自己的位置上,自己则自上而下俯视着她。

太近了……樊紫连呼吸都不敢，把糖果举到自己的面前，试图挡住自己的脸。

谁料唐狄居然把她的手拉了下来，脸贴着她的鼻子补充道："还有，小心翼翼的，我都不知道你每天在怕什么。"

"我怕什么了？"大概是唐狄的逼问激起了樊紫藏了太久的叛逆因子，她梗着脖子，硬气地问道。

"怕失去，所以连拥有都不敢了。"

唐狄放轻了声音，语气里带着一丝无奈。他伸出手，温柔地摸了摸樊紫的脸，说道："这可不是当时救了我的樊紫应该有的样子啊。"

樊紫又羞又恼，将唐狄推开。唐狄却不知是从哪儿来的力气，紧紧攥着她的手腕不肯松开。

还好这时导演过来喊人，唐狄不得不先去工作，这才放开了樊紫。

"在这里等我，哪儿都不许去。"

唐狄说完，抱着糖果去拍摄现场。

他走以后，樊紫这才找回了自己的呼吸。

到底是从什么时候开始，唐狄带给她的压迫感居然变得这么强？还是说，她真的已经掉进名为唐狄的大坑里，无论如何都爬不上来了呢？

樊紫的心里乱糟糟的，自己找了个角落，打算放空冷静一下。也不知道过了多久，她忽然听到不远处传来"出事了"的声音。

樊紫一个激灵，拨开人群跑到最前面，这才从工作人员七嘴八舌的叙述中弄清楚发生什么事：今天的拍摄内容是唐狄在剧中饰演的角色的爱犬被坏人偷走，唐狄不惧艰险前来救狗。拍摄地本就选在一个小树林里，谁知刚才拍摄的时候发生意外，不知糖果是被什么吓着了，一被放开就跑走了。唐狄要追狗，结果自己脚一滑，跌进小树林里。

此时正是夜晚，树林间雾气弥漫，大家一下子就找不着唐狄的踪影了。

等樊紫反应过来的时候，她不知在原地抖了多久。她只觉得自己手脚冰凉，呼吸困难，很久都没有感受过的恐惧感席卷了她。

她不敢想象，如果唐狄和糖果出了事儿，她会怎么样。如果说樊蓝的去世是她无法释怀的阴影，让她不敢去爱，不敢再拥有任何东西的话，那唐狄和糖果……

有人从樊紫身边路过，樊紫迅速夺过他的手电筒，她咬紧牙关，从唐狄刚才摔下去的地方跳了下去。

明明唐狄要她等他回来的，她活到现在，没有什么人对她承诺过，难得得到了这个诺言，她怎么能放走那个对她许诺的人！

身后似乎传来了惊呼和劝阻的声音，可樊紫已经顾不上了。

她要去把唐狄和糖果找回来,她已经没有了樊蓝,她不能再失去任何东西了!

树林的地形远比樊紫想的复杂,她找了一圈,也没找到唐狄的影子,只能不断喊他的名字,希望他能听见。

可是,烟雾缭绕,又伸手不见五指,要她在漆黑的树林中找一人一狗是何等艰难的事儿。樊紫也不知道自己找了多久,焦急的心情慢慢变得绝望。

"啊!"她不慎被地上的树藤绊了一跤,重重地摔在地上。

还真是个废物啊,樊紫苦笑,唐狄说得对。这些年来独自一个人的生活磨平了她的棱角,她无法再像小时候的自己那样生猛无畏,从而形成了现在这样畏首畏尾的性格,因为害怕伤害而不敢付出。

如果她真的无法再见到唐狄的话,那……那些她从未说出口的话,不是没有机会告诉他了吗?

樊紫试着站起来,却发现脚受伤了。

该死的。

就在樊紫体内的小宇宙快要爆发的时候,她忽然听见从远处传来的声音……

"你说说你,瞎跑什么!你知不知道,你要吓死我了你……"

"是是是,我知道你不会跑丢,那你也不能害爸爸和妈妈担心嘛……"

"谁说的?!她很快就能成为你妈妈的!"

"我骗她……我骗她不也是没办法的事儿吗!"

"我知道你喜欢她,我也喜欢她啊……"

那声音絮絮叨叨的,在樊紫听来很熟悉,分明就是唐狄的声音。可这说话的内容,明显是他在和人谈话。然而荒郊野岭,能和唐狄说话的又有谁?

渐次消散的迷雾中出现了一个人影,月色笼罩,正是抱着糖果的唐狄。

唐狄显然没想到樊紫会在这里,话说到一半,整个人生生顿住,震惊地看着樊紫。"喜欢她啊"这四个字变成了尾音,在空旷寂静的夜里不断回荡,最终飘到了樊紫的耳朵里。

糖果叫了一声,唐狄这才猛地回过身来,几步跑到樊紫面前问道:"你你你……你怎么在这里?"

樊紫愣愣地看着唐狄,他的戏服破了好几道口子,脸上、手上都是泥巴,头发上还沾着树枝和树叶。

"你……"樊紫咽了一口口水,平复着心情,问道,"你刚刚在和谁说话?"

唐狄张口结舌,表情变得无比慌张。

倒是糖果主动跳进樊紫的怀里,用脑袋蹭了蹭她的胳膊,叫了两声。

唐狄梗着脖子道："你还没回答我的问题呢，你怎么在这里？"

樊紫低下头，掩饰性地挠了挠糖果的毛，低声道："我是糖果的特别看护，它不见了，我当然要来找它。"

"是找它还是找我？"

唐狄的声音带着明显的笑意。樊紫抬起头，他果然笑得又傻又白痴，露出一口整齐的白牙。

樊紫刚准备说话，忽然意识到不对劲。从唐狄失踪到她找到他，应该已经过去了很长的时间。她拿出手机，扫了一眼时间，凌晨一点半。

樊紫怔怔地抬起头来看着唐狄，说道："一点半了。"

唐狄先是一愣，之后脸色大变，眼神慌张，怎么都不肯对上樊紫的视线。

"小蓝为什么没有出现？"

唐狄结巴："什……什么小蓝？"

饶是樊紫迟钝，这时也发现到破绽，她的目光凌厉了起来，问道："你刚刚是不是说，你也不想骗她。那个她是不是我？"

唐狄一张脸憋得通红。

樊紫的声音尖厉起来："你骗我？！小蓝根本就没有在你身上重生对不对？是你假装的，对不对？！"

唐狄张了张嘴巴，半晌才叹了口气，他开了口，开始给樊紫讲一个传说中的故事。

传说每一个有主人的宠物在离开这个世界的时候，上天感念它们对主人的陪伴，会特别准许它们一个心愿，或再陪伴主人一天，或再不成为牲畜，总之，只要在理法之内，都能得到满足。

而樊蓝的心愿，就是帮樊紫找到幸福。

也许是缘分，唐狄从小就能听懂动物说的话，所以他才能和当时的樊蓝成为好朋友。那次他被樊紫救了以后，他有一段时间都因为憋屈而没有出门。等他再去那条小巷想把樊蓝带回家的时候，樊蓝已经不见了。

他当然不知道他结交的伙伴已被樊紫带回了家。他只是一直很自责，为什么没有早点儿帮助到他的朋友。后来，唐狄养了糖果，却因为工作繁忙没办法时时照顾它，才会拜托助理带它去宠物医院洗澡美容。

唐狄并不是没有去过那间宠物医院，只是每次他出现时都会引起不小的骚动。他这个爱操心的老爸只好躲在门外，远远地等着糖果。也就是这个时候，他和樊紫重逢了。

说实话，他并没有认出樊紫，毕竟他们只有一面之缘。时间过去了这么久，他们都长大成人，他只是觉得这人身上有着莫名熟悉的感觉，可又说不出是为什么。

紧接着，樊蓝就出现了。

樊蓝认得他。

尽管那时的樊蓝已经是一条没什么精神的老狗了，但还是认出了唐狄。能和儿时的朋友重逢对于唐狄来说是意外的惊喜，他没想到樊蓝还活着。通过和樊蓝的交谈，唐狄才知道当年收养它的人正是樊紫。

那一刻，唐狄的心中隐隐有什么在静静地流淌着。他站在门外，看见宠物诊所内正抱着糖果举高高微笑的樊紫，忽然明白了"命中注定"这个词的含义。

樊紫听到这里，还是难以接受。

樊蓝从来没有复活。

"所以呢，为什么要骗我？"

"我没有骗你。这段时间和你交流的，的确是樊蓝。只是……"唐狄似乎有些难以启齿，他说道，"只是我们暂时共用一个身体。"

樊紫瞪大眼睛。

樊蓝是她从小养到大的狗，最亲密的朋友。可是，她成为宠物医生以后，却忙于工作，疏于对它的照顾，以至于它生了病都不能及时发现，只能眼睁睁地看着它的生命在手术台上流逝。

它的去世长久以来都是樊紫心中的刺。

"樊蓝临终的时候，我趁你不注意，偷偷去探望它。"

那是一个午后，阳光温暖地洒在房间里，樊蓝安静地躺在病床上，已经没有多少力气了。它的眼睛湿湿的，只能发出呜呜的声音。

唐狄走近它，轻轻地握住它的爪子。樊蓝艰难地用舌头舔了舔唐狄的手掌心。

"我从来都没有怪过主人。"

那条狗认真地说道："能成为主人的狗，我觉得很快乐。主人陪着我度过了我的一生，我真的很幸福。所以，我希望即使没有了我，主人也要幸福。"

"你放心吧。"唐狄低头吻了吻它的额头，"即使没有了你，她也一定会幸福的。"

"你可以帮我一个忙吗？"樊蓝哈着气，张开的嘴巴竟像是在微笑，它说道，"刚才，我得到了一个许愿的机会，我想回来一次。它们同意了，说会给我安排时间。那个时候，我可以住在你的身上吗？"

唐狄叹了口气，沉声说道："樊蓝知道它死了以后，你一定会很伤心。没想到，你真的一蹶不振，辞掉了工作。我听你的前同事们说，你的状态很不好。于是我想着，无论如何也要给你找点事做，不能让你胡思乱想，于是我用糖果做借口，请你做它的特别看护。"

他顿了顿，又说道："中秋节那天，樊蓝回来了。之后它陪着你的每一天，我都和它一起度过。它看到的东西，我也能看到。对不起，我现在才告诉你。"

樊紫泪流满面，一句话都说不出来。樊蓝去世以后，她自责又懊悔，可是一点儿办法也没有。无法拯救最亲密朋友的性命这件事成了樊紫的阴影，她自认不配再当医生，这才从宠物医院辞职。

"小蓝呢？"

"它已经走了，在它问你是不是喜欢我，而你回答了喜欢之后。"唐狄柔柔地笑了，道，"听到你这么说，它大概是真的放心了吧。"

"对不起……"她喃喃自语，"对不起……"

唐狄看着樊紫在自己面前痛哭流涕的模样，鼻子也跟着酸了起来，心中只剩下满满的心疼。他上前一步将她拥进怀里，柔声道："你知道为什么那个时候，我敢对樊蓝说，你一定会幸福吗？因为那个时候我就知道，我一定会倾尽所有让你幸福。"

樊紫闷闷地抽泣着，没有出声。

唐狄笨嘴笨舌的，说出的话虽莽撞却耿直。他说道："我是个有很多缺点的人，不过你也一样。但我想，负负可以得正，只要两个人在一起，以后一定不会孤单的。"

樊紫沉默了半晌，忽然问道："小蓝舔我嘴巴，埋在我的胸口的时候，你也能感觉得到？"

方才还深情款款的唐狄顿时涨红了脸，大声道："你……你不要误会！就算我感觉得到，我也没有轻薄你的意思！"

樊紫没忍住，扑哧一声笑出声来。

唐狄有些心悸，他觉得樊紫好像活过来了，剥开或冷漠或温柔的外壳，露出本来的模样来。

"那……"唐狄用身体讨好地蹭了蹭她，小心翼翼地问道，"你可以接受我吗？"

樊紫把头别到一边，却连自己都没注意到，已经恢复血色的脸上带上了红晕。

天边泛起了光亮，晨曦即将撕破黑夜。

樊紫从层层叠叠的枝叶中抬头看着青色的天，听见自己心里的那个声音：

小蓝，你放心吧，未来的我一定会是幸福的。

因为，我已经和那个人相遇了啊。

哥哥的朋友是我的男朋友

GEGEDEPENGYOU SHI WO NANPENGYOU

文/彭湃
图/扎小扎

【头条推送】

> **作者简介**
>
> 彭湃：90后极具影响力的畅销作家，《紫色》签约作者、编辑、平面模特，第10届中国作家富豪榜第41名。已出版作品：《我送你的年华还留着吗》《女孩，不哭》《女孩，不哭2》《当我们的青春渐渐苍老》《当我们的青春无处安放》《当我们的青春渐行渐远》《很高兴爱上你》《猎能者I猎能学院》。

后来无论我身处何方，只要一想起他，舌尖仍会泛起草莓牙膏的甜。

内容简介

拥有催眠能力的脑洞少女张爱珊一直在寻找失联多年的儿时暗恋对象毛毛哥。考上两人约定的大学后，张爱珊遇见了拥有读心术的神秘学长金少天，误打误撞之下，两人成了"契约情侣"，而男神学长夏之翰的介入令三人间的关系变得微妙。就在这时，毛毛哥也出现在张爱珊面前。张爱珊正在纠结时，却被告自己知患上了脑癌……

楔子

我,张爱珊,一个刚上大学的十八岁"中年少女",热爱粉色,喜欢抱枕,理想是当漫画家,梦想是成为韩剧女主角,每天早睡早起,饮食清淡,偶尔吃顿火锅还不忘撒一把养生的枸杞,团结友爱,开朗活泼,满满的正能量,怎么就躺在了市医院的手术床上呢?

"妈,您要不嫌弃,来世我还做您的女儿……"我带着哭腔。

"瞎说什么呢!"老妈抓紧我的手,眼眶红了,"陈医生年轻有为,悬壶济世,就连颜值都是医院里最高的,一定保你平安。"

陈医生尴尬地咳嗽起来,说时迟那时快,我哥张家男立马往陈医生口袋里塞红包。陈医生哪敢要,神情恐慌,避之不及。

"好吧。"我心一横,将这段时间的委屈化作漫天的泪水,最后吟了一句诗,"洛阳毛哥如相问,就说我在手术室。"

此时此刻,正如狗血电视剧中上演的那样,两名护士推着我的手术床快步穿过长长的走廊,我的老妈、继父航叔,还有哥哥张家男全程护送。

老妈紧跟在一旁,还在不停地安慰我:"珊珊,一会儿啊,不用怕,就想点开心的事。你不是一直在找毛毛哥吗,等手术结束,妈就帮你去找。"

我哭得更凶了:"妈!你别骗我了,毛毛哥找不到了。"

"怎么找不到!"老妈认真起来,"我当年跟江阿姨关系可好了!我努力回忆一下,肯定能想起一些线索。"

"真的吗?"我问。

"对对对!我当年跟江阿姨的关系也特别——"航叔还没讲完,老妈就一眼扫过去,他立马改口,"一般。"

我心里更难过了,大家都在千方百计地哄我开心,可能这次我是真的凶多吉少了吧。记得以前上学那会儿,我老爱装病,一点点感冒就要描述得特别严重,因为这样就可以不用做作业,不用上早自习,老妈还会端茶倒水地伺候着,老哥张家男也不会来给我添堵,那时经常想着要是能生上一场大病就好了。真讽刺啊,如今我果真生了一场大病,但我却只希望回到那个整天为了考试和找寻毛毛哥而烦恼的时候。

回顾我这短暂的十八年人生,真是苍白得可怜呀,没能好好去旅行一次,也没能好好谈一场恋爱,大把大把的时间和热情都用来幻想一个永远不会再出现的男孩,我不后悔,我只是有点失落,在我生命弥留之际,竟然连一个愿意为我伤心落泪的心上人都没有。

我发誓,我不过是随便想一想,谁能想到十秒后奇迹真的发生了。这个奇迹,始于张家男公鸭嗓一般的叫喊声:"你可算来了!咦,你怎么也来啦?你们……"

你?你们?

等等,还有谁?

两名护士比我更好奇,纷纷朝身后望去,然后她们情不自禁地捂住嘴巴,露出花痴的表情。当然,从我仰视的角度看,我只能看到她们贼大的鼻孔。与此同时,我的手术床脱离了控制,快速滑向前方转角的楼梯间,要不是老妈跟航叔手疾眼快一把抓住,我看我去手术室都省了,收拾收拾就可以送太平间了。

我有点艰难地从床上坐起来,立刻闻到了淡淡的花香,紧接着,两道高大的身影前后赶到,包夹在我的手术床两边。

我认出来了,他们都是我的学长,分别是金少天和夏之翰。

这时张家男也凑过来:"金少天你怎么才来?"

"刚有点事。"金少天淡淡地回答。

"行了,来了就行。"张家男不再说话,朝他使了个眼色。

空气寂静了一秒,金少天低头看向我,清了清嗓子:"张爱珊,给我听好了,今天,你转正了!"

"啊?什么转正?我没入党啊!"我莫名其妙。

金少天愣了一下,转身瞪了张家男一眼,一脸"这跟说好的不一样"的表情。

张家男急了:"珊珊,快答应呀!金少天跟你表白了,金少天哎,校草哎!惊不惊喜?意不意外?"

惊喜没有,惊吓倒是有一点。我还没搞明白这是上演的哪一出,金少天已经将一捧花塞到我眼前。

"那个……为什么是我呀?"我弱弱地问。

金少天努力挤出一个迷人的微笑:"因为,我喜欢——"

"我不同意!"

打断金少天的是夏之翰,夏之翰拿出另外一束花塞到我的脸上,成功将金少天的花挤到了一边。

"夏学长，你……你这是……你们……"

"珊珊！"夏之翰表情诚恳，"别被他骗了，刚才他的嘴角稍微往上扬了一下，这个微表情说明他内心对你极为不屑，根本谈不上喜欢。"

"哦，有追求者啊，那没我什么事……"

"哇！妹妹，你看看，两个帅哥任你选耶，开不开心，幸不幸福？"张家男鬼喊鬼叫了起来。

我现在要是还有力气就跳起来踹他的脸了。

夏之翰没给我机会，他忽然掏出一个平板，对比着上面的数据分析起来："珊珊，你看，我从智商、情商、家庭背景、三观、食物喜好、星座、健康指数等十多个维度对我们的数据做了深入分析，我们的般配率是99.4%，我们才应该在一起。"

"天啊，这也太浪漫了吧！"两个小护士应该是刚实习，没见过什么世面，就差花痴地尖叫了。

虽然很不是时候，但我觉得还是有必要来介绍一下两名告白者。

站在我左边的金少天，是我哥的头号狐朋狗友，也是我的学长，身材颀长，颜值在学校里算得上一绝。这个人永远是一张冷淡的面瘫脸，眼神特别颓丧，但仔细看，又似乎透着一丁点儿愤世嫉俗。

这家伙仗着成绩好、颜值高，跟系主任搞好了关系，在咱金州大学开办了一家爱情委托社，美其名曰解决同学们的心理和感情问题，实则招摇撞骗，赚得盆满钵满。可就是这样的大忽悠，竟然还有粉丝后援会！竟然还有上百个忠实粉丝！她们每天守在金少天可能出现的角角落落，期望着来一场如偶像剧般美丽的邂逅。这里，不幸与金少天邂逅过的我可以负责任地告诫诸位，完全不是浪漫偶像剧，好吗，而是惊悚的刑侦剧，好吗……

如果说，金少天是大学里一抹高冷的白月光，那么夏之翰就是那温暖的小朝阳。

夏之翰也是心理学专业的学霸和颜霸，整个人都散发出一股明朗而清新的气息，笑容也特别治愈，他一笑，连南方湿冷的冬天都要退避三舍。我到现在还记得第一次见到他的样子，阳光跳跃在他亚麻色的发隙间，那双温柔的琥珀色的眼眸中像是藏了一整个宇宙。毫不夸张地讲，作为美术系的特招生，我当时真的有一种时光静止的感觉，那是单纯地被美好的事物给惊艳到了的感觉。后来我才知道，他也开了一个名为心理咨询室的社团，专门解决同学们的心理问题，不出我所料，找他咨询的同学的确都患上了非常严重的心理疾病，名为花痴病。

现在，回到医院，回到这张被两大男神包夹的手术床上。

问题来了。

我,张爱珊,一个普通家庭长大的普通女孩,一个恋爱经历为零,唯一收到过的情书还是要转交给闺密的小透明,一个除了会画点漫画,干啥都不行的平凡大学生,一个成天抱着人形抱枕,做着不切实际的美梦的女汉子,怎么就被金州大学的梦幻男神二人组给告白了呢?

这一切,得从一个月前说起。

第一章

那是我们的初遇,敷衍得像是随手写出的剧本,可对我而言却是那样特别。后来,无论我身处何方,只要一想起他,舌尖仍会泛起草莓牙膏的甜。

一个月前,我收到金州大学录取通知书的时候,正在家里翻箱倒柜,丝毫没有考上大学的欣喜。

我哥张家男拿着录取通知书,颓然地躺在沙发上:"老妹,别折腾了,这都多少年前的烂芝麻事了,来,先看看你的通知书。"

"哎呀,别弄了!家都要被你拆了!"老妈从房间里走出来。

"我不管!今天就是掘地三尺,我也要找出毛毛哥的地址!"我赌气道。

老妈像看神经病一样看着我:"谁?毛毛哥?"

"就是爱珊天天哭着喊着要嫁的那小子,天天站在阁楼里瞅着对面窗户,跟块望夫石似的。"张家男一边玩手机一边吐槽。

老妈一脸茫然,回忆了老半天:"你是说小时候的那个邻居小男孩?"

我抓住老妈的胳膊使劲摇:"对对对,就是他嘛。当时他搬走了,妈你说他留了地址,为了防止我早恋,才先替我保存,等我上大学了再给我。喏,大学考上了!"

我伸出手:"地址呢?"

老妈也伸出手,毫不犹豫地跟我击了个掌:"傻孩子,骗你的,哪有什么地址呀?当年他们走得挺突然,这都多少年了,早没联系了。"

什么叫乐极生悲?这就是!

我生无可恋,一屁股瘫倒在沙发上!

老妈转身走到镜子前,整理着她刚烫的小卷,眯着眼嘀咕:"说起来,好像是有那么一张字条,你当时出去玩了,他就把字条给你哥了,这么多年,你哥也没跟你提起过?"

幸灾乐祸的张家男立刻憋住笑:"妈,你说话要负责任啊,什么时候给我了?我当时是拿过字条看了一眼,可转手就还你了呀……"

"有吗?"老妈面不改色地戴耳环,"别欺负我年纪大了,记性不好。"

两人就这样把记忆中的字条甩来甩去,我彻底死了心,转身冲进了房间,他俩却还在恬不知耻地看综艺节目,张家男很快就发出了杠铃撞击般的笑声。在这熟悉的笑声中,时光不知不觉就回到了小时候。

小时候的张家男,每次欺负完我,都会发出这种难听的笑声。张家男并不是我的亲哥哥,他是航叔的儿子。我家的关系说起来也不复杂。五岁那年,我爸死于一场车祸。半年后,我妈带着我改嫁航叔,航叔离过婚,带着一个大我两岁的儿子,也就是张家男,我们四人组成了一个家庭。

那时张家男对我可坏了,每天最热衷的事情是整蛊我,不是在我的鞋子里放蛾子,就是在我的文具盒里放毛毛虫,有时候躲在楼梯角落,忽然跳出来吓我一大跳。

每当我委屈巴巴地向老妈告状时,张家男就站在卧室门口朝我吐舌头,一脸"我就是皮,你又能拿我怎样"的嘚瑟。更可气的是,老妈非但不帮我主持正义,反而批评我:"你哥跟你闹着玩儿,别这么小心眼!"

面对这么一个大魔王哥哥,我能大方起来吗?后来,为了躲张家男,我便老是把自己关在二楼的小阁楼里。据张家男后来回忆说,那段时间的我可忧郁了,天天趴在窗台上以四十五度角仰望天空。

张家男懂个屁,我那是在仰望隔壁院子里新搬来的毛毛哥。

我记得那个初夏的清晨,露水刚沾染了院落里的水仙叶子,夏蝉在树上吱吱地叫着,一切都是崭新而新鲜的。我穿着有点破烂的米奇凉拖鞋蹲在院门口刷牙,仰起下巴"咕噜咕噜"地漱口时,发现了隔壁院子里的一家人。

文质彬彬的男人和温婉的女人在院落里搬着大堆大堆的书，毛毛哥穿着干净的白衬衫，背着天蓝色的书包，文静又乖巧地站在一旁。

可能是心心相印，也可能是缘分到了，总之，转瞬之间，毛毛哥忽然转身看向我，我俩四目相对，初夏剔透的阳光落在他柔软的发上，他长长的黑色睫毛根根分明，清澈的眼睛就像两汪泉水。

心跳蓦然漏掉一拍，我强行憋住要吐出来的漱口水，硬生生吞了回去。然后我傻笑着朝毛毛哥挥手，但他面无表情，很酷地转过脸进了屋。

那是我们的初遇，敷衍得像是随手写出的剧本，可对我而言却是那样特别。后来，无论我身处何方，只要一想起他，舌尖仍会泛起草莓牙膏的甜。

从那以后，我就爱上阁楼了。因为隔壁家的毛毛哥也睡阁楼，他每天晚上都趴在窗台边认真地写作业。那会儿我还没上学，但对于已上学的孩子有一种莫名的崇拜，当然我哥除外，我哥那不叫上学，他那副派头根本就是"大王叫我来巡山，我把人间转一转"。

大部分时间，毛毛哥的房间总是关着窗户的，让我不能瞻仰他的盛世美颜，那时候我总是想，什么时候才能跟毛毛哥做朋友呢？

一个月后，命运女神眷顾了我。那天，我也不知道自己哪根筋搭错了，忽然心血来潮跟着张家男去河边玩水。张家男也破天荒地没有对我表示出嫌弃，反而特别热心地骑自行车载我去，我还有点感动呢，事后发现自己果然是想多了。

张家男带我过去当然不是培养什么兄妹情，他很快就抓到一条蚯蚓扔向我。把我吓哭后，他还哈哈大笑："笨蛋！这是蚯蚓啦，蚯蚓你都怕……"

他没再笑下去，因为他发现那条"蚯蚓"正紧紧吸附在我的小腿上，它的身体在蠕动中不断变大。第一次见蚂蟥的他吓得脸色惨白，哇哇大叫着跑走了。我既害怕又无助，瘫坐在河边不敢动。

当时我真的以为自己要死了，我想起农夫与蛇的故事，在我眼里，我腿上的蚂蟥就跟那条咬死农夫的蛇一样可怕。在自我暗示下，我觉得身体越来越虚弱。躺在河边，我一边流着眼泪一边轻声呢喃着爸爸的名字，如果爸爸还在就好了。曾经，我的爸爸是个警察，是我心目中无所不能的大英雄，他一定会来救我。

最终爸爸没来救我，救我的是毛毛哥。后来我才知道，那天毛毛哥正好全副武装来河里抓螃蟹，而这是他们班的户外作业。

他一言不发地走到我身边，脸上是他那个年龄的孩子不应该有的冷静。他将我扶起，帮我把腿舒展开，然后从小背包里掏出一袋食盐，一层一层地撒在蚂蟥肥大的身体上。不一会儿，我伤口处的疼痛感减轻了，蚂蟥的吸盘舒展开来。说时迟那时快，毛毛哥一甩手，蚂蟥就被打落下来，接着他抓起一块石头，"啪"地一下把蚂蟥压扁了。

一时间，我竟然忘记了疼痛，欣喜地拍手叫起来。

"别动！"毛毛哥一副小大人的模样，他皱着眉头，一边双手帮我把伤口处的瘀血挤出来，一边问，"疼吗？"

我紧咬着牙，整个过程中一声不吭。那是我第一次意识到，在喜欢的人面前，一个人可以多勇敢。

挤完瘀血，毛毛哥又从包里拿出一瓶碘酒，将碘酒洒在我的伤口上。有条不紊地做完这些事情，他才开始慢条斯理地收拾小背包。最后他站起来，朝我伸出手："我送你回家。"

我说不上羞涩还是紧张，"嗯"了一声，伸出了小手。

毛毛哥抓住我的手，一把将我拉起来。在这奇妙的一瞬间，我觉得自己好像长了一双翅膀，轻飘飘的，整个人一下就飞了起来……尽管才那么小，可是我知道，我就是知道，我张爱珊，恋爱了。

忽然响起的手机铃声打断了我的思绪，我看了一眼来电显示：林欣欣。

我猛地一拍脑袋，下午还约了林欣欣，竟然把这事儿给忘了！

"珊珊，你人呢？"林欣欣的声音跟她的人一样，柔柔的，像只小绵羊，哪怕生气的时候也完全不可怕。

"啊，已经在路上了……你呢？"

"我在学校了，你还要多久呀，不会又迟到吧？"

"那个，我这儿有点堵车……"

"高铁也能堵？"

"不不不，是晚点！"

"到底还要多久啊？"

"马上，马上就到！先挂了哈。"我一扔手机，开始表演我的绝活"三十秒内换完全套衣服"。

我考上的金州大学在星城，离我的老家临城有一百多公里，坐长途车的话要一个多小时，去年开通了高铁就很方便了，只需要二十分钟。

林欣欣高考结束后直接住在了星城的外婆家，她成绩好，原本有希望去更好的大学，但她的妈妈希望女儿离家近一点儿，第一志愿便选了金州大学，对此她势在必得。今天上午我收到金州大学的破格录取通知书后，第一个告诉了她，她非常开心，立马约我下午三点一起去金州大学踩点,提前熟悉环境。

我刚穿好衣服,张家男冲进了房间:"张爱珊,那个字条!我想起来了!"

"真的?!在哪儿?快告诉我!"我就知道"山重水复疑无路,柳暗花明又一村""人间自有真情在",张家男虽不是我亲哥哥,但对我的终身大事还是很上心的。

"字条我看完是有塞进裤袋,打算给你留着,但后来你猜怎么着?"

"怎么着?"

"后来被妈顺手给洗了,哈哈哈哈!"张家男捧腹大笑。我倒抽一口冷气,倒在床上,现在可以说是"洗"无对证了。

我赶到金州大学时已经下午五点,这座历史悠久的老学校被夕阳渲染得多少有些落寞,在星城这样的繁华都市显得格格不入。

校门口的林欣欣等候多时,她穿着一条素色长裙,长发柔软地搭落在肩头,右手捧着一杯奶茶,左手还提着一杯打包的奶茶,一副楚楚可怜的样子。

我一路小跑过去:"对不起,对不起,对不起!"

"算啦,我都习惯了。"林欣欣将打包的奶茶递给我,微微有些惊讶,"你怎么……把毛毛哥也带过来了啊?"

林欣欣所说的"毛毛哥"是我抱在怀里的人形抱枕,这个抱枕从选材、缝纫到后期制作,都是我亲自动手的,我还在上面画了一个二次元的美少年,他就是我幻想中毛毛哥长大后的样子。

我唉声叹气,简单地跟林欣欣说了一下上午的事,林欣欣"啊"了一声,跟着我一块失落了起来。从小到大,我没少跟林欣欣提及毛毛哥,林欣欣是看着我从小学一路喜欢毛毛哥到大学的,曾经她不止一次地问我:"你这么喜欢一个多年没见的人,要是哪天见面了,人家长残了怎么办?或者变成有啤酒肚的油腻男人,甚至是个大色狼,还有暴力倾向……"

"你说的不就是张家男吗?"每当这时候,我都会拿我哥当挡箭牌。一提到我哥,林欣欣的脸就红成了柿子。

其实对于林欣欣提的问题，我一点都不担忧，我相信毛毛哥不管什么时候，都是会闪闪发光的，从闪闪发光的小孩变成闪闪发光的少年，再变成闪闪发光的中年大叔，最后就算变成小老头，也会是一个最优秀、最帅气的小老头。

"张爱珊，你也不要太难过啦。"林欣欣还在安慰我。

"没事，其实我妈那里我也没抱太大希望。Plan A失败了，我还有Plan B！"我转身看向金州大学的校门，猛吸了一口奶茶，"我张爱珊，绝不放弃！"

林欣欣轻轻叹了口气，视线落在我的抱枕上："要是毛毛哥真跟你画的差不多，咱们肯定能找到他啦，毕竟长成这样，想不出名都难哪。不过珊珊啊，你确定毛毛哥会在金州大学吗？"

"嗯！小时候他跟我说过，长大了想考金州大学，他成绩那么好，肯定能考上的。毛毛哥大我一岁，今年也才大二！"事已至此，我也只能赌这种可能了。事实上，这也是我想考上金州大学的最大的原因。

"好吧。"林欣欣点点头。

"欣欣！开学后，你就陪我去男生宿舍蹲点，肯定能找到他！"

"啊？"林欣欣张大了嘴，"你认真的吗？金州大学可有两万人啊。"

"才两万而已！"

之后的暑假我都过得挺无聊的，每天不是吃吃吃就是睡睡睡，还有就是躺在沙发上看电视剧，养了几斤膘后，总算迎来了大学开学。

开学那天，我格外兴奋，拉着林欣欣办了入学手续，都来不及回寝室，便迫不及待地开始了寻找毛毛哥的计划。原本是要去男生宿舍蹲点的，但林欣欣宁死不从，我只好退而求其次，选择了校门口。

开学那天的校门口特别热闹，大批来自外地的新生在父母的陪同下，大包小包地走进校园，很快就被热心的学长学姐给接走了，我跟林欣欣实在太不像新生了，反而无人问津。

整个下午，我就抱着心爱的"毛毛哥"，跟林欣欣站在门卫室的屋檐下，盯着每个路过的男生看，锁定一个，然后pass，继续锁定，继续pass。有那么一瞬间，我觉得自己像一位正在片场选角的眼光犀利的大导演。

没过去多久，林欣欣轻轻地拉了一下我的衣角。

"怎么啦？"

"我们……还是走吧……"林欣欣的脸已经红透了，声音越来越小，"有人在拍照……"

我侧目一看,三个打扮得花枝招展的女孩正朝着我们指指点点,我甚至能隐约听到她们的讲话声……

"妈呀,这也太夸张了吧。"一个大胸美女捂嘴笑了起来。

"她手上拿着的什么鬼啊?枕头?该不会是炕上用的吧?大学寝室可没有炕呀,哈哈哈……"一个瘦得过分,头发都快染成一把稻草的女孩自我感觉良好地哈哈大笑起来,看起来像是美女的跟班。

"别说啦,咱们快走吧,但愿不要跟她们分在一个寝室……"另外一个相对文静的女孩拉着前两个女孩要走。

"等一下,拍两张!"大胸美女赶紧掏出了手机,明目张胆地拍起来。

"喂,拍什么拍!"我刚要上前理论,却被林欣欣拦住。

"珊珊,算了,人生地不熟,不用跟她们一般见识。"

三个女孩扬长而去,我平复了一下心情,继续在人群中搜寻毛毛哥。没过多久,低头刷手机的林欣欣忽然"啊"地一下叫出来,我凑过去一看,都傻眼了。

我跟林欣欣站在校门口的照片竟然被人放到了金州大学的八卦论坛,不用想,肯定就是刚才那个大胸美女干的好事。我必须要申明,虽然我的颜值很一般,但那人的拍照技术也太"毁"人不倦了,照片里的我跟林欣欣正在讲话,嘴巴噘成了一个"豌豆射手",看上去又傻气又猥琐,手里头还抱着一个人形抱枕,就像一个停了药的神经病。

林欣欣羞愧得恨不能掘地三尺,我不想再连累好姐妹,当然自己也不想再丢脸,只能宣布此次作战失败。

好在大学生活就是精彩,没几分钟,"学校门口有两个神经病"的帖子就沉了下去,"体校队男生自残求女友复合"的帖子又登顶了,我要感谢这位兄台做了接盘侠,帮我和林欣欣脱离了火海。

之后,我跟林欣欣便先回寝室,她是中文系,分在A栋;我是动漫系,分在B栋。一想到要跟林欣欣分开,我心里既不舍又有点害怕,毕竟在这个偌大又陌生的校园里,我就林欣欣一个朋友。

我抱着毛毛哥的抱枕,从宿舍大妈那儿问清楚楼层,很快就找到了自己的寝室。我刚推开门,一股浓郁的香水味就迎面扑来,接着是一阵欢快的爆笑声。我心想真好啊,看来我的室友们都是活泼爱笑的姑娘,正好我也爱笑,今后大家一定能成为好朋友……才怪啊!怎么会是她们?!

拍我和林欣欣丑照的三个女孩也认出了我,毕竟我抱着毛毛哥的抱枕,十分好认。

一时间,大家都愣住了,此刻我只想唱一句"最怕空气突然安静"。我尴尬地轻咳一声,低着头,默默走到离厕所最近的床位边,上面已经放好了学校统一发放的生活用品。我一言不发地收拾着,寝室里的三个女孩又开始聊起来,我隐约听到那个大胸美女在埋怨一个叫"小七"的女孩,说她真是个乌鸦嘴。

我心想这样下去不是办法,决定主动搞好关系。刚上小学那会儿,我不太合群,那时候航叔就告诉我:伸手不打笑脸人,意思是人要多笑,这样大家也就不会为难你了。后来这句话有了一个更文艺的说法:爱笑的女孩,运气都不会太差。

"大家好呀,我叫张爱珊,以后还请多多关照哦。"我转身,笑着朝那个大胸美女伸出手。

"安娜。"叫安娜的美女无论是妆容还是穿着都特别精致,一看就是养尊处优的白富美,她微微昂着下巴,皮笑肉不笑,"握手就免了吧。"

我尴尬地收回手。

"我叫苗苗。"特别瘦且有着一头大波浪黄发的女孩叫苗苗,她光着两条大腿,坐在床上涂着脚指甲油,都懒得抬头看我一眼。

"你好,我叫七七,你叫我小七就好啦。"叫七七的女孩文静而乖巧,留着齐刘海,她看上去人不错,连忙打圆场。

"嗯,你叫我珊珊就好。"

"珊珊,你刚不在,我们已经投票选了安娜当寝室长,没问题吧?"

"没问题没问题!"我赶忙挥手。

"安娜可厉害啦!"小七凑到安娜的床铺边,挽着她的手,"她成绩很好,长得又漂亮!"

"漂亮就算了,胸还特别大,我羡慕死了。"苗苗插嘴。

"讨厌!"安娜白了苗苗一眼,脸上却很开心,三个女孩又打闹起来。

"啊,哈哈……"我跟在一旁笑,虽然不知道有什么好笑的。

"哎,珊珊,你手里的是什么东西啊?"小七凑了过来,"我能打个招呼不?嗨,帅哥你好呀!"

安娜跟苗苗都被逗笑了,苗苗拿着涂指甲油的刷子走过来:"来,我给这位帅哥涂个口红……"

"住手,别碰他!"我大喝一声,三个女孩愣住了。

过了老半天，小七才率先打破了沉默："珊珊，我们就开个玩笑啦。"

"就是，一个破枕头，至于吗？"苗苗耸了耸肩。

安娜反而来了兴致："这么宝贝？该不会是你男朋友吧？"

此话一出，三个女孩又哈哈大笑起来。

"不是。"我被搞得有点生气，也顾不上矜持了，"我男朋友还没找到，不过很快就找到了，这个抱枕不过是寻找他的一个线索。"

三个女孩像看神经病一样看着我，不明白我在说什么，我也懒得解释了。话题就这么终结了，之后的几分钟，大家各忙各的。不一会儿，小七拿出家里带来的特产，叫大家一起分着吃，之后她们又聊起了各自的男朋友。

"我是读高三时认识他的，那时候复习根本没时间，而他已经是金州大学的大二生了，篮球队的，长得倒是一般般吧，不过据说咱们学校喜欢他的人特多。"苗苗滑动着手机里的照片。

"哇！好帅啊！"小七羡慕得不行，我算是明白了，她就是个捧场王。

"也给我看看你男朋友啊。"苗苗心满意足地收起手机，转头问小七。

小七矜持了一小会儿，然后掏出手机翻出了照片，照片上的男生穿着普通的白衬衫，坐在操场的草地上看书，虽然不帅，但一股书生气，看着还挺顺眼的。

"我们高三重点班的班长，学习特别好，我们学校的校花为了他还在路上堵过我，幸亏他及时出现……"小七害羞地笑了，这种害羞和林欣欣的略有不同，林欣欣是害羞了就恨不得把头扎进土里，再也不拔出来，小七的害羞则比较微妙，她害羞时会偷偷观察我们的反应。

"安娜呢？"苗苗和小七齐齐看向安娜。

安娜正在玩手机，好一会儿她才回话："我呀，我没男朋友啊。"

"怎么可能？！"苗苗不信。

"就是，别骗我们啦。"小七说。

"安娜干吗骗我们呀？她说没有就是没有，我相信……"我话没讲完，安娜忽然起身，把我撞到一边，在两个女生中间坐下。

"倒是有几个在追我的。"安娜打开iPhoneX，纤细的手指在屏幕上迅速翻找，走马观花地给我们晒出几张帅哥的照片，"这个，上市公司的小开，说只要我和他在一起，就给我公司股份。这个在英国做交换生，不过据说是在那边打理家里的庄园生意，暑假邀请我过去玩，但我觉得英国的气候不好，还是加州的阳光比较舒服。哦，还有这个，刚刚路上跟我搭讪的，据说是学校网球队的，身材不错，就是脸太像黄轩了，我不喜欢黄轩,还是小雀斑的那种可爱。唉,好烦啊,到哪儿都能招惹到这么一群人,苍蝇一般嗡嗡嗡。"

"哇,真厉害,不过确实好难选啊……"小七十分艳羡。

"我可以都要吗?"苗苗坏笑了起来。

两个女孩入戏太深,开始正经八百地替安娜分析着哪一款更适合做她的男友,而我,由于被贫穷限制了想象力,完全脑补不出那几个男生的真实模样,只好"嗯嗯啊啊"附和了几句。

忽然间,我有点想念林欣欣了,真是一刻不见,如隔三秋啊。我决定去林欣欣的寝室溜达一圈,刚要起身就被安娜喊住了。

"喂,张爱珊,你男朋友呢?哦,忘了,你男朋友就是这个抱枕。"三个女孩再次爆笑起来,就好像在围观一个弱智。好吧,我承认,把一个抱枕当成心肝宝贝确实有点奇怪,但是真的那么好笑吗?微博上大家不是也说了吗,每个人都有自己的三观,就不能求同存异吗,就不能随性一点吗?

"哎,就黑脸啦,你也太开不起玩笑了吧。"安娜撩了一下秀发,对我巧笑嫣然,打开她手机里的快手APP,"要不,我给你介绍一个?"

我凑近一看,险些吐血,视频里用嘴叼一根玫瑰变着蹩脚魔术的人,不是我老哥张家男吗?

"怎么样?可以吧?"安娜坏笑。

我刚想说"不了吧,我想孤独一点",苗苗率先插话了:"安娜你别逗她了,这奇葩男我认识,就我表姐的同学,整天做着不切实际的网红梦,还以为自己很红呢,其实在同学眼里就是个笑话,这种人哪能当咱寝室人的男朋友啊,掉价。"

狗屁!

张家男那个人的确缺点不少,比如精力过分旺盛、笨手笨脚、特别臭美,整天在快手上直播一些有的没的刷存在感,还到处约会——通常都以失败告终,但他才不是什么奇葩呢。退一万步,就算他是奇葩,也只有我可以嫌弃他,她们,不行!

其实第一次见张家男的时候,我也不太喜欢他,因为他浑身上下都有一股海腥味,这是因为他常年跟着航叔在海上漂泊。

我爸车祸离世的那段时间,妈妈整天以泪洗面,我还小,并不知道这意味着什么,只是觉得好久没有看见爸爸了。我每天就在门口等着爸爸回家,后来爸爸没等到,反而等来了外婆。

外婆给老妈算了一卦,让老妈不用伤心,半年后准能遇见真爱。老妈很生气,跟外婆争论了好久，说自己永远不会再嫁。那时候，外婆就坐在门口，看着天空，说了一句特别高深的话，她说："人与人的缘分是命中注定的，我们应该相信缘分。"

果然，半年后，张一航就出现了。说起来真是缘分，航叔常年航海，每年回陆地的时间加起来不超过一个月，根本就是一个活生生的现实版海贼王。然而就是这一个月，他路过临城，走进了我妈的按摩店，我妈按摩着他健壮的肱二头肌，接着一不小心倒在他怀里，他一不小心就红了脸，我妈一不小心就说漏了嘴："爱红脸的男人永远不会变坏……"

好啦，以上都是我瞎猜的，两个人究竟是怎么在一起的我全然不知，我只记得有那么一阵子，老妈整天魂不守舍的。某个蝉鸣不断的深夜，她忽然钻进我的房间，问我："珊珊，你喜欢航叔吗？就是那个每次来咱家做客都给你带礼物的叔叔。"

我思索了几秒，点点头："喜欢。"

一个月后，我们成了一家人。现在想想，老妈真是狡猾，还故意暗示我"每次都给你带礼物的叔叔"，这样的叔叔谁不喜欢嘛。可是我打死也想不到，航叔带来的最大礼物，竟然是一个混世小魔王，也就是我老哥张家男。

我之前有说过，张家男小时候特别爱欺负我，我妈又不肯替我主持公道。更可恶的是，航叔每次出海回来，张家男立马变得乖巧听话，拉着我的手跟我"相亲相爱"；航叔一走，张家男立刻原形毕露。

"蚂蟥事件"都不算什么，最严重的一次是"老虎事件"。老妈改嫁后的第二年中秋，外婆过来看我，后来带着我和张家男去动物园玩。张家男竟然趁外婆不注意，把我推到了老虎园里。那次我可真是九死一生，在场的所有人都吓傻了。我事后想想也挺后怕的，但事发时却并非如此，可能是当时我整个人都摔蒙了吧，竟然把那只老虎当成了大花猫，还陪它玩起了游戏，叫它趴下它就趴下，叫它打滚它就打滚。

事后，用麻醉枪把老虎放倒的工作人员跟我外婆说，我命真大，幸好那老虎是马戏团的"退役老兵"，并且刚吃过午饭，才有闲心陪我玩游戏。

回家后，航叔二话不说，把张家男狠狠教训了一顿。那是我第一次看航叔发火，跟平时那个敦厚、温柔、老爱傻笑的男人判若两人，航叔拿着擀面杖往张家男身上招呼。张家男缩在地上，不辩解也不哭，就那么闷声承受着。也不知道打了多久，直到妈妈赶回家，把张家男护在怀里，航叔这才停了手。

张家男被妈妈抱着，终于忍不住哭了出来，一边哭一边说："我不是故意的，我真的不是故意的……对不起……对不起……"

航叔扔掉擀面杖，跪下来抱着儿子哭，我被这个氛围感染了，默默走过去，抱住大家一起哭。说起来有点奇怪，但这的确是我哭得最开心的一次。从此以后，张家男不再叫我妈阿姨了，我也改叫航叔爸爸了。

后来，张家男就懂事了许多，虽然还是动不动就惹我生气，但都很有分寸，不会真的欺负我。不仅如此，上小学时我个头矮，老被同班的男同学欺负，张家男知道了，总是第一时间帮我去教训他们。

托张家男的福，我度过了一个还算不错的小学时代。上初中后，我们越发懂事了，我也渐渐发现张家男好的一面，他虽然嘴巴特别损，追女孩子也总是三心二意，可心地其实挺善良，对朋友也很仗义，为人勇敢，这世上好像就没有他怕的事情。可直到今天，我才发现，天不怕地不怕的张家男也有搞不定的事情啊，最不愿意成为笑话的他，竟然被别人当成了一个笑话。

老哥丢面子，做老妹的我当然得给他挣回来！

我现学现卖，往床上一坐，伸出光秃秃的、并没有美甲的指甲，摸出我的小米手机，点开我哥的朋友圈，随便翻了翻。我哥别的不行，就是善交际，什么狐朋狗友啊一大堆。果然，不一会儿，我就翻出一个颜霸。对不住了啊，这位小哥哥，你就当是日行一善，满足一下十八岁少女的虚荣心吧。

"喏，我男朋友！"我点开小哥哥的照片，正想着给帅哥编个什么身份，是房地产巨头呢，还是互联网新贵呢？是迪拜皇室潇洒一点呢，还是英国贵族更耀眼呢？谁知三个室友已经炸开了锅！

"什么？这个人……是你男朋友？！"小七几乎在尖叫。

"是……是的吧……"搞什么啊？虽然这人确实有点帅，但也不至于这样吧。

"你刚不是还说你没男朋友吗？"

"哦，没找到最喜欢的，就先和这个凑合一下呗。"我豁出去了。

"你说金少天是你男朋友？！"苗苗一把凑上来，像是要把我吃了。

金……金什么？她们认识这个男生？不是吧，这也太巧了吧，小说都不敢这么写！

"你们是怎么认识的？"安娜盯着我，脸上没有了笑容。

"那个……哈哈，说来话长。"

"那就慢慢说。"

"啊！"我站起来，"我忽然有点饿了，我下去买吃的……"

安娜一把抓住我的手，力气大得惊人，我都被她掐疼了："正好我也饿了，走，我请大家去必胜客。"

"不不不不用了！"我急忙挥手，"我更喜欢吃沙县小吃……"

"哟，不赏脸呀？"安娜咄咄逼人。

"大家第一天认识，是要好好庆祝下，张爱珊你别不合群！"苗苗堵了一句。

我闭嘴了。

接下来，我几乎是被三个八卦的室友给挟持着出了宿舍，一路上她们的拷问就没有断过。

"所以你们到底怎么认识的？"安娜问。

"就……今天上午认识的，他在报到处堵住我，说对我一见钟情，我就说我考虑考虑。"我控制不住地胡扯，心里却恨不能撕烂自己的嘴。

"不可能啊，不是听说金少天很高冷吗，追求者无数，但他从没答应过，还有人怀疑他是同性恋呢，这样的一个人会对你一见钟情？"苗苗不无嫌弃地上下打量我。

"啊哈——"我打了个哈哈，"爱情嘛，来得太快就像龙卷风……"天啊，这金少天到底是何许人也，名气也太大了点吧，再这样下去，真要露馅了，我讪笑两声，"那个，我忽然有点肚子痛，你们去吃……"

"咦？那不是金少天吗？"小七喊起来。

"真的哎！"苗苗叫起来，随即又压低了声音，"本人蛮帅的，看来照片没修过。"

我已经顾不上感叹"世界有多小，而命运又有多可恶"，想拔腿就跑！然而三位室友的反应可谓惊人，几乎同一时间逮住了我。

安娜诱人的嘴边浮出一抹讥笑："着急走啊，你男朋友来了，不打个招呼？"

"对啊，你男朋友来了，你心虚什么啊？"苗苗火上浇油，"我看，之前那些话不会是瞎编的吧？"

"我的天，你也太虚荣了。"安娜夸张地笑起来，"你这是病，叫臆想症，得治。"

三个女生笑了起来。

我羞愧地低下了头，算是默认了。我双手挡住脸，此刻，我只希望时间快点过去。可安娜不肯放过我，她忽然朝不远处的金少天挥手："学长，过来一下。"

不远处的金少天站住，朝我看过来。我悄悄地瞄了他一眼，看真人的话，眉眼比照片上更加俊朗，但眼神却透着一股颓丧感。这种颜霸，在学校很出名也是可以理解的……等等，张爱珊，现在不是想这个的时候啊。

金少天缓步走过来，一脸疑惑。

"学长，这是你女朋友哦，不打个招呼吗？"苗苗阴阳怪气地叫起来。

金少天投过来一个"你神经病啊"的眼神，三个女生笑作一团。爆笑声中，我低下头，什么都听不见了。

回想这一天，真是够倒霉的啊。毛毛哥没找着，丑照被放在了学校论坛，现在还跟老哥一起沦为了室友的笑话。张爱珊，瞧瞧你现在跟个白痴似的，怪谁呢，怪你自己死要面子，怪你虚荣，你活该。啊，不行，好像要哭了，不能哭！张家男说过，我本来就不好看了，哭的样子更丑，像个发酵的包子。

"不是说了校门口见吗，你怎么还在这儿？"好听的中低音传过来。

谁在说话？什么情况？

我抬起头，逆光中，一个黑影正在靠近，一双大手盖住我的额头："感冒了吗？脸色这么难看。"

我看清楚了，是金少天。

"我……"

"夏天都能感冒，真是服了你。"金少天扶住我的胳膊，礼貌地帮我掰开了苗苗的手。

我左右看看："你在跟我说话？"

金少天用修长的手指……尖轻轻刮了一下我的鼻尖，微微一笑："当然在跟你说话，果然烧得不轻啊。走，我带你去医务室看看。"

不，我不想去医务室，我现在就想立马醒过来，我一定是在做梦！

金少天很自然地牵起我的手，在众人呆滞的眼神中带我离开了，我的脑袋里嗡嗡作响，什么也听不见了。

我们就这样穿过林荫小道，来到了医务室后面的一片空地上。确认室友们绝对不会再跟上来，我赶紧从他的手心里挣脱开来，把出汗的手藏进了口袋里。我感觉自己的脸颊也在发烫，搜肠刮肚地想着开场白，却一句话也说不出来了。

"翻脸比翻书还快呢？"金少天先说话了，他的声音不再亲切有力，透着点儿说不上来的疲倦。

"没有！"我激动地解释，"那个……男女授受不亲！"

"刚才怎么没有授受不亲？"金少天的眼神有点咄咄逼人。

"刚……"回忆刚才的事,我竟然还有点小心动,不不不,一定是太紧张了才导致的心跳加速。

那个无微不至的金少天早已不见,此刻他冷哼一声:"别以为我不知道,你室友的眼神已经告诉我了,一看你就是打着我的名号到处招摇撞骗,被我抓了个现行吧?"

好吧,看在他刚刚替我解围的分上,这个厌我认了:"一看眼神就能知道别人想什么,果然是大师!"

"就这样?"

"对不起,我错了。"我鞠躬。

"道个歉就算了?"金少天忽然逼近一步,"不拿出点实际行动?"

"你……你要干吗?!"我连连后退,不知不觉就被逼到墙角,四下一看,这里竟然没有其他人。

"别动。"金少天还在靠近,脸慢慢凑过来。

怎么回事?!难道他贪图我的美色?虽然对于我究竟有没有美色这点我自己也很怀疑,但除此之外,一穷二白的我也没其他东西了呀。等等,难道……他想偷我的肾?也不对啊,偷肾的话,干吗要把嘴凑上来?眼看金少天就要亲上来了,我捏紧拳头,没办法,只能使用我的看家本领催眠术了。

是的,我没开玩笑,我也不是被吓傻了在胡言乱语,我是真的有催眠术。

说到催眠术,还得说回小时候的"老虎事件"。所有人都以为,我能活着走出老虎园是因为运气好,就连我自己都稀里糊涂地相信了。直到几天后,外婆才悄悄把这个秘密告诉了我,那就是,当时我因为惊吓过度,激发了体内的能力,然后把老虎给催眠了,让它相信自己是一只大花猫。

按照外婆的说法,这个催眠术是我们家族的秘密,得追溯到很远的老祖先了,而且这能力是隔代遗传,且传女不传男,外婆的外婆当年也有这种能力。

"珊珊,千万记住!催眠术要慎用,更不能拿来做坏事,否则,一定会遭报应。"外婆的教诲我一直谨记在心。

现在,我的清白之身都要没了,用一次催眠术保护自己,不算是做坏事吧。我深吸一口气,集中精神,迎上金少天的眼睛。

趁现在!

"我是一棵树,你看不见我。我是一棵树,你看不见我……"我嘴里念念有词,谁知金少天却忽然停下来,他眨了眨眼,难以置信地思考了两秒,摇了摇头,再次瞪大眼睛看向我,这次真的只差一点点就亲上来了,我都能感受到他平缓的鼻息。

"奇怪,怎么回事?难道是……"金少天退开来,转身沉吟起来。

"同学,你嘀咕啥呢?"虽然不明白他在搞什么,但我应该是没危险了,"没事的话,我先走了?"

"不行!"金少天再次转身,短暂的沉默后,他抬起头,"张爱珊是吧?"

"嗯嗯。"

"做我女朋友。"

"嗯嗯……等一下!你刚说什么?"

"做我女朋友。"

"啊?真的吗?"张爱珊,你这是什么反应啊,你不应该骂他神经病吗?

"假的。"金少天面无表情。

"你——"我气疯了,这家伙到底在搞什么?"你别以为替我解围,就可以占我便宜,士可杀,不可辱!"

"你误会了,是契约男友。"他解释。

"契约?"

"你们女生最爱看的偶像剧里不是常演吗?"金少天慢悠悠地往前走,我自觉地跟上去,"你……你到底想怎样啊?我都道过歉了!"

"于情于理,你都该答应我。首先,我绝不会占你便宜;其次,我做你的契约男友,可以满足你的虚荣心,让你不在室友面前没面子,今后你要在学校遇到什么变态学长,还可以用我来当挡箭牌……"

"我现在遇到最变态的人就是你,好吗?"我强烈抗议。

可金少天置若罔闻:"最后,想让我当你的契约男友,还有一个条件,不过我还没想好,等我想好了,你要随时答应。"

"喂——拜托!明明是你逼我的,你还提条件?"

"那算喽。"金少天臭屁地挥了挥手,"也许明天你是个骗子的传闻就会传遍整大学,到时候我看你这四年怎么过。"

"金哥!"我屁颠屁颠地追上去,"金哥,你别生气,我答应还不成吗。"

金少天满意地点点头:"这才对嘛,识时务者为俊杰。还有,以后别叫我金哥,叫我金学长。"

"是,金学长。"我哭丧着脸。

"开心点!你可是刚找到了男朋友。"

"是!金学长!"我咧开了嘴。

我还能怎样,我也很绝望啊!这家伙太坏了,我咒他以后生的孩子没屁眼!

"不准骂我。"金少天猛地回过头,瞪了我一眼。

"我……没骂你呀!"

"在心里也不行。"

"少来。"我撇嘴,"你是神婆还是占卜师啊,别人心里想啥都能看出……"

叮!

外婆的声音再次在我的耳畔响起。

"珊珊啊,记住,到你十八岁了,我就可以把族谱给你了,关于催眠术的秘密,一定要保密。因为在这个世界上,除了你,还有一些人也有一些特殊的能力。他们有的会隐身,有的能扭转时间,还有些人呀,可以看到别人的心……"

"你……会读心术?"我咬着嘴唇,回过神来,不敢相信地看着不远处正盯着我一动不动的金少天。

金少天听到我的话,停下来,回过头,意味深长地看着我:"我要是告诉你,是真的,你信吗?"

据我外婆的经验所说,读心术是一种意念能力,主要通过观察对方的眼眸,然后用耳朵"倾听",最后达到一个读心术的境界,他即是目标,目标即是他。原来刚才金少天不是想非礼我,而是……要看我的心?

如果我只是一个普通女孩,听到这种事,大概会去拨打精神病院的咨询热线吧,然而,作为同样拥有催眠术的我不得不相信,在这世界上确实有极少数人拥有着特殊的能力。不过这读心术也太厉害了吧,那不是等于说,刚才我心里的想法全让金少天给"听"见了吗?

我的脸"唰"地一下红了,天啊,羞死了!

金少天全然不在意,好看的眉头微微一挑:"还有,别以为我不知道你会催眠术,想对我催眠,劝你省省力气。"

我一口老血险些吐出来,这家伙,真的会读心术啊!

然而我还来不及震惊,林欣欣的电话打了过来。我接起电话,里面十分嘈杂,隐约听到哭泣声和混乱的喊叫声。

"喂?欣欣……你那边怎么啦?没事吧……"我对手机讲话,但没人回答。这时几个女生从路边跑过去,其中一人边跑边喊:"出事了!宿舍B栋那边要出人命了!!"

我心头一紧,手机滑落到了地上。

第二章

人的一生，其实是由许多个瞬间组成，而我们最初的那个瞬间，或许就叫心动。

01

见到林欣欣时，我的第一反应竟然以为她在拍电影——穷凶极恶的歹徒，寒光闪烁的匕首，围得水泄不通的吃瓜群众，最后是林欣欣满脸泪水的苍白面孔和惊恐的眼神。

"别过来！我杀了她！我现在就杀了她！"情绪激动的歹毒拿着一把水果刀抵在林欣欣的脖子上，我一看，这不就是之前在论坛里拯救我和林欣欣于水火的那个"自残求女友复合事件"的男主角吗？

我心里一沉，像是坠入冰窖，连空气都充斥着令人发怵的寒意。我脑袋发蒙，也不知道从哪儿来的胆子，奋力挤进人群："让开，欣欣别怕，欣欣我来救……"

一只手牢牢拽住我，把我往回拉了一步，我不明所以地回过头，一个小哥哥朝我摇摇头，示意我冷静。我愣了两秒，毫不夸张地说，我是被少年那张好看的脸庞给惊艳到了。不过我张爱珊虽然花痴，但还没到花痴癌的地步，知道什么叫轻重缓急，所以我奋力地挣脱他："你松手……那是我朋友，我要救她！"

"你打算怎么救？跟他拼命？"小哥哥的声音温柔，却又给人一种不容争论的强势的感觉。

"我……我……"说实话，长这么大，除了儿时掉进过老虎园，我再没遇见过这么危险的状况了。张家男总说我是胆小鬼，我承认，惜命如我，总认为要是哪天火山爆发了、地震了、世界末日了……我绝对是拔腿就跑的那种，要不直接吓晕过去……可人在真正面对危险时，是来不及想这些的，一切行为出于本能，就像当初我从虎口脱险，也是靠我的本能。等等，我的本能是什么？

——对，我还有催眠术！

我走出人群，死死盯着歹徒的眼睛，偏偏歹徒一双眼睛瞄来瞄去的，似在寻找着什么，但就是不看我。可恶，我就这么没存在感吗？！我还要走近，一个身影将我护在了身后，还是之前那位小哥哥。

小哥哥转身看我一眼，漆黑的眸子里漾开一抹温柔："别担心，交给我。"

"可是……"

他紧了紧背上的斜挎包，附身凑到我耳边低语："相信我。"

柔软的气息在耳廓里旋转，绕进心房，也不知道为什么，眼前这个陌生人莫名给我一种安全感。

"你一定要救她，她是我最好的朋友……"我要哭了。

他点点头，转身走向歹徒。

歹徒的情绪很不稳定，一看到有人靠近，他更加激动了，对着空气挥舞着水果刀："站住！再过来，我就杀了她！"

"看样子，你是个新手。"小哥哥温柔的眼神忽然变得冷厉，整个人的气场瞬间从夏天的微风变成凛冬的风暴，"你眼睛有些红肿，刚哭过吧？脸上有淡淡的手指印，应该是被女孩子打的，手里拿着刀却在颤抖，可见心里很害怕。劫持的女孩你应该不认识，大庭广众之下劫持陌生的同龄女孩，大概是受了情伤后的过激反应……"

歹徒怔了一下，握紧了手中的水果刀："你……你是谁？！"

"夏之翰。"说罢，叫夏之翰的小哥哥又朝前走了两步，围观群众骚动了起来，两个女生窃窃私语起来。

"原来他就是夏之翰！"

"怪不得这么帅！"

"看上去好像谈判专家呀！"

"他本来就是心理系的学霸，很厉害的，听说上学期还去北大参加心理学的研究课题，这学期才返校的。"

歹徒的眼神在夏之翰身上来回打量："你不要想着可以救她！再上前一步！我就血溅五步！"

"血溅五步？看来还是看过书的。"夏之翰嘴角浮现出一抹若有若无的微笑，"你别误会，我不是来救她的，我是来救你的。"

歹徒愣了一下："什么？"

我糊涂了，夏之翰学长，你到底要干吗，救人要紧好吗？我知道你帅，知道你厉害，可现在不是出风头的时候啊。

我望向早已哭成泪人儿的林欣欣，心想着催眠不了歹徒，至少催眠林欣欣吧，让她冷静一点，少受一点煎熬，可我盯着她看了好几眼，竟然完全无效。总是这样，每次到了关键时刻，我的催眠术就不管用了。

"你少在这儿玩这种鬼把戏！信不信我现在就杀了……"歹徒意识到不对，往后退了一步，明晃晃的刀子架了林欣欣的脖颈处，我的心也跟着提到嗓子眼儿。

"原来你是体校队的。"夏之翰眯起眼睛。

"你……怎么知道？"

"看站姿就明白了，应该是短跑的吧？"

人群中一个眼尖的学生忽然喊起来："对，短跑队的，好像是叫刘康。"

歹徒见有人认出了自己，更加激动："别废话！赶紧把我女朋友找过来！我有话要和她说！"

夏之翰低下头，漫不经心地整理着袖口："同学，不要以为世上只有你会失恋，会难受。你说巧不巧，我也刚失恋。"

刘康打量着夏之翰，半信半疑："你别跟我套近乎，我不吃你心理学这一套！快把我女朋友找过来，我要跟她说话！她要是再躲着我，我就杀了她！"刘康说完，将刀口抵住了林欣欣脆弱的颈动脉，少许鲜血沿着刀刃流下来。

"林欣欣……"我正要冲上去，然而身后有人一把抓住了我。我回过头，竟然是金少天，原来不知何时他也跟过来了。

他微微皱眉，给我一个眼神，意思是：别碍事，交给夏之翰。

确认我冷静下来，他才轻轻松开了手。

我再转过头，被刘康挟持的林欣欣脸色煞白，泣不成声。林欣欣这辈子最害怕的事有两件，一个是鲜血，一个是成为人群的焦点。此刻，这两样都出现了。

夏之翰做出一个没有恶意的手势，微微笑了："你不信？"

夏之翰把斜挎的单肩包拿下来放在地上，边拉拉链边轻声说："前几天她甩了我，我刚去寝室那边找她，想跟她复合来着，谁知道她竟然跟我说我和她不合适，还说什么遇见了更好的人。不过我还是比你强点，至少我女朋友没有躲着我，还肯见我。"

夏之翰话音刚落，伸手从斜挎的运动包里掏出一截手臂，手臂上冒着血，仔细听的话，还有血掉落在地上"滴答滴答"的声音。他把手臂缓缓举起来，放在眼前细细打量，一脸变态般的满足感，一瞬间，我感到毛骨悚然！

"啊！杀人啊……"几个女生率先尖叫着跑走了，围观的同学们纷纷作鸟兽散。

"这……这是……什么……"刘康哆嗦着，难以置信地盯着夏之翰，身体不断后退，瑟瑟发抖的林欣欣被他拖扯得连连后退。

"你说呢？"夏之翰惋惜地叹气，"她不肯复合，我就只好把她永远留在身边咯。手脚还好啦，从关节处的软骨组织下手，切下来不是很费力，比较难的是卸脑袋，脖子是大动脉，为了不弄脏衣服，我得先把她的血放干。你见过乡下人杀猪吗？先把猪整个倒吊起来，下面放个大脚盆，一刀捅进去，血像自来水一样哗啦哗啦地涌出来……"夏之翰慢慢走近刘康。

"别过来，你别……别……"刘康连连后退，脸色惊恐。

"来，跟我女朋友打个招呼。"夏之翰将运动包抛到了刘康脚下，一个被黑色发丝缠绕的头颅滚落出来。

"啊！"刘康一个趔趄摔坐在地上，林欣欣随之摔倒在地。

还在围观的几个男同学再也挺不住，其中一个男生忽然蹲下，"哇"地一口吐了出来，另外几个男生远远跑开，去叫校警务室的警察去了。

我愣在原地，盯着地上的运动包，只感觉喉咙发痒，胃里翻江倒海。前一秒还温润如玉的少年，怎么下一秒就变成了堪比汉尼拔的变态杀人狂啊？！这一天，我到底都经历了什么啊？我是来上大学的啊，不是来上精神病院啊！

就在我定在原地不知所措时，林欣欣已经挣脱了刘康的束缚，她爬起来，一把扑进我怀里，身体软绵绵的，浑身都被汗水打湿了。我心里虽然害怕，但此刻感受到活生生的林欣欣，心里总算踏实了一些。我拍打着林欣欣的脊背，不停地安慰她："没事了，没事了……"

就在这时，夏之翰转过身，给我和林欣欣递出一张纸巾："来，擦一擦。"

擦你个大头鬼啊，死变态，离我家欣欣远一点。我在心里把这个帅哥变态骂了一千遍，但嘴上却尿得不行。我张开双臂，护在林欣欣面前："好汉！好汉饶命！我俩都是母胎单身，我们……我们也非常痛恨情侣狗，咱们是战友啊，自家人不打自家人……"

夏之翰眼神略一迟滞，温柔地笑了笑。

"珊珊，你被骗啦！"林欣欣伸出沾血的手在我嘴边抹了一下，我刚要尖叫，舌尖却尝到了某种酸甜的味道……

"这是……"我瞪大了眼睛，看着林欣欣，"番茄汁？"

"嗯！"林欣欣含泪笑着，朝我用力点点头。

"不好意思啊，学妹，刚吓着你了。"夏之翰将纸巾放在我手心。

此刻赶到现场的两名人高马大的保安将刘康给制服了，他们看了一眼地上的断臂和头颅，先是一惊，但随后就发现了不对。夏之翰赶忙解释："这是我一朋友跟医学院借的人体模型，他这几天在写临床医学论文，托我给他送过去，谁知刚好碰上这事，我就将计就计把番茄汁倒在上面了。"

两名保安松了口气,毕竟要制服一个变态杀人狂可不是什么轻松的活。其中一个保安还特意上前尝了一口,开怀大笑:"小子真有你的!"

"你竟然骗我!"刘康恼羞成怒,但不管他怎么挣扎都无济于事。

夏之翰上前一步,拍了拍刘康的肩:"我骗你,是希望你看清楚自己究竟在做什么。如果今天你真的伤害到别人,何止爱情,你的人生也将彻底完蛋。以后失恋时,麻烦你先想想养育你的父母、关心你的朋友,让他们难过和失望,你忍心吗?被爱是一种幸运,不是每个人都有这种幸运,但去爱别人却是每个人都有的能力。"

刘康低下头去,不再说话。

"好!说得好!"保安开始带头鼓掌,围观的路人也纷纷鼓起掌来。此刻,我早已佩服得五体投地,这套路!这智慧!这才艺!这表演!张家男说得对,果然城里人真会玩啊!

"夏学长!谢谢你救我的好姐妹!"我拉着林欣欣不停地道谢,"真是太感谢了,我以后一定给你做牛做马……"其实按照夏之翰的颜值标准,我完全应该说"大恩大德无以为报,小女子愿以身相许"才对,可惜啊,我已经有毛毛哥了。

"客气,你们没事就好。"夏之翰整理好地上的运动包,轻松地搭在了肩上,从口袋掏出一张名片递过来,"我是心理咨询社的咨询师,虽然这样说有点不太好,但发生了这种事,若留下点什么心理创伤是难免的。你和你的朋友,有需要可以随时来找我,我可以为你们做心理干预治疗。"

"嗯嗯嗯!"我接过名片,连连点头。

一场闹剧至此结束,刘康被抓走,吃瓜群众也散开,我抱着大难不死的林欣欣,目送着救命恩人帅气的背影消失在林荫道的转角。不知道为什么,我看着夏学长颀长而笔挺的背影,忽然有种似曾相识的感觉。

我正看得出神,林欣欣忽然拉了我一下:"珊珊,珊珊……"

"怎么?"我猛地回过神来。

林欣欣偷偷地附在我耳畔说:"咱们右手边第三棵树下,有人正盯着咱们,好像是盯着你。你认识他吗?"

我回头一看,竟然是金少天!原来他还没有走。

"不认识。"我抓着林欣欣就走,口袋里的手机却响起来。

我打开手机,收到一条微信,不用说,这条微信来自金少天:张爱珊,我想到让你做我女朋友的条件了。

我心一沉,完了,那家伙肯定没安好心。我飞快打字回复:什么条件?!先说好,杀人放火我不干,伤天害理不可能,以身相许美死你……

金少天:很简单,加入我的社团。

我:什么社团?

金少天:爱情委托社。

"什么?!"我攥着手机,瞪大双眼,看向远处的金少天,"你?爱情委托社?你在开玩笑吗?"

金少天打了个哈欠,将手机塞回口袋,朝我露出一个恶魔般的冷笑,接着懒洋洋地转身走了。

"哇,你们果然认识!"林欣欣喊了起来。

开学后的第一个噩梦自然是军训。那半个月大家苦不堪言,每天光是在教官的操练声中活下来就拼尽全力了,回到寝室倒头就睡,根本没心思想别的事。

军训结束时,我深刻地感受到了什么叫天生丽质难自弃。别误会,我说的是寝室里的安娜,同样是烈日底下站军姿,她的皮肤也不过是从白皙变成淡淡的粉红,再反观我,离代言黑人牙膏也不远了。

军训结束后,学校给我们放了两天假。我跟林欣欣回了临城,立刻原形毕露,在家里悠然地躺了两天,晚上我收拾好东西,第二天一早就回金州大学。

去大学的前一天,张家男也回了家。他给了我很多建议,比如一定不要跟搭讪的陌生学长说话,不要轻易把自己的微信、微博、快手、抖音啊这些社交号给他人,如果一定要给,就给他的。

用他的原话说就是:"我隔着手机屏幕都能闻出他们的人渣味。"我说:"是是是,同类见到同类总是一眼就能认出来。"他差点没把我打死。

张家男教训完我,还摆出一张臭屁脸:"要不是咱妈让我照顾好你,我才懒得跟你讲。"

"是是是,老哥最好了。"我故意装出一副乖巧妹妹的模样。果然,张家男一副被高压电给电到的痛苦模样:"去去去,肉麻死了!"

跟张家男"深情"告别后,我翻看着手机,快步走出院落,手指又滑到半月前我跟金少天的那一番微信对话。

那之后,我一直没有回复他,他也没再找过我。整件事,就好像从没发生过。有时候我甚至怀疑那一天发生的一切是不是都是一场梦,但手机里金少天的微信却时刻提醒着我,那是真的。

我不禁悲从中来,叹了口气。人家都是开开心心去上大学,结交五湖四海的朋友,跟志同道合的人去社团,看到动心的小哥哥就大胆追求,生活多姿多彩。可我呢,结识的朋友是不敢期待了,就寝室里的安娜和苗苗这两人,今后能饶我狗命,不把我生吞活剥,我就谢天谢地了,可不敢奢望跟她们成为好朋友。

至于小哥哥和社团,倒还真的有——金少天的爱情委托社。然而据我所知,那根本就是一个坑蒙拐骗的贼窝啊,多少无知的少男少女被他的读心术给欺骗了,心甘情愿地献上自己的钱包。我张爱珊,一个高尚的、纯洁的、脱离了低级趣味的人,没举报他就不错了,怎么可能跟他同流合污!尤其是在听说"刚入社团,不能分赃"这条规矩后。

想到这,我再次悲从中来,叹了口气。

抬头一看,我已经站在毛毛哥曾经的家门口,灰色的铁门锈迹斑斑,院落里也长满了半人高的杂草。老妈每次路过这儿都说:这样空着真是浪费啊,租出去也能换点租金呀。在这一点上,老妈和金少天一样,财迷心窍。

毛毛哥一家没把老房子租出去,也算是给我留下点念想。从小到大,每天路过毛毛哥的家门口,我都会想,里面的一切都是他离开时的模样,只要能证明离开这件事,那么离开之后的重逢总会到来的吧。

林欣欣以前给推荐过我一本书,书上有句话我特别赞同:一个人如果在很年轻的时候就遇见了足够美好和惊艳的人,其实是一种不幸,因为以后很有可能再也遇不到,只能在郁郁寡欢中过完平淡的一生。毛毛哥就像一道光,打在我单薄、贫乏还有点儿动荡不安的童年,照亮了我的眼睛、我的面庞还有我跳动的心。后来,毛毛哥走了,我觉得自己像一个复明的盲人,却再没见过光。

林欣欣心思细腻,又看了那么多深刻的书,一定是明白这些的。所以善良的她才总暗示我,说不定毛毛哥长残了,变油腻了,希望我能早点放弃。

可是有句话,我连林欣欣都没告诉过。那就是,我真的打心底相信我跟毛毛哥是命中注定。

"蚂蟥事件"后,我对毛毛哥的爱慕达到了一个新高度。那些天,我整天琢磨的就是如何快点长大,这样我就可以嫁给毛毛哥了。那时候,我的小脑袋里只想着这件事,然而讽刺的是,我没有变成他的新娘。夏天过去,当家门口的院子里飘满金黄的银杏树叶时,我变成了他的妹妹,还真是印证了某句诅咒:有情人终成兄妹。

现在想想,事情并不复杂,但对当年的我来说,却有如世界末日一般可怕。那段日子,家里鸡飞狗跳,争吵不断,堪比修罗场。航叔疯狂地抽烟,在家里来回走动,焦虑得像一只饿了七天七夜的狮子,妈妈永远躲在房间里以泪洗面,张家男则变成一个定时炸弹,总是会莫名其妙就爆炸开来,比如吃饭的时候忽然把桌子一掀,比如摔门而出,然后一整夜不回来,航叔只好发动邻居们一起去后山上找人找到天亮。

以上的一切,只因为一个女人的出现——航叔的前妻,王阿姨。我也是后来才知道,一个人究竟可以多么自私。我听人说,当初王阿姨愿意嫁给航叔,是因为航叔在纺织厂上班,是铁饭碗,福利好,单位还会分房。两人结婚后生下张家男,没多久,航叔的厂子效益不好就裁员了,航叔那种不会搞关系的老实人成了下岗工人。王阿姨整日对航叔恶语相向,嫌他没用。后来没多久,王阿姨就在外面找了男人,被航叔发现后,她干脆离婚,跟情夫私奔了。

谁知风水轮流转,那个做生意的情夫原来是个徒有其表的草包,王阿姨跟着他三年,没捞到什么好,回老家一看,航叔跟我妈组建了新家庭,日子过得有声有色。王阿姨不干了,吵着要复婚。

航叔为人憨厚,但也不傻,当然不愿意,于是王阿姨就带着一群亲戚整天来家门口闹。一开始航叔闭门不出,王阿姨就开始拉横幅,泼油漆,还表演当街撒泼,非说当年是航叔负了她。

那时候,我已经上了小学。我妈担心王阿姨会找我麻烦,每天接送我上下学。有一天放学后,我和我妈果然被王阿姨给堵在了路上,她带着两三个凶悍的男人,骂我妈是狐狸精,是克夫命,克死了我爸爸,现在还想克死航叔。我妈一直隐忍着不说话,直到王阿姨开始骂我是小狐狸精,是个野种,这才爆发了。最后两个女人就当街扭打了起来,王阿姨有两个男人帮忙,狠狠给了我妈几个耳光,还从我妈的头皮上揪下了一绺头发。我当时整个都疯了,直接冲上去抱住王阿姨的大腿,一口咬了下去。

我记得那天深夜,我跟我妈从警察局出来,我妈背着我回家,一路上,她一言不发,直到快到家时,她才忽然站住,几乎是自言自语了一句:"你爸还在的话,一定不会让我们受欺负。"

但我妈并没有把这件事告诉航叔,只是第二天,她就在厨房晕倒了。之后,她住了院，航叔不得不去医院照顾她，管我们的时间更少了。

王阿姨眼看胜利在望，又去学校找了张家男。王阿姨虽然对航叔很差，但对自己的孩子还是很好的，这三年里，张家男也很想念妈妈，心里面一直希望爸爸妈妈能复合。如今，当他妈妈告诉他，是我跟我妈这两个狐狸精迷惑了航叔，他自然对我们恨之入骨，整天针对我和妈妈，然后还要给航叔添堵。

终于有一天，一直想息事宁人的航叔终于爆发了，因为他从别人口中得知了王阿姨带人欺负我们母女的事。他一个人冲到王阿姨的娘家，跟几个男人狠狠地打了一架。最终的结果是，闹事的几个人都进了警察局，写了一晚上的保证书，而航叔由于断了一根肋骨，直接被送进了医院。

那件事闹得很大，但一切都是值得的。

因为在那之后，王阿姨再也没找过航叔。

航叔住院的那段时间，我妈几乎寸步不离地陪着他，每天给他削水果，喂营养粥，而他就一直乐呵呵地傻笑，整个病房里都充斥着"一日夫妻百日恩，患难见真情"的狗粮味，连换药的护士都看不下去了。后来我严重怀疑，航叔是故意在医院待了一个夏天，就是为了享受我妈的贴心服务。

那个暑假，我妈既要工作，又要照顾航叔，实在没精力再照料我跟张家男。张家男便去了他大伯家，我跟航叔那边的亲戚不熟，我妈很担心我，想来想去，最后把我暂时托付给了隔壁的江阿姨。江阿姨知书达理，人又温柔，一定能照顾好我，而且我们两家本就是邻居，我妈从医院回来也能随时看到我。

我记得那天是一个闷热的晚上，妈妈提着一袋名贵的烟酒，拉着我敲响了江阿姨家的门。妈妈跟江阿姨其实早就商量好了这件事，所以，当江阿姨打开门时，妈妈开玩笑地说："给你送女儿过来咯。"

江阿姨喜笑颜开，蹲下来把我抱在怀里，宠溺地亲了我一口："珊珊，从今以后，你就是我的女儿咯。"

我至今忘不了江阿姨说这句话时的样子，她笑靥如花，身上散发着好闻的香水味，而我却惊慌失措。

"毛毛，过来。"江阿姨招呼着，毛毛哥从屋里走过来，站在我身边。

"叫妹妹。"江阿姨继续招呼。

毛毛哥打量了我一会儿，彬彬有礼地伸出手："妹妹，你好。"

我哇的一声哭了，那一刻，我感觉天都塌了，而我这样并不是因为我以为妈妈抛弃了我，而是因为，小小的我以为，我永远都不可能成为毛毛哥的新娘了。

最近也不知道怎么回事,我老是想起小时候的事。我回忆着往事,不一会儿就到了临城的养老院。门口的李奶奶正拄着拐杖站在路口等候着什么,我赶紧收拾收拾情绪,整理一下头发和衣服,朝李奶奶走去。

关于我和李奶奶的渊源,还要追溯到高中时代。高一那年,学校鼓励学生参加一对一帮扶孤寡老人的活动,我的帮扶对象就是李奶奶。她今年七十岁了,头发花白,年轻的时候是福利院的院长。再后来,她老了,由于膝下无子,就被送到了养老院。来到养老院没多久,李奶奶就患上了老年痴呆,遗忘了很多事情,唯独记得年轻时的一段往事。在那段记忆里,她很忙,每天要做很多事情。她还有一个儿子,名叫阿庆。我后来听院长说起,才知道那个阿庆并不是她的亲儿子,而是她在福利院收养的儿子。可惜,年纪轻轻,那个阿庆就出车祸去世了。

这么多年过去了,很多事情都遗忘了,李奶奶却依然记得孩子上学的路。

我穿过马路来到李奶奶身后,然后轻轻拍了一下她的肩。她缓缓转过身来,我趁机盯住她的眼睛。李奶奶浑浊的眼睛恍惚了一下,然后就像被什么点亮了。

其实关于催眠术,我自己也是一知半解,没有掌握得很透彻。反正有些人好催眠,有些人不好催眠。越是紧张的时候,催眠就越容易失败。越是放松的时候,催眠越容易成功。不过有一点倒是可以确认,被我催眠成功的人,通常都会把我当成他们最想见到的那个人。

记得以前林欣欣还没对我哥有好感时,特别迷恋一个小鲜肉明星。我某天无聊,就对她使用了催眠术,结果她疯了一样抱着我大喊大叫,非说我就是她的电、她的光、她唯一的神话。

"阿庆,你来了呀!"李奶奶满是皱纹的脸上绽放出笑容,她慈爱地牵起我的手,"阿庆,妈送你去学校,路上车多,你又爱开小差,多危险哪。"

我轻轻应了一声,任由李奶奶牵着我朝街头走去。

一路上,她完全把我当成阿庆,嘴里念叨阿庆的成绩,还有阿庆那群不着调的朋友。这些话我已经听过无数次了,反正我扮演的那个阿庆,就是一个不爱学习、好吃懒做、成天胡思乱想、不勤洗内裤的孩子。除了最后一点,我可以说是本色出演了。

我一边扶着李奶奶,一边痛定思痛,反省自己。只要走完这条街,来到阿庆以前就读过的初中门口,我今天的任务就算圆满完成。

可偏偏今天,意外出现了。李奶奶忽然停下来,问我:"那个阿庆啊,赵叔叔送的榴梿,你放哪里了?我找了半天都没找到。"

我傻眼了。

榴梿?为什么会冒出榴梿?为什么不是苹果、橘子、西瓜,而是最臭的榴梿?等等,现在不是纠结这个的时候。这种突发情况很少见,如果我随意开口,没有说中,被催眠者很可能中途醒来。那时候,李奶奶发现自己被一个陌生的女孩搀扶着,恐怕会大喊大叫,那我岂不是会被当成人贩子给抓走啦!

"榴梿呀,那个榴梿……我想想呀……"怎么办?鬼才知道榴梿去哪儿了!

"李阿姨,好久不见啊。"就在车水马龙的嘈杂声中,在夏末傍晚湿热的空气中,响起一道男生慵懒又低沉的声音。

我刚觉得这个声音有些耳熟,下一秒,一道高高瘦瘦的身影就出现在李奶奶的另一边。金少天双手插兜,用余光瞥了我一眼。那嫌弃劲儿,都快飞上天了!

这家伙!还真是阴魂不散。

等等,他为什么会在临城,为什么会在这时找上我?难不成军训一结束,他就在尾随我?哇,这什么操作啊,也太变态了吧?

"李阿姨,好久不见啊。"金少天重复了一遍,他一改傲慢的嘴脸,变得彬彬有礼。

李奶奶看了他一眼,有些愣怔:"你是……"

"我是阿庆的同学小多呀。"金少天回答。

"哦,小多啊!"李阿姨似乎想起了什么。

"李阿姨,你等会儿啊,我跟阿庆说点事。"金少天朝我使了个眼色:去旁边说话。

我也使了个眼色:我就在这儿,爱说不说。

金少天皱了皱眉头,把手放在我脖子上,狠狠一拉。

行了行了,我知道你的厉害了,求你别拆穿我,我跟你去旁边还不行吗。

我俩走到了一边。

"上次说的事,考虑得怎么样了?"金少天问。

"什么事啊?"我装糊涂。

"加入我的社团。"金少天单刀直入。

"哦哦,那个呀,还在考虑当中……"我和稀泥。

"不过一份校内工作而已,你为什么这么抗拒?我记得,咱俩可是关系匪浅啊。"金少天欠揍似的撇撇嘴。

工作？我离十八岁都还差一点呢，你这是强迫童工！再说了，谁跟你关系匪浅了，咱们不熟好不好！我内心咆哮，脸上却强颜欢笑："呵呵，有吗？"

　　"小多呀？"不甘寂寞的李奶奶走了过来，"你都长这么高啦？我记得你以前比我家阿庆还矮半个头呢，大家都叫你矮冬瓜。"

　　矮冬瓜！哈哈哈，我扑哧一声笑了。

　　金少天忽然搂住我的肩膀，一把将我揽到怀中："阿姨，我这几年打篮球，长高了，不像阿庆，只知道去网吧打游戏！"

　　李奶奶立刻柳眉倒竖，盯着我，伸手过来就揪我的耳朵："这个娃儿！说多少次了，不要去网吧玩游戏！玩物丧志，将来肯定没出息！"

　　"我错了！我错了……我再也不打游戏了。"我哀号。

　　李奶奶这才松手了。

　　我刚想反击，金少天已经体贴地扶拄李奶奶，一副孝子模样地套着近乎："阿姨，阿庆最近有跟你说那个丽丽吗？"

　　"丽丽？"李奶奶一脸狐疑。

　　金少天冷冷地瞟了我一眼："是啊，是咱们隔壁班的班花啊，人长得好看，成绩也好，好像还给阿庆写过情书呢……"

　　我赶忙上前，一把捂住金少天的嘴巴："金哥，求你别说了……"

　　"什么金哥……"李奶奶一怔，狐疑地看着我们。

　　"啊，那个……劲歌……金曲嘛！不能说的，要用唱。我最近跟小多在练歌，学校元旦晚会要表演的。"我好佩服自己的机智。

　　金少天费力掰开我的手指，朝李奶奶客气地笑了："阿姨，我们闹着玩的，我和阿庆去打球了。"

　　"好好，多锻炼锻炼。"李奶奶笑眯眯地点头，转身往回走。忽然，她想起了什么，又转头问道："对了，那个……"

　　"榴梿是吧？"金少天盯紧李奶奶的眼睛，忽然间，我感觉他深邃的瞳孔里有什么东西在缓慢而有序地流动，同时，他的耳朵也在轻轻颤动，像是跳跃的小兔子的耳朵那样耸动着，虽然很不应该，但是天啊，这也太可爱了吧！

　　几秒后，金少天开口了："榴梿啊，早上您出门的时候不是给扔了吗？那个榴梿已经坏啦。"

　　"啊，我扔了吗？"李奶奶自己也忘了，有点半信半疑。

　　"是呀，你扔了。"金少天不动声色地加强了暗示。

"对,扔了。"李奶奶一拍脑门,"瞧我这记性。好啦,你们去玩吧。阿庆啊,记得早点回家啊。"

"知道了。"我点点头。

李奶奶拄着拐杖,朝着养老院的方向回去了。我跟金少天没有走,悄悄跟在她身后,直到她走进了养老院的门里。

夕阳下,李奶奶佝偻的背影被拉得好长,我远远目送,心里忽然涌上一股说不上的伤感。李奶奶的记性越来越差了,这世上的一切都在远离她,如果有一天,她连阿庆也忘了,那么她这一生究竟算不算活过呢?而如果有一天,我连我的毛毛哥也忘了,那我又算不算爱过呢?

我正伤感着,老半天才发现金少天正直勾勾地看着我。客观来说,这家伙长得挺好看的,虽然永远一张无精打采的面瘫脸,可一双眼睛认真起来的时候,竟然能把我看得心跳加速。

我受不了了,赶紧别过脸。金少天猛地扶正我的肩膀,继续盯着我的眼睛,耳朵开始不断耸动着。我也不笨,知道他想读我的心,才不让他得逞,开始在心里默念乘法口诀:一七得七,二七一四,三七二一,四七二八?还是二十九来着……

金少天放开我,转身嘀咕起来:"不可能,没道理……难道她戴了超厚美瞳,难道是距离太远……"

他再次转身,这一次,他疯狂地逼近我,几乎要亲上来。

我,一个十八岁的少女,除了我那个土匪老哥张家男,还没有哪个异性如此接近我。哦,不对,还有毛毛哥,一想到毛毛哥,巨大的背叛感涌上我的脑海。我也不知哪来的力气,一拳砸在金少天的眼窝上,他"哎哟"一声捂住眼睛后退着,抬头朝我大喊:"张爱珊你有病啊!"

04

首先,我肯定没病啦,我这人没啥优点,就是从小到大身体好,林欣欣一年得感冒好几次,我几年也感冒不了一次;其次,我刚才下手可能确实重了那么一点点,但是我哪知道自己力气这么大啊,要怨就怨我的亲生老爸吧,他是个警察,估计我的武力值就是继承了他的;最后,我虽然打伤了金少天,但自己也没讨到好啊,胳膊扭到了,疼死了。

金少天顶着一只熊猫眼,蹲在马路牙子上,脸色阴沉。他手里拿着一瓶冰镇可乐,正在敷眼睛。

我蹲在一旁,小心翼翼地问:"那个,金少天……"

金少天别过脸。

"金哥?"

"叫金学长!"

"金学长,你……还好吧?"

"你觉得呢?!"

我犹豫了下,还是弱弱地开口了:"那个,可乐三块钱一瓶,我刚刚垫付了,你啥时候给我……"

"没零钱!"

"没关系没关系!"我掏出手机,"可以扫二维码……"

金少天狠狠瞪我一眼。我赶紧住嘴了,哼!抠门鬼!

空气再次回归安静,而我最怕空气突然安静,于是努力打破沉默:"哎呀,我也不是故意的啊,谁让你刚才图谋不轨……"

"图谋不轨?"金少天夸张地皱起眉头,"就你这身材,谁会感兴趣?"

"我这身材怎么啦?"我不服气。

"一看就很富有!"金少天啧啧称奇。

这都能看出来?读心术不是只能看出来别人心里想什么吗?难不成还能看胸……算命?虽然我一直觉得"有情饮水饱",只要能跟毛毛哥在一起,钱什么的不要也罢,但如果我命中注定要大富大贵,我当然也是可以接受的啦:"哈哈,是吗?其实我也觉得我以后肯定能……"

"飞机场能富有吗?"

金少天,我要跟你同归于尽!

我拖着一条残臂,对金少天展开第二轮攻击。他轻轻松松地一一挡开,继续对我进行人身攻击:"要身材没身材,要智商没智商,还是个忘恩负义的白眼狼。"

"狗屁!我怎么忘恩负义了?"

"我救你一命,你却不肯入社。"

"别以为我不知道,你那个爱情委托社都是骗人的!我是答应过你要满足你一个条件，但那得是光明正大的事，坑蒙拐骗可不行！我妈从小就教育我，诚信是做人之本，我妈当初的按摩店，就是本着从不偷懒，对每一个顾客的身体健康都认真负责的宗旨，生意才红火起来的。"

"一个愿打，一个愿挨，怎么能叫骗？许多人心里早就有了答案，不过是希望有人能说出那个答案，我做的，不过就是配合他们的演出。"

"你演员呢，还配合演出！"我嗤之以鼻，"你不要在这里说歪理邪说了，我死也不会与你这种人为伍！"

金少天还想说什么，忽然就住嘴了。与此同时，我也闻到一股迎面扑来的香水味。暑假的时候，我跟林欣欣去逛商场，被热情的迪奥柜姐拉着试用过，喷在手腕上香香的，一直到回家我都舍不得洗呢，没记错的话，应该是娜塔丽·波特曼代言的那一款粉红迪奥小姐系列香氛。

我一回头，果然，安娜正朝我们款款走来。她那妩媚又骄傲的眼神在我和金少天身上飘来飘去，不知为何，每当她的眼神飘到我身上时，我就感受到一股掩饰不住的轻蔑，特别伤人。

忽然间，我想起了一句话：别低头，皇冠会掉！别流泪，敌人会笑！

反应过来时，我已经挽住了金少天的胳膊，干巴巴地傻笑起来。金少天不愧是专业的，立刻反握住我的手臂，开始配合我的演出。

安娜刚要跟我俩打招呼，忽然接到一个电话，于是她在不远处停下，开始讲电话。

等待之际，金少天凑到我耳边说起悄悄话："你不是说死也不会与我为伍吗？"

"什么？晚上去看电影呀？好啊好啊！"我早已戏精附体，心里却在说：诚信诚可贵，生命价更高，若为虚荣心，两者皆可抛。

"你的身材'富有'吗？"金少天继续问，在外人看来，我们一定是在讲着什么甜蜜的悄悄话吧？

"富有！"我斩钉截铁，脸是什么，我不知道。

"那你这么'富有'，我还能是色狼吗？"金少天笑。

"什么色狼呀，您是君子。"我假笑。

"如果我是君子，我做的事情算骗人吗？"

"不算不算！是他们自欺欺人！"我就差抱拳了。

金少天很满意，眼看安娜已经接完电话："明天上午十点，来爱情委托社报到。"

"是的，金哥！"

"叫金学长。"

"是,金学长。"

"加入之后,所有事都必须听我的。"

"所有事?你该不会想对我……"

"嗯?"

"行行行,听你的,你是电,你是光,你是唯一的神话……"眼看金少天就要抽走他的胳膊,我一把死死地抱住了。开什么玩笑!这条胳膊就是我的命啊,能不能在大学里有尊严地活下去,就看能不能牢牢把握住这条胳膊了!

"还有,等事情结束,把你的催眠术跟我讲一讲。"

"不是只答应你一个条件吗?怎么还趁火打劫了……"

"啊,胳膊好酸啊。"

"没问题的,金哥。"我死死抱住他的胳膊。

"叫金学长!"

"哈喽,金少天,好巧呀。"安娜走近我们,笑容甜美,声音自然,一切都很完美,除了……完全忽视了我。

"挺巧。"金少天冷冷的。

"咦,你的眼睛怎么了?"安娜注意到金少天的熊猫眼。

"啊——刚才有人欺负我,金少天保护我,所以就受了点伤……"我慌忙解释。

"这样啊。"安娜将信将疑,笑容暧昧,"张爱珊,真羡慕你呀,有个这么护着你的男朋友。"

"哪里哪里,跟你那个开上市公司,住英国庄园,网球校队的高仿版黄轩一比,差远啦。"记仇小仙女是谁?没错就是我!

"没有,那些都是追求者啦。"安娜镇定自若,微笑得体,"我有男朋友啦,刚才就是在接他的电话,下周末他在家办派对,非要我带着朋友一块去参加。金少天,张爱珊,你们也一起去吧。"

金少天不回答,看着我。

可恶的金少天,竟然把球抛给我。我正琢磨着要找什么理由拒绝,安娜又补了一句:"这可是咱们寝室第一次集体活动哦,珊珊,你不会拒绝吧?"

"怎么会啊,肯定来啊!"我真想扇死自己。

"那说好了哦,再见。"安娜漂漂亮亮地离开了,空气中的浓郁香水味却挥散不去。我跟金少天松开了彼此的手,目送她远去。

"啧啧……"金少天咂了咂嘴,"女人的虚荣心。"

"要死呀!不说话,没人当你哑巴。"

之后的时间里,我也不知道能去哪儿,就跟金少天漫无目的地走着。一路上,我有许多问题想问他,比如他今天究竟是怎么找到我的。金少天也不说话,把手伸给我,我一看他掌心那张歪歪扭扭、像是鬼画符的路线图,立马猜到是谁的手笔了。

"张家男?!"我大吃一惊。不行,一会儿回家,看我不大义灭亲!

"他告诉我你今天可能会去的地方,作为交换,我把他看上的一个女孩的微信号给了他。"

"你们……真是肮脏的交易!"

"微信而已,又不是家庭住址。"金少天不以为然,过了一会儿,他又补充了一句,"反正最后他也会被发好人卡。"

"我替我哥谢谢你了啊。"我翻了个白眼,又想到什么,"啊,你怎么会跟安娜认识啊?"

"没有。"金少天双手插袋,眯着眼睛,"来临城上高中前,我跟安娜同校过一年。我转学前,她给我写过一封情书。"

"她?给你!情书!"哇,这可是不得了的新闻,我体内的八卦之火熊熊燃烧了起来,"你答应了吗?你该不会拒绝了吧?快给我说说。"

"没什么好说的。"

金少天不再谈论。

不一会儿,我俩就走到高中学校门口。今天放假,校门紧闭,透过栅栏能看见校园内郁郁葱葱的香樟树,还有那个似乎比记忆中变小了一圈的操场。

金少天看着校园出神,似乎想起了往事。我打趣他:"怎么着?想起美好的曾经啦,还说你不在意呢。"

他挑挑眉毛,眼神中的柔软忽然消失:"我不过是想起一个怪人。"

"什么怪人?跟我说一说。"相比情情爱爱,我似乎对怪咖更感兴趣。

他想了想:"其实也没什么好说的,总之她跑得很快。我从没见过一个女孩子可以一边哭,一边跑得那么快,那可能就是传说中的泪奔吧。"

"你追人家?"我满怀好奇,"哎哟,看不出来啊,你还会追女孩子?"

"不是,那会儿我在高中做了一个碟仙聚会。"他伸出手在锈迹斑斑的铁门上摸了摸,"反正就是给人算算运势什么的。然后有个女孩子跟她闺密一起来的,戴着口罩、裹着围巾,露出两眼睛,说是感冒了……"

嗯？这情节怎么有点熟悉？

金少天还在慢慢地回忆着那些细节，他越回忆，我的心里越慌。

"等等！"我伸出手，制止他再说下去，"你是说，你在高中做过碟仙？"

"对啊。"金少天继续摸铁门，"我当时就是追到这里，然后……"他回过头来，与我四目相对。

三秒的死寂后——

"原来你就是那个骗子！"

"原来你就是那个怪人！"

我说呢，总觉得这家伙有点眼熟，就是想不起来在哪儿见过。现在我算是明白了，孽缘啊，都是孽缘！

金少天来回打量我一番，眼神落在我的眸子上，小声嘀咕了句："怪不得读不了，原来当年的她就是你。"

我看着一中的大门，不禁想起了那段往事："你还好意思说，你这个骗子，欺骗了我和林欣欣的青春！"

"我可没骗林欣欣，她不是挺喜欢你哥张家男吗。"金少天双手插兜，一副事不关己，高高挂起的模样，"只是不知道你找到了你的毛毛哥没有啊？"他说完，没忍住扑哧一声笑了。

"笑屁啊你！"我恼羞成怒，"谁没年轻过呀，你小时候难道没喜欢过别人吗！"

汽车的鸣笛声掩盖了喜欢二字，金少天似乎没听清楚我在讲什么，或者他并不在意我讲了什么，依旧在自顾自地摸着他的铁门，真不知道铁门有什么好摸的，不怕得破伤风吗？

我呆呆地站在一中的门外，时间瞬间回到了我十四岁的时候。

别人在十四岁时是什么样呢？蝉鸣没完没了的夏夜，喝不完的橘子汽水，吃到撑的冰镇西瓜，还有那些穿着白裙、骑着单车在阳光下飞驰的少女，打着赤膊在泳池里嬉戏的少年，永远写不完的作业，永远想不明白的心事……

十四岁的我呢？十四岁的我却在寻找我的毛毛哥。

与毛毛哥失散后，我试过很多办法，但最终还是没能找到他。当一个人对命运的安排无能为力时，就只能寻找精神寄托和安慰，这就是俗称的迷信。我也不能免俗，为了知道我何时能再见到我的毛毛哥，什么扑克啊，塔罗牌牌啊，生辰八字啊我都算过。直到中考前的那个晚上，林欣欣不知道从哪里打听到，金州一高有个神童，会用碟子算卦，算得可准了，就是有点贵，算一次要一百块。

但我实在太想知道毛毛哥在哪儿了，心一横，拿出了一个礼拜的生活费。那几天我正好感冒了，怕传染给碟仙神童，影响他的发挥，便戴上了口罩。谁知道那个碟仙神童的造型比我还夸张，戴着英语课本制作而成的面罩，露出两只眼睛。起初给林欣欣算，他只看了林欣欣一眼就算得特别准，除了告诉林欣欣命中注定的人是她最好的朋友的哥哥之外，还算出她以后会和那个人上同一所大学，还会展开一段刻骨铭心、轰轰烈烈的爱情。

林欣欣欢欣雀跃，搞得我更加期待了。

轮到我的时候，那个碟仙盯着我看了半晌，碟子都在课桌上转了十几圈，他还是一言不发。

我一着急，开口说："那个人叫毛毛，你帮我找找他在哪里。你不用算他喜欢不喜欢我，你就算算他在哪儿，我想见他！"

碟仙有点尴尬，又开始转碟子，再转下去都要成DJ了。

我以为是自己给的线索不够多，便把自己如何认识毛毛哥，又如何跟毛毛失散的事和盘托出，这中间有太多的回忆，我讲得语无伦次、乱七八糟，讲到后面竟然开始掉眼泪。其实我早知道那个神童不靠谱，十有八九是骗人的，但我还是心存侥幸，不想让自己就这样放弃。我本以为，我说了这么多，对方至少有点职业精神，安慰我两句，说我迟早会见到毛毛哥，也好让我继续怀着希望生活下去。谁知道，那个戴着英语课本面罩的碟仙半天憋出一句："你是不是瞎？"

在场所有人都哄堂大笑，我瞬间变成了一个傻子。我再也忍不住，眼泪夺眶而出，挤开人群跑走了。我至今还记得，当我跑出一中时，那个碟仙还在我身后穷追不舍，嚷嚷着要再看一眼我的眼睛。

那天之后，我就再也没有相信过这些东西，但我依然没有放弃寻找毛毛哥。

真没想到啊，时隔多年，我俩竟然又在这里狭路相逢！

忽然间，我灵光一闪，为什么金少天那么在意我的眼睛？这次在大学重逢，他似乎也一直盯着我的眼睛，试图发现什么。难道说，他读不了我的心？如果真是这样，那就太好了。一时间，我有一种终于穿上衣服的安全感。

"我说，你就那么想找到你的毛毛哥？"金少天忽然开口了，他还是一副颓丧的模样，双手插袋，眯着眼看着很远的地方。

我一时语塞，我当然想知道，可是我不知道该如何让身边的男生明白我的心情。在这个世界上，谁也不会明白我的心情，就连我的家人和朋友，他们也觉得我幼稚、偏执、蛮不讲理、钻牛角尖，但只有我自己清楚，我没有。

"还好吧，以前小，不懂事。"真奇怪，对于毛毛哥的事，这还是我第一次口是心非。

"我帮你。"

"啊？"我以为自己听错了。

"我帮你找到他。"金少天双手枕在脑后，丢下我一个人往前走。

"为什么啊？"我追上去。

"很明显啊。"金少天没有回头，"你在撒谎。"

我猛地停下，愣在原地。

那一刻，我说不上是开心还是感动，又或者别的什么，只觉得胸口暖暖的，又有一点酸涩，心跳也乱了。那年的我还太年轻，没法概括如此复杂的感受。后来长大了，我倒是可以微笑着讲起曾经。人的一生，其实是由许多个瞬间组成，而我们最初的那个瞬间，或许就叫心动。

最后的话：

脑洞少女张爱珊和异能学长金少天、学霸男神夏之翰三人的情感将如何发展？她心中一直未忘的毛毛哥将会以怎样的形象出现呢？一切谜底将在八月上市的《哥哥的朋友是我男朋友》中为你们解开！

确认过眼神，来爱情委托社的都是难搞的人

主持/灯灯

金少天身为金州大学爱情委托社的社长，一直认为解决同学们的心理和感情问题是他义不容辞的责任。于是，金少天粉丝后援会立誓要为他们心中那一抹高冷的白月光的抱负推波助澜，他们满校园地给爱情委托社做宣传，现在来找爱情委托社的人越来越多。金少天抓着刚入社的张爱珊提刀上岗，毕竟是有异能的人，不用白不用嘛。(彭湃：喂！快收起你那颗蠢蠢欲动的心！你就这么对待我们的女主吗？！)

张爱珊一想到自己现在还没有找到毛毛哥，却被迫在这里帮别人解决情感问题，不禁有点小委屈，随手翻了翻委托人的信息表，发现里面不乏想找回随岁月流逝而渺无音讯的青梅竹马，有不知道怎么约会的，也有问怎么哄正在生气的女朋友的……张爱珊不禁感叹："原来大家都过得这么不容易啊！"她忽然大发侠义之心，小手一挥，便接下了三位委托人的单子，开始干活！

委托人花花

——委托人自述——

小时候，我家楼上住着一个大我一岁的小哥哥，因为冬天他被我毛衣产生的静电电到了，所以，什么都不懂的他认为我是皮卡丘转世，默认了我当老大，算是被我欺负着长大的。有一天，我为了件芝麻大的事又追着他满院子打，打累了，背对着大门在喘气。小哥哥揉着脑袋上被我揍得肿起来的包，突然对我大吼："快跑，你妈要来揍你了！"我回头一看，我妈提着晾衣架，正气势汹汹地向我走过来。我撒腿就跑，那一刻忽然就对小哥哥动心了，可惜没来得及表白，他就搬家了，我现在真的非常想找到他！

张爱珊：我的天，同是天涯沦落人啊！！！

金少天：万一她的小哥哥在长大的路上被人截和了呢？张爱珊，你要不要催眠一下她？让她忘了她的小哥哥吧。

张爱珊：闭嘴！这样纯真美好的等待，一定会有好结果的！我会让她努力变得更好，然后时刻准备着和小哥哥重逢！

彭湃：不愧是我养出来的亲闺女！鸡汤一级棒啊！

"委托人燃燃"
—— 委托人自述 ——

第一次约会，很紧张，我居然给他鞠了一躬，然后他一脸蒙，也冲我鞠了一躬，然后我们两个人礼貌又客气地握手，现在想起来感觉像两国首脑会晤。之后我们逛小吃街，一起吃凉皮。我有点不知所措，想着要淑女一些，然后……夹起凉皮吹了吹！这还没完……约会到一半的时候，男神羞涩地向我伸出了手，我认认真真地说："呀！你居然是个断掌！我跟你说，他们说男生断掌有出息……"天哪，那一天，我都在干些什么？！谁来救救活在梦里的我？！

张家男：这位少女，你不需要拯救！我觉得你可爱到爆炸！

张爱珊：我想我的毛毛哥了……呜呜呜呜呜！我的毛毛哥现在肯定也这么单纯可爱！

全少天：来人！打一盆冷水给我淋醒她！

彭湃：这位朋友明显是自信心不足，麻烦来个人给她指路，去小暖阳夏之翰的心理咨询室！

"委托人小明"
—— 委托人自述 ——

女朋友发烧的时候给我发消息说她发烧39度了，我只不过回了一句"真厉害"，然后她就生气了，可是能把自己烧到39度确实很牛啊！还有，我们走在大街上，她看见一个美女就对我说："那个小姐姐真好漂亮啊，我都有点自卑了……"我立马说："没事！我就喜欢不漂亮的！"我心里只有她一个人的意思还不够明显吗，为什么她又生气了？当然了，生气就得哄，我去求原谅的时候女朋友说："就算你给我买口红，我也不会原谅你的！"这个时候当然要顺着她来啊！我马上接话说："好好好……听你的，我不买，别生气了！"结果她现在正跟我闹分手！我要怎么办？！

张爱珊：……我觉得你可以直接去了解一下墓地风水……

全少天：厉害了，这位委托人把男朋友嫌命长系列的事情干了个遍！

林欣欣：我都快要忍不住揍他了……

张家男：我的妈呀，连欣欣这样好修为的都想打人！可我觉得这位仁兄的做法，没毛病啊！

林欣欣：……

彭湃：我的女朋友是个完美的女生，她不任性，不矫情，不存在。

张爱珊：这一单给别人做吧！我要甩单！

全少天：嗯？你说什么？

张爱珊：……我这就催眠他去买香奈儿口红，回去跟他女朋友道歉！

这三个委托单接下来，张爱珊已经不太行了，直呼要休息，不然就罢工。

张爱珊的外婆说过："他们有的会隐身，有的能扭转时间，还有些人呀，可以看到别人的心……"处在异能世界的金川大学注定不会平静，拥有持续有效的催眠术的异能者——张爱珊的追寻青梅竹马之路请各位继续关注哟！

【十里桃花】

佛系书生
FOXISHUSHENG

文 / 薄骨生香
图 / 猫小叶

> ▶作者简介◀
>
> 薄骨生香：重度幻想少女，跳脱的双子座，唯一爱了好几年没变的就是写文，常反省自己万年单身狗为何要写甜文，于是磨刀霍霍向男女主。

"喂，你再不走，我们妖精可是会吃人的。"我斜睨了一眼宁采臣，道。他倒是一个用功的书生，每天都在那里写写。

"你吃吧，只要你不嫌弃我三个月没洗澡、没漱口，煎炒炸蒸随便你。"

第一章 大叔，你刚才说我什么

我是一只狐妖，我们狐妖的目标就是：勾引男人，献给姥姥！

为了顺利完成这个月的业绩，我早已准备好一切，比如用时下最流行的胭脂水粉买通了各路的妖怪姐妹，打好招呼让她们放过一个叫宁采臣的男人，留给我！

最近姥姥的口味变了，不喜欢肌肉型男，只喜欢白面书生。正好这段时间上京赶考的书生很多，各路妖怪为了讨好姥姥便都提前在做准备。

在妖怪市场上，那些各地经过的书生的信息都会被妖贩卖出来，那个叫宁采臣的书生听说是这届上京赶考的书生中最好看的，于是为了弥补前几个月姥姥对我的失望，我决定拿下宁采臣！

兰若寺内，我百无聊赖地拨弄着琴弦，双眸看向门外淅淅沥沥的小雨，思忖着是不是雨天路滑，宁采臣一不小心摔断腿了？不然都这个时辰了，我怎么还没见到他的身影？

我正考虑着要不要出去看一眼时，雨中慢慢出现了一个黑色身影，我浑身一个激灵，朝着掌心啐了两口唾沫搓了搓，开始优雅地弹琴。

听说四十五度仰角通常是人最好看的角度，我一边弹着琴一边摆好角度。话本子上都说书生最喜欢才女，弹个琴应该很有才了吧。

我听到脚步声渐渐近了，那个人走到门口，收起了雨具将其靠在门上，但他没有进门，而是站在门口倾听我的琴声。

我心中扬扬得意，惊不惊喜，意不意外，躲个雨还能遇见有才有貌的女子。就在我打算装作无意间含情脉脉与他四目对视时，我听到那个人开口。

"姑娘你在弹棉花吗？"

额角的青筋欢快地凸起，我手中一用力，一根弦便断了。话本子上不是说书生都是温柔礼貌的吗？我深吸一口气，嘴角挤出一抹笑容，抬起头，看向站在门口的那个男人，声音软糯道："公……""子"字戛然而止，看清那个男人的模样，我立马一拍桌子，一副骂街的模样道："大叔，你刚才说我什么？！"门口的男人胡子拉碴，穿着破败，根本不是我想象的书生模样。一时间，我以为他是什么山中砍柴的大叔，因雨大来这里避雨。

那个男人走进屋中，将背上的笈囊从肩膀上卸下来放在地上。一看他这架势是要在这儿过夜，我连忙站起身驱赶他，道："大叔，这里不是客栈，赶紧走！"我还要等宁采臣呢！

那个男人看了我一眼，道："你不是在等我吗？"

我愣住，我什么时候在等他了？

那个男人继续道："我一路走来，遇到很多人，他们都说兰若寺里面有一个叫聂小倩的女子在等我。所以，姑娘你不是在等我吗？"

那个男人直愣愣地看着我，我倒吸一口凉气，看着眼前满脸络腮胡的男人，咆哮道："你就是那个传说中长得很好看的书生宁采臣？"

第二章 等雨停，我就走

门外的雨一直下着，我趴在桌子上一声声地哀号。我的命怎么这么苦，花了那么多银票跟胭脂水粉，结果换来的却是一个邋遢的大叔？！我心……甚痛！

而那个叫宁采臣的男人正气定神闲地在一旁的桌子上写字，似乎我的痛苦呻吟在他那里变成了"不听不听，王八念经"。

"你到底什么时候才走啊？"我朝他吼道，虽然他也是个男人，但是姥姥根本不喜欢这一类型的男人，我得赶紧赶他走，等待下一个来兰若寺的书生。

宁采臣却连眼皮都没有抬一下，道："等雨停，我就走。"

雨停？

我抬头看了一眼兰若寺外面的天，这雨是姥姥施法才下的，得十天半个月才能停，为的就是困住上京赶考的书生，让我们好行动。他要等雨停了才走，那我这个月不就没法交差，又要喝西北风了？

"不行，你得现在，马上，立刻就走！"我指着门的方向，义正词严道。

宁采臣终于将目光从案牍上转移到我的脸上，冷不丁地对上他深邃的眼，我心口一颤，但是为了不输掉底气，我抬起下巴，捍卫我最后的骄傲。

"你双下巴露出来了。"

我吓得连忙摸下巴，意识到被人捉弄后，恼怒地瞪着宁采臣，谁知道他看着我吐出三个字："地契呢？"

"啊？啥？"我一脸茫然地看着他。他朝我伸出手，道："你把地契拿给我，若能证明这地方是你的私宅，我就走。"

"这个……"我窘迫了，这兰若寺本就是一座荒寺，我怎么可能会有地契。

"既然拿不出来，那你就没有权力赶我走。"宁采臣慢慢收回手，低下头又开始写着什么。我气结。好呀，他居然跟我讲道理，他不知道女人都是不讲道理的吗？

我侧过头去不再看他，心里面暗暗盘算着怎么把他给弄走，殊不知原本写着字的他渐渐勾起嘴角，有些无奈地摇了摇头。

夜间我放了老鼠、大蜘蛛吓唬他，白天用各种妖法把他的笔弄断或者把书弄没恐吓他。一连三天，宁采臣都岿然不动，安如泰山，倒是我在旁边一听到有情况就冒出来惊呼道："你走吧，你看这里环境多差啊！"

他回我："还可以，还行，没关系。"

我:"……"

他真乃佛系书生啊，遇事泰然处之，随遇而安，但是再这样下去，我真的要喝西北风了!

这天夜里，宁采臣躺在寺院的一角已经睡着了。我穿了一袭白衣，在屋子里飘来飘去，时不时用长长的袖子拂过他的面孔，希望他醒来能被我这副样子吓得屁滚尿流地离开兰若寺。

可是无论我怎么拂袖，他都不醒。好奇的我蹲在他旁边戳了戳他的脸，喃喃道:"睡这么死啊……"

就当我准备一脚踹醒宁采臣时，睡梦中的他突然伸出手拽住我的手腕，用力一扯。我惊呼一声，整个人便被他搂在怀里。伏在他胸前，我的鼻腔里全是他身上的味道，那是一股清香。听到他胸口处强有力的心跳，我一瞬间愣了神。

"安安。"

宁采臣发出一声呓语，我猛地清醒过来，推开他，站起身，朝着他胸口就是一脚，动作一气呵成，一点也不拖泥带水。

宁采臣"嗷"了一声，终于醒了……被我踹醒了，只不过他还有些在状况外，茫然地看着出现在他身边的我。

我面目狰狞，甩着水袖对着他一字一句道:"老娘是女妖聂! 小! 倩!"搂着我喊别人的名字，他宁采臣很棒哦。

第三章　你是上京赶考还是开药堂

对于我是妖怪这件事，宁采臣居然一点也不害怕，这个世道真的是变了。生平第一次，我感受到了做妖的耻辱。居然有一个人听说我是妖，而不害怕。

"喂，你再不走，我们妖精可是会吃人的。"我斜睨了一眼宁采臣，道。他倒是一个用功的书生，每天都在那里写写写。

"你吃吧，只要你不嫌弃我三个月没洗澡、没漱口，煎炒炸蒸随便你。"

"呃……"我在一旁干呕着，摆着手让他别说了，我脑中已经有画面了。我在一旁恶心得厉害，有人递过来一张帕子，我下意识接过后道了一声谢谢，擦了擦嘴。意识到是谁递的帕子后，我机械地抬起脖子看向那人熠熠生辉的眼，道："虽然我是妖，但是我是一个对吃非常挑剔的妖，不会随便将就的！"

宁采臣点点头，眼中闪过一丝笑意，道："我知道。"

"你知道就好。"我低下头嘟囔一句，不知为何脸有些发热。

我再也没说让宁采臣走的话了，因为我知道我赶不走他，索性我就把他当成透明人一般，他在耳室看他的书，我在正殿继续等待猎物。

随着时间推移，天没有一点儿放晴的意思，而我终于如愿以偿，等来了第二个书生。

第二个书生的到来让我眼前一亮，因为这个书生正是姥姥最近很喜欢的小白脸类型。

我依旧在寺院内弹着琴，那书生看见我的第一句话就是："姑娘，好琴技！"我以袖掩嘴表示很受用，还在心里面暗骂了一声宁采臣不懂得欣赏我的琴声。

我与书生攀谈起来，其间书生越靠越近，慢慢地搭上我的手道："刚才小姐有一处弹错了，在下略通琴技，不如我教小姐？"

我忍住一巴掌把他拍飞的冲动，面上娇笑道："好呀。"

话音刚落，大殿内的烛火全部熄灭，耳室内传来咳嗽声，宛如垂死老者。坐在我旁边的书生被这突如其来的一幕吓得跳起来尖叫一声"有鬼啊"，笈囊与伞具都不要了就往外冲，我则倒吸着凉气看着我的左手。

刚才我抓住受惊的书生的手腕，想让他不要跑，结果被他推开，还被慌乱的他踩了一脚。

有人走到我身边，拿着烛台，居高临下地看着我道："值得吗？"

我疼得泪水在眼眶里打转，抬起头看着眼神晦暗的宁采臣，恼怒道："都怪你！"快到嘴的鸭子飞了，我还反被人踩了一脚。

宁采臣蹲下身抓住我的左手腕，我想挣脱，没想到他更加用力地握紧了我的手腕。

"跟我来，我帮你上药。"他不由分说地拽起坐在地上的我往耳室里走。我还因为刚才的事情耿耿于怀，道："我都没说让你走了，你干吗坏我好事？"

"我不喜欢你这样。"低沉的男声从前面传来。我怔住，看着跟前高大的男人背影。

说的话跟情话一样,我回过神后在心中腹诽,但是内心却似乎不讨厌他这么说。

到了耳室,宁采臣从他的笈囊里拿出许多瓶瓶罐罐,我震惊地看着面前的药瓶道:"你是上京赶考还是准备开药堂啊,这么多药瓶?"

宁采臣打开一个瓷瓶,将里面的液体倒在我的手背红肿处,边揉边道:"只是以备不时之需。"

他的声音突然落寞起来,我不解,上京赶考又不是上战场杀敌,至于用到各种各样的药吗?

第四章 她不喜欢我动手

接下来几天的情况与那日一样,陆陆续续来了几个书生,但都在关键时刻被宁采臣给吓跑了。

这次我正给一个书生大展我的厨艺,正在杀鸡的我就看见那书生背上自己的笈囊,神色惊恐地逃离了兰若寺。我撸着袖子,一只手拿着菜刀,杀气腾腾地冲到宁采臣的跟前,拿刀指着他,气急败坏道:"你又干了什么?"

宁采臣此刻正翻着一本《唐传奇》,看到我后耸耸肩道:"我只不过是跟那个书生说了几个关于寺庙女妖吃人的故事,没想到他就走了,还有……"他拿掉我手中的刀,道,"佛祖跟前,不要大开杀戒为好。"

"你……你……你……"我连说了三个"你",最后恨得牙痒痒,撂下话道,"你给我等着!"

我实在是拿宁采臣没办法。

离月底越来越近了,但是我一个男人也没有抓到。我陷入了无限的恐慌中,若是这个月还找不到男人,那么我就会被处以妖刑。

蹲在宁采臣的身边,我渐渐朝睡梦中的他伸出双手,可是快要掐上他脖子的时候,我收回了手。

我想,宁采臣这副长相,要是交给姥姥,姥姥怕是会把我揍死吧。本着宁缺毋滥的原则,我盯着熟睡的宁采臣长叹一口气,安慰自道:"不是我心善啊，我是下得去手的，只是你长得不符合我姥姥的审美追求，杀了你也没用，就便宜你一次，留你一条小命。"

我站起身慢慢踱步回到自己的榻上，刚准备闭上眼不去想这些事情时，外面突然传来一阵叫嚣声。

"妖怪，出来！"

"妖怪，本道士就在这里，快出来受死吧！"

真是运气不好时，什么倒霉事都会找上门。我走到门口就看见门外有两个人，为首的是一个穿着道袍的老道士，手里拿着桃木剑，而那老道士身后站着的是被宁采臣吓跑还踩了我一脚的那个书生。

"道士，就是这寺里有鬼！"那书生躲在老道士身后，哆哆嗦嗦道。书生看见寺庙门口的我，连忙惊呼道："小姐你还在啊，快过来！哦，对了，帮我把我的笈囊拿过来，我们好收妖！"

看到这一幕，我了然于胸，敢情书生是想拿自己落在这里的笈囊，又害怕妖怪，所以找了一个道士来啊。

"公子，这个就是妖啊！"那老道士拿着桃木剑指着我，对身后的男子道。闻言，那书生极其震惊地"啊"了一声。

"他说得没错，我就是妖。"我走进屋里，将那个书生的笈囊拿出来丢到他脚下道，"本姑娘现在心情很不好，你们最好跑快点，不然等本姑娘没耐心了，想出手了，你们跑都跑不掉。"

那老道轻哼一声，然后朝着身后的书生道："公子，你不要怕，这女妖这是在虚张声势，我就来收服这女妖。"

那老道提着剑就朝我刺来，虽然对我来说，对付这种江湖术士轻而易举，但是那道士手中的桃木剑可是凝了许多有修为的老道士的血，对我还是有很大的危险性的。

我只是躲闪着，并不攻击。那老道看我不敢碰到剑身，越发得意起来，一边耍着剑，一边跟一旁的书生现场解说般道："我就说这女妖虚张声势吧！"

我被这老道士缠得没了耐心，刚准备施展妖法，结果那道士朝我撒了一团不知名的白色粉末。我下意识侧过头闭上眼睛，那老道士趁机将剑刺向我。

想象中的疼痛没有来，待我再次睁开眼睛时，就看见与那道士扭打在一起的男人。

"宁采臣你在干什么？"我着急地大叫道，这个男人没有任何法术，也不会武功，这样下去，只会伤到自己。

"跟女妖在一起的人，一定也不是什么好东西。"那道士说道，而一旁的那个书生早就吓得逃之夭夭了。

果然，我的话音刚落，那道的木剑便刺伤了宁采臣的胳膊。我一看宁采臣受了伤，勃然大怒，霎时间，身后的狐狸尾巴露出，体内妖气冲出，震翻了压在宁采臣身上的老道。

"不要杀他！"就在我掐住那老道士的脖子时，躺在地上的宁采臣突然开口道。我不解地看向他，他的眼中泛着痛苦的光，不知道是为了谁。

后来我才知道，他只是不想让我沾染上罪孽。

妖气一点点从我身上退却，我冷静下来道："好，我不杀他。"我捏了一个诀，将地上昏迷的老道士变走。既然他那么喜欢收妖，那就去妖怪窝收拾个够吧。

我扶起地上的宁采臣，看到他肩膀上的伤，没好气道："你干什么要出来？本来是没有你的事的，你看看你，现在好了吧，受伤了吧！"

"这点小伤不算什么。"宁采臣面色有些发白，道。

"还没什么？差一点点就刺到心脏了！"我扶着他进寺，道，"这回你那些药真的是'以备不时之需'了。"

宁采臣笑了笑，没有说话。

"我说，下次别人打你，你就要狠狠地揍回去！"我睨了他一眼道，想到刚才那一幕，只恨没在那老道士身上踹几脚。

"她不喜欢我动手。"宁采臣突然压低声音道。

我浑身僵住，她……

寺庙内，我背对着宁采臣，听着身后的男人窸窸窣窣脱衣服上药的声音。

我闷着声音道："宁采臣，明天天就放晴了，你该走了。"

身后的男人没了动静，良久，我听见他轻轻"嗯"了一声。

第五章 真正的宁采臣

宁采臣走了，我看到空荡荡的耳室时，心也一下空了。

一连下了半个多月的雨停了，天空开始放晴，我看着天边出现的彩虹，再一次在心里咒骂宁采臣那个不懂礼貌的书生：连基本的告别都不会。

没细细想自己心底的那份失落是怎么回事，我就开始担心明天怎么交差。

就当我一个头两个大的时候，有人敲了敲兰若寺的大门，小心翼翼道："请问有人吗？"

我心下一个激灵，连忙从耳室冲了出去，道："有有有！"

兰若寺的大门口站着一个文质彬彬的书生，那容貌、气质，简直是我遇到过的所有书生中最养眼的一个。

那书生显然没想到冲出来的是一个女子，清秀的脸上有一些羞赧，对着我道："小生不知道这里还有人。天色渐晚，小生想在这里借宿一晚，不知道姑娘能否通融一下？"

送上嘴的食物，我怎么可能不吃？我一拍大腿，喜极而泣，感谢老天待我不薄："能能能……你想住几晚都可以！"

闻言，那书生的脸更红了。

到了晚上，那书生住进了宁采臣之前住的耳室里，我端着茶，搔首弄姿地走进耳室，正在铺床的书生见我进来，惊慌失措。

"我来给公子送茶。"我娇滴滴道，那书生接过茶，不停道谢。我有意无意靠近那书生："这都什么时候了，为何公子才走到这里？"

说到这儿，那书生愤然道："有一个人给我指了一条错的路，我走到一半才发现那不是去往京城的路，这才折了回来。他还跟我说这条路上有许多妖怪，我是信了他才走了他指的路的！"

"那真是太可恶了！"我附和着，心里感叹那人说得很对，这条路上的妖怪还真是很多，比如我。我将手搭上那书生的肩膀，在他耳边吐气道："公子叫什么啊？"

那书生如临大敌，连忙跳起来离我两丈远，道："回……回姑娘的话，小生叫宁采臣。"

"你叫宁采臣？！"正扭着腰朝他走去的我脚下一个趔趄。

"对呀，小生就叫宁采臣啊，姑娘有什么问题吗？"那书生不解。

他也叫宁采臣？我的大脑一片混乱，难不成这个才是我要等的宁采臣，而上一个宁采臣只是同名同姓，又正好误入了我的兰若寺？

原本的好心情被这么一搅，有些复杂了。夜间待那书生熟睡后，我把袖口朝那书生一拂，那睡觉的书生便消失了，而我一个转身也消失在漆黑的耳室中。

我要拿这书生去妖界交差了。

第六章 你这个骗子

妖界，因为到了月底，所有妖怪都回来了。

巨大的圆形露台上，一个倒吊着的老道士被众妖戏弄着，正是那日刺伤宁采臣，被我弄到妖界的老道士。我看到那老道士憔悴的模样，脑海中不合时宜地蹦出宁采臣的那句话——"不要杀他。"

我想到当时他说这话的眼神，心中有些烦躁，袖子一挥，那老道士便消失在众妖跟前。众妖纷纷看向我，我本想转身掉头就走，阴阳怪气的声音却在身后响起："哟，这不是姥姥的亲外孙女小倩吗？这次月底交差，该不会又是空手来的吧！哈哈哈！"

说话的女妖正是姥姥口中别人家的孩子，每个月业绩都是第一。相反，我这个姥姥亲外孙女每个月都是空手而归，每次都被姥姥重罚。

"数量多有什么了不起，这次小倩可是捉了一个相貌极好的书生，你这次就等着拿第二吧！"有人挽住我的手臂，我回过头，是刚才说话的女妖的死对头青蛇。

青蛇朝我吐了吐信子道："你这回好了，抓了一个那么好看的男人，可算是扬眉吐气了。我可就要倒霉了，我什么都没有抓到，只抓到一个胡子拉碴的大叔。"

青蛇话里有话，让我极其不舒服，我跟她说了一句我身子不爽，便跟她告别，朝着关押着那些男人的无极之地走去。

还未走到无极之地，我便听到许多男人的哭喊嘶吼声。无极之地有许多半人高的笼子，这些笼子里都关押着每个月各妖找来的男人。

我一个个地找，终于在临近尽头的一个笼子里看见了宁采臣。我拍了拍笼子，一脸颓废的宁采臣看见我，激动得语无伦次："真的有妖！好多好多妖！姑娘你赶快跑吧！"说完，他愣愣地看着我。我在笼子外面，我也是妖。

"你不要怕我，我是来放你走的。"我扯出一丝笑容，试图让他放松。

我承认我不是一个合格的妖,在看到那些男人眼中的恐惧时,心底总深深地排斥这样的自己,然后每个月在关键的时刻放走他们。

按青蛇的话说,我不像冷血的妖,更像人。

我将笼子打开,宁采臣犹豫了一下,指着旁边的笼子道:"那你可不可以帮我把他也放了?"

我顺着他的目光往旁边看去,那笼子里端坐着的不就是不告而别,与同名同姓的宁采臣一号吗?

"你怎么会在这儿?"我震惊道。

一旁的宁采臣好奇地看向我:"你也认识燕赤霞大侠吗?"

"燕赤霞?!"我的瞳孔骤然一缩。

"对呀,我也是才知道他是大名鼎鼎的燕赤霞大侠,就是他给我指错路,其实是为了帮我躲避路上的妖怪的。"宁采臣不好意思道,是他误会了。

燕赤霞,江湖上赫赫有名的捉妖道士!他居然一直欺骗我说他是书生,还盗用别人的名字在我身边待着。

书生变成了专门捉妖的道士,还是特别厉害的道士?我开笼门的手顿住了,甚至想把笼门再次关上。燕赤霞先我一步推开笼门,从里面走了出来,站在我跟前。

"你们认识?"宁采臣在一旁兴奋道。

我:"不认识。"

燕赤霞:"认识。"

我愣了愣,道士不应该都是讨厌妖的吗?不是应该都跟妖划清界限的吗?

"你可是怪我没跟你告别就走了?"燕赤霞定定地看着我道,不待我开口,他补充一句道,"因为我不想和你说再见。"

我心肝一颤,咒骂一声,这难道是新的捉妖方法?用甜言蜜语诱骗涉世未深的小妖?

"别跟我套近乎!我是一个正经的妖!"我侧过头不去看燕赤霞,想到我与他对立的身份,心里莫名难受,"你们赶快走吧!"

"呵,我的亲外孙女真好,帮着外人逃跑!"身后传来一个沧桑冷漠的声音,我浑身一僵,如遭雷劈,只是,下一刻姥姥的话更是让我怔住。

"燕赤霞,三年未见,别来无恙啊。"

第七章 她已经死了

"姥姥。"我转过身急急想解释,一旁的燕赤霞却突然将我拉至他的身后。姥姥看着燕赤霞的动作,狭长的眼睛半眯起来,冷笑一声道:"燕赤霞,你知道她是谁吗?"

燕赤霞挡在我身前道:"我自然知道她是谁。"

"那你知不知道她的身体是谁的?"姥姥脸上的冷意更甚,没待燕赤霞开口回答,她面目狰狞地咆哮道,"是三年前被你杀死的我外孙女的!"

姥姥的话让我愣住,姥姥的外孙女不是我吗?

"我将你心爱的女子的魂魄放到我死去的外孙女身上……燕赤霞!你那么恨妖,如今你心爱的女人、你寻寻觅觅的人就是妖,我看你怎么办,哈哈哈……"随着姥姥的笑,姥姥面上的五官开始扭曲,周身开始旋起大风,许多笼子被风卷了起来。她开始吸食那些笼子里的男人们的魂魄,以助长自己的妖力。

为了报三年前亲外孙女被燕赤霞杀死的仇,姥姥一开始就设计好了。

燕赤霞从背后拔出一把长剑,那是斩妖剑,剑气逼人,我站在他身后也一下被弹了出去。燕赤霞回过头对宁采臣道:"你保护好她。"

宁采臣重重点头,扶起我。我大脑一片空白,无法消化姥姥的那些话,往事一幕幕涌上心头,原来姥姥不喜欢我,并不是因为我做得不好,而是因为我不是她的亲外孙女?

"你只身来妖界,简直是不自量力!"姥姥不屑地看着燕赤霞。

"只要能带她离开这里,哪怕只有一线希望,我也要试一试!"燕赤霞纵身一跃,提起长剑便向飓风中心的姥姥刺去。

"你即使带走她,你们也不会在一起,她已经死了,哈哈……"姥姥猖狂地笑着,她大手一挥,原本飘在空中的笼子全部袭向燕赤霞。

燕赤霞双目猩红,记忆一下回到三年前。

……

"阿赤,今晚我在东山等你,你一定要来哦!"

"赤霞啊,为师今晚交给你一个任务,去西边破庙里将食人心的狐妖给杀了,为民除害!"

……

当年,他选择了去除妖,再赶赴东山时,安安已经被妖怪给害死了,毫无生机地躺在草地上，魂魄也被妖怪给勾走了，而这是他这辈子的噩梦。

"住嘴！"燕赤霞暴跳如雷，他剑气一扫，那些朝他飞去的笼子全部被击碎。姥姥震惊地看着燕赤霞手中的剑，她没想到燕赤霞带的是上古斩妖剑。

姥姥还未及躲闪，被燕赤霞刺中了肩膀，血溅到燕赤霞的脸上，是青色的。

燕赤霞赤红着眼看着跟前的老妖，姥姥"嘿嘿"地笑了，盯着燕赤霞一字一句道："你说她会不会恨你，会不会恨你把她丢在那里，一个人孤零零地被千妖百怪撕扯着绝望地死去？"

燕赤霞瞳孔一缩。

"啊！"头像是猛地被人重重打了一拳，我痛苦地捂着脑袋，脑海里涌现出许多陌生的记忆。

……

"阿赤，你爹爹真要送你去当道士吗？"五六岁大的女童问一旁同样大的男孩道。那男孩垂着脑袋点点头，闷闷不乐道："爹爹说家里穷，送我去道观，我就不会饿死。"

"没事，就算你当了道士，我也会天天找你玩的，我会永远陪着你的！"女童灿烂地笑着。男童抬起头，看着她道："安安，你真好！"

画面一转，一个二八少女围着一个拿桃木剑的俊美少年道："阿赤，你今天又要去捉妖吗？你要一辈子当道士吗？"

俊美少年还在想着师父昨天教给他的剑法，并没有听清身边少女所说的，只是胡乱地点了点头。

"你！"少女气结，却也无计可施，吼道，"臭阿赤！臭道士！我最讨厌道士了！最讨厌阿赤去捉妖了！"

少年终于回过神看向身边的少女，却满眼不解道："你怎么了？"

少女眼眶泛红道："我爹爹给我说亲了。"

少年浑身一僵，握着桃木剑的手不自觉地用力。

"阿赤，今晚我在东山等你，你一定要来哦！你要不来，我们就一辈子不要再见面了。"

最后的画面停在一个月夜，草地里躺着一个少女，她双目空洞地看着满天繁星。

"阿赤，你怎么还不来？"眼角一滴泪滑过。

……

往事一幕幕如潮水般铺天盖地地朝我涌来。我记得我有一个青梅竹马，我记得我很爱他，但是最后我死了，变成了妖，没有了任何做人的记忆。

不是我不像妖，而是我本来就是人。我的灵魂被姥姥放入她的亲外孙女——狐妖聂小倩的身体里，这辈子都无法摆脱她的控制。

泪水不知何时已布满了我的面颊，我抬起头看向飓风中心打斗的两人。不知道姥姥对燕赤霞说了什么，竟然让燕赤霞出神片刻，没有注意到他头顶出现的无数利剑。那是姥姥的致命绝招，用意念幻化成的妖剑。

"阿赤！"我大叫一声，连忙朝飓风中心飞去，原本飞向燕赤霞的妖剑齐齐朝我刺来。

万剑穿心，我却一点也没有觉得痛，可能对于死过一次的人来说，第二次死亡是会有些麻木的吧。

我重重跌落在地。我看见阿赤转过头，崩溃绝望地看着我。他本想救我的，没想到我又一次死在了他的面前。

燕赤霞嘶吼一声，拔出插在姥姥肩膀上的剑，再重重插入姥姥的心口。斩妖剑发出金色的光芒，霎时间，金色的光柱照亮了妖界的夜晚，无数妖怪悲鸣的声音响起。随着光柱慢慢消散，一切趋于平静，什么都没有了。

"安安，我带你回家。"燕赤霞落到我跟前抱起我，声音沙哑哽咽。

我感受到了他的颤抖，勾起唇，微微一笑道："我……终于……等到你……来了……"

"我带你回家，我带你回家……"

温热的液体不断落在我的脸上，原来，我最喜欢的沉稳淡定的少年有一天也会在我面前惊慌失措得像个孩子。

我摇摇头道："陪我……说说话吧……"

燕赤霞不停地跟我道歉："对不起安安，我来晚了，对不起……"

我抚上他的脸，认真地看着他的眉眼道："有时间……好好整理一下……自己……我最喜欢……看你干干净净的……模样……这样再次……遇见……我也不会……认不出你来了……"

燕赤霞点着头，泣不成声。

我感觉到身体越发沉重，力气一点点儿消散。对于死过一次的人来说，我知道这意味着什么，我喘着气，艰难说道："我其实……不是讨厌……你当道士……我只是讨厌你……一心扑在那些道法上……忘记了我……"当年我说的那些都是气话，为的就是他能多陪陪我。

"我知道，安安，我……"燕赤霞还想说什么，只不过看到我垂下去的手，整个人都僵住了。

"你说过会永远陪着我的，你说过会永远陪着我的……"燕赤霞抱紧怀中的我，在我耳畔失魂落魄地喃喃道。

"啊……"撕心裂肺的怒吼声响彻夜空。

宁采臣看着这一幕，也只能沉默。

其实当年阿赤他只要完成那最后一个任务，就可以还俗去娶我，只是我不知道而已。

我以为只有我很爱很爱他，没想到他默默为了我做了那么多。他自小家境不好，后来又失去了父母。他想让自己变得优秀，然后可以娶我，就努力杀妖让自己成名。只是我只看到了他努力的表象，却没有看到他那么努力是为谁，以为他只喜欢道法，不喜欢我。

最终我违背了承诺，再次在红尘中舍弃了他。

尾声

十六年后，一间茶馆内，说书人正沫子横飞地说着狐妖聂小倩跟宁采臣的故事，有一个中年男子进了屋，他剑眉星目，气宇轩昂，眉宇间依旧能看见年轻时的俊美模样。叫了一碗茶后，他也逐渐被说书人说的内容所吸引。

此时又逢上京赶考时，茶馆里坐着许多书生，他们三五成群，嬉笑着讨论说书人的故事。

"我看这故事应该是一个叫宁采臣的人瞎编的，哪有那么多美貌妖怪，我怎么没遇见过？"一个书生吐槽道。

"你要想遇见，去城北的破庙待一晚啊，听说那里闹鬼闹得厉害！"另一书生打趣道，众人立刻起哄。

原本安静坐在角落里的男人将茶钱放在桌上，拿起伞从茶馆走了出去。一开始，说话的书生瞄了那男人一眼，看到他背上的斩妖剑，没想到那好看的男人居然是一个道士。

城北的破庙里面传来刺耳的拨弄琴弦声,从茶馆走出来的男人打着伞走到那破庙跟前,原本刺耳的声音就消失不见了。

那男人进了屋,一直到晚上都未曾离去,反而在破庙内架起了篝火,烘烤自己湿掉的外衣。他斜睨了一眼佛像后面火光照射出来的人影,那根本不是妖。

待到夜深人静时,佛像后面传来窸窸窣窣的声音,那男人睁开眼,便看见蹑手蹑脚朝着门走的女人,她的肩膀上还扛着古筝。

"站住。"他幽幽开口,被他喊住的女人浑身一僵,尖叫道:"我只是没地儿练习,才在这里偷偷练琴的。我不知道这里原来是你的地盘,我这就走。"

原来,所谓的鬼是这个看见人就躲的女子啊。那男人想到下午在外听到的琴声,想起了尘封的往事。

"你能不能弹一曲给我听听?"那男人突然道。

"啊?"那女子慢慢转过身,看着地上盘腿坐着的男人,咧嘴一笑道,"有人说我弹琴像弹棉花,你还想听吗?"

男人的眼眶慢慢红了,深邃的眼睛里映着面前女人的脸。

"安安……"

> **作者简介**
> **Aurora：** 子虚国，乌有公主，盛世美颜集团执行总裁。

"其实我有一项超能力，就是……"她顿了一下，"就是用爱开花。和对方握手，如果对方对我有爱意的话，我就能开花。"

1 他在时空尽头

在距蒲桃婚礼还有三天的那个晚上，她接到了三个奇怪的电话。

第一个电话接起来之后，对面没有声音。

第二个来自警局，警员告诉她，十分钟前，她的丈夫被歹徒刺伤，刚被送上救护车，让她立刻去医院。

蒲桃蹙起眉头，目光落在浴室门口："你打错了吧？我还没结婚，我的未婚夫在我身边好好的。"

然后，不等那边再说什么，她就挂断了电话。再过三天就是她与霍静园的婚礼，不管这两个电话是打错的还是恶作剧，都让她十分不舒服。

她这不开心的情绪持续了好一阵子。霍静园从浴室里出来，就看到自己的小未婚妻趴在沙发上飞速地吃薯片，他走过去，一伸手就把蒲桃捞了起来，笑眯眯地问：

"谁惹我的小公主不开心了?"

蒲桃一烦心就吃薯片,这个小习惯,他是知道的。

"没事,两个打错的电话而已。"蒲桃缩进他怀里,小猫一样去嗅他的颈窝,是甜甜的葡萄味。"你用了我的沐浴乳。"她抬起头,向他控诉。

他们虽然就快结婚了,可用对方的沐浴乳,对蒲桃来说,依然是一件令人心跳的事情。

霍静园没说话,只是低头吻住了她,她就像一颗葡萄,饱满多汁,而他就是最高雅的食客,把她捧在掌心,细细品尝。可就在这缠绵悱恻的当口,手机铃声再次响起。

蒲桃伸手去抓手机,电话却被长手长脚的霍静园抢先一步按掉了,可那边仿佛铁了心一般,一遍又一遍地打,最后还是蒲桃咬了一下霍静园的下唇,趁他吃疼时,才把电话接了起来。

这一通电话是医院打来的:"您好,是蒲桃小姐吗?您的丈夫施长亭先生受了刀伤,急需动手术,您快点……"

蒲桃的脾气在四九城是出了名的骄纵霸道,这次她连解释都没解释,直接就把电池卸掉了。

霍静园摸摸她的头,问她怎么了。

灯光或明或暗,蒲桃嘟起嘴,把这几通莫名其妙的电话一五一十地讲给他听。

听她讲完,向来好脾气的霍静园皱了皱眉,他摘下眼镜,随意地放在一边,墨蓝色的眸子一动不动地望向蒲桃,片刻后,笑容在他嘴角再次漾开:"早点睡吧,我们明天还要去试婚纱。"

蒲桃方才有片刻的失神,像录像机忽然断了片,下意识地,她去抓薯片吃,却发现袋子已经空了。她撇了撇嘴,难道自己不是刚刚才打开它的吗?

等蒲桃被霍静园抱上了床,她又想起一件事:"刚才有人给我打过电话吗?"

青白色月光中,霍静园吻了吻她的额头,说:"没有啊。"

闻言,蒲桃没再多问,只是在霍静园怀中蹭了蹭,找了个舒服的位置,闭上了眼。她把自己的恍惚归为婚前综合征。毕竟她喜欢霍静园这么多年,好不容易得偿所愿,她自然害怕失去,自然患得患失……十年,她喜欢霍静园已经十年了啊。

2 他在时空尽头

当西伯利亚进入12月,十七岁的施长亭刚刚结束一场为期十二天的、无疾而终的暗恋。

11月的最后一个周末,伽罗在逃离天使孤儿院时,失足落下了悬崖。虽说搜寻多日,不见其尸,但大家都认为她死了,毕竟没人能独自在这零下五十度的茫茫雪原中生存。

伽罗的死,让施长亭对蒲桃的不喜蹿到了顶峰。要不是蒲桃得了病毒性感冒,索菲亚就不会让他去莫斯科买药,那他也就不会错过救伽罗的机会。

施长亭有重置时间的能力，至于是什么时候开始有这个能力的，施长亭自己也不清楚。他只知道只要自己愿意，错过的动画片可以再看，不想醒来的美梦可以一直做下去，被他亲手射杀的鸽子能再飞起来……但是，他只能重置半天之内的时间。那一天，都是因为去给蒲桃买药，等他回到孤儿院，伽罗已经失踪一整天了，就算他有超能力，他也无能为力……

12月的第一天，施长亭照例开着雪地摩托到雪原巡视，远远地就看到苍茫雪海间有一点点红。他微微勾唇，露出一个不屑的笑，只有蒲桃那个蠢丫头才喜欢穿这种艳俗的颜色。

驶近一瞧，果不其然，穿着红斗篷的蒲桃脸色苍白如纸，捕兽夹牢牢地钳住了她的左脚踝，雪地上的血早就结成了冰。控制捕兽夹的开关在几米之外的地方，就算她不怕脚踝二次受伤，挣扎着去够，也根本碰不到……施长亭把雪地摩托车停在她身边，居高临下地冷哼道："啧啧，只要再过一刻钟，你这只脚就会坏死。不过放心，这不会影响到你的性命，只是你后半辈子只能是个瘸子了。"

施长亭虽然认识蒲桃不久，可他知道她惜命得很。果不其然，在他的恐吓下，她的脸色越发泛白，甚至可以看到她肌肤下的血管。忽然，她伸手拉住他的裤脚，眼泪啪嗒啪嗒地落下来："疼，救救我。"

施长亭踢了踢腿，甩开蒲桃的手，转身就走。都是因为她，伽罗才会死，她应该得到血的教训。

施长亭的外号是小狮子，又凶又容易夯毛。他一心绪不宁就没注意脚底，结果也踩到了一只扑兽夹。每个捕兽夹都有一个开关，而这个开关在他可以够到的范围之外。不过没关系，只要重置一下时间，这个问题就完全可以解决，可还不等他重置时间，蒲桃已奋力地爬向那个开关，本来已经止住血的伤口因为拉扯又开始汩汩冒血。

施长亭一愣，这个坏丫头不是最娇气吗？平日里，她连被门槛绊倒都要流眼泪，现在却……就在他发怔时，蒲桃已经打开开关，钳在施长亭脚腕上的捕兽夹旋即松开了。

"别以为这样，我就感谢你。"

施长亭好看的眉头紧紧蹙起，可他虽然嘴上这么说，但身体还是很诚实的，他帮蒲桃脱离了困境。可他很快就后悔了，因为这个麻烦精得寸进尺，抱住了他的脖子，小鹿一样的大眼睛一眼不眨地望着他："长亭哥哥，谢谢你。"

到处惹麻烦的坏丫头，自己莫名其妙的同情心，就是这个冬日傍晚，施长亭心中所有的关键词。

3 他在时空尽头

天使孤儿院在叶尼塞河边，从施长亭记事开始，他就住在这里了。

院长索菲亚早年在四九城留过学,施长亭的汉语全是跟她学的,有一股鱼子酱混着豆汁的诡异味道。除了教施长亭汉语之外,索菲亚还教他狩猎、经商,把他当作了自己的继承者。没错,这所西伯利亚山谷中的天使孤儿院,表面上是孤儿院,实则是当地第二大帮派的据点。

大概一个月前,在一次行动中,索菲亚俘获了老对头奥斯马诺夫家族的两名女仆,就是伽罗和蒲桃。相对于总是想逃跑的十六岁元气少女伽罗,索菲亚更喜欢比伽罗小一岁的安静乖巧的蒲桃,还说要把蒲桃送给施长亭做妻子。

雪地摩托车上,施长亭问:"你到这里来,是想逃走吗?"雪地摩托车的座位很小,考虑到这坏丫头坐在后边,说不定什么时候就掉下去,照样还是给自己添麻烦,施长亭只能让她坐在前边。

蒲桃似乎对这个安排很满意,她转过身,软绵绵的小手紧紧抱住施长亭的腰:"我没想要逃走啊,只是过来摘浆果的。"

施长亭在心里"嘁"了一声,他就知道这丫头不像伽罗那样刚烈,对自己的家族也没有丝毫的忠诚可言……

第二天的晚茶是浆果什锦茶,向来对吃喝不太注意的施长亭随口问了管家一句:"这个季节没有马林果吧?"

管家是个很严肃的人:"照理说是没有的,大概是蒲桃小姐在什么地方发现了适宜它们生长的温泉。"管家顿了一下,又说,"蒲桃小姐一直在为了成为您合格的妻子而努力。"

施长亭一口茶水喷了出去:"谁要那个坏丫头做我的妻子啊!"说完,茶也不喝了,转身就要回卧室。在经过蒲桃房间时,他下意识地瞥了一眼那虚掩的门,人不在?真是麻烦,脚受伤了还到处乱跑。

施长亭都不知道自己中了什么邪,等他反应过来,自己已经站在蒲桃房间的小桌子前了,桌子上有本摊开的记事本,上边写着:×月×日晚上××菜,长亭哥哥多吃了几口,要记得好好学学这道菜;×月×日的浆果什锦茶,长亭哥哥都喝光了,以前都不肯喝,大概是因为这次加了许多马林果,记得多采些……他随手向后翻翻,整个记事本上都是诸如此类细碎无聊的记录,而且每页都写着"我要成为长亭哥哥的妻子"。

吱呀,风吹动门扉,施长亭一回头就望见站在门口的蒲桃,她拄着拐,脸上露出惊讶的神情:"长亭哥哥,你怎么在……"她并没有把话说完,因为在四目相对的瞬间,他立刻重置了时间,他才不想自己发呆的蠢样被她看在眼里呢。

再一睁眼,施长亭回到了喝什锦茶的那一刻,茶水入口的瞬间,他想起一首俄罗斯民歌,其他歌词他都不记得,只有这一句忽然冒了出来:"你是我甜蜜的小马林……"

从那天开始,施长亭就很少用重置时间的能力了。因为他觉得每天都变得有期待,期待那个愚蠢的小丫头会想出什么幼稚的方法来接近他、讨好他。这种期待的心情,在他暗恋伽罗的短短十二天里是从未有过的,而这时的他,还不懂这种期待意味着什么……

4 他在时空尽头

施长亭对蒲桃很失望。因为即便伽罗不在,蒲桃少了竞争者,她还是像之前一样,虽然不躲避他,但也不像勇敢的伽罗那样主动接近他。她总是默默地做着一些事,譬如研究新菜;譬如偷偷照着他的样子绘制套娃;譬如每次他出门,她都要在他衣服的夹层里放一张护身符……她胆小软弱,胸无大志。

除了这些缺点外,施长亭最头疼的就是蒲桃很爱哭,她一哭,他的心就闷闷的,像是被塞进了一个不断膨胀的气球。可偏偏他又对她的哭声很敏感,隔着几道门都听得见。

这天夜里,施长亭刚睡着就被蒲桃微弱的哭声吵醒了。他披了件外套,来到蒲桃的房间,一进门就蹙眉:"大半夜的,鬼叫什么?"

华丽的水晶吊灯下,蒲桃抱着一团白白的东西,抹着眼泪:"长亭哥哥,鱼子酱死了,它……它吃了我的玻璃珠……"鱼子酱是她养的兔子。施长亭第一次见到蒲桃时,她就在枪林弹雨中傻兮兮地抱着那只蠢兔子,不知道喊救命,也不知道逃走。

对于鱼子酱的死因,施长亭哭笑不得:

"真是宠物同主人一样蠢。"

他说着,很自然地就把手放在鱼子酱还微热的头上,打算重置时间,改变这愚蠢小东西的厄运。

忽然,窗外纷纷扬扬的雪停在天空中,时间——静止了。原本只有两个人的屋子里,第三个人道:"找到你了,时间重置者。"

对于能够重置时间的施长亭来说,时间静止,还有突兀地出现在眼前的男人都不令他觉得惊讶。这个男人一身银西装,灰头发,说话间总带着一种调侃的味道。他说这个世界上有很多超能力者,他则是这些超能力者的观察者,名字是"零":"如果你是为自己使用时间重置,我是发现不了你的,就是因为你现在打算为了别人使用这项能力,才暴露了你的位置。"

"所以,要收回我的能力吗?"施长亭抱臂问。

男人摇头:"我来只是告诉你规则,一旦你为别人使用你的能力,那么你要付出一定的代价。"至于什么代价,他虽然没说,可施长亭很快就知道了。

在鱼子酱重新活蹦乱跳后,施长亭因为胃病,在床上躺了整整半个月。可他没有后悔过,他给自己的理由是,自己患病也比听蒲桃的哭声要好一些。这半个月里,蒲桃每天都守在他的床边,精致的瓷娃娃脸皱皱的,一副担心极了又不敢哭的模样。

施长亭病好的那天,索菲亚同他提了订婚的日期,还拿了许多西装和婚纱的画册给他挑。

"我才不要与那个麻烦的小丫头订婚,"施长亭翻着桌上的婚纱画册,抗议道,"我喜欢的应该是伽罗那样勇敢坚韧的女孩子。"

施长亭是索菲亚看着长大的,她最了解他心口不一,还有越是喜欢,越是逃避的性子。他说蒲桃麻烦,说讨厌她哭,可她一哭,最坐立不安的人就是他。

喜欢从来都没有什么应不应该,喜欢了就是喜欢了,即便她一开始是你最讨厌的性格。

之后一整个下午,暴躁的小狮子少爷就坐在沙发上,以蒲桃"脖子短""腿短""脸太白"等诸多理由pass掉了十本婚纱画册,最后为了避免订婚仪式上麻烦的小丫头给他丢脸,他决定亲自去巴黎给她挑一套。

然而,就在施长亭出门的那几天,蒲桃又给他惹了麻烦。

12月的最后一天,为了迎接归来的施长亭,蒲桃披上红斗篷,顶着风雪出去摘马林果。

半天后,在夕阳完全沉入山谷之前,人们发现了她破碎的尸体。

那片山谷是个禁区,传言里边有吃人的雪人,所以没人敢去,事实上,那里是索菲亚的一个军火库,周围埋着地雷。蒲桃就是踩在了地雷上,被炸死了。

其实,世上很多事都需要一个触发点,施长亭也是一样。他对蒲桃那些模模糊糊的心意,在看到她尸体的那一刻都变得明显了。红色斗篷与鲜血混成一片,满是血污的小手里还紧紧握着几颗马林果……周围的人有的尖叫,有的被吓哭,只有施长亭一个人什么表情都没有,他一步一步走到尸体前,弯腰握住她的手,还没有完全僵掉……太好了!还有救!

在调整了不知多少次的时间点之后,满头大汗的施长亭终于赶在蒲桃进入那片谷地之前叫住了她:"蒲桃,站住!"

无边雪原中,红宝石一般璀璨的红色小人转过头来,蒲桃望见施长亭,立刻就停住了脚,眉眼间的欢喜半点都不遮掩,拎着小篮子便向他跑过来。

施长亭又好气又好笑,气她总是自作主张地对他好,笑自己不知什么时候开始就把她看得这般重要。也许就像索菲亚说的那样,打劫奥斯马诺夫家商船的那一日,在枪林弹雨中,明明伽罗离他更近,可他偏偏先救了远处的她。也许从一开始,能进入他眼中的人就只有她,即便他认为自己不该喜欢她这样软弱的小女孩。

失而复得,巨大的情感起伏下,施长亭真想狠狠地惩罚她,可到最后,他只是捏了捏她如年糕一样软软的脸:"以后别来这边,有地雷,很危险。"这片雷区与军火库是索菲亚最大的秘密,可他轻易就告诉了她。

"可是这边有你喜欢的马林果

啊……"蒲桃有些为难，亮晶晶的眼底一片赤诚。

"要是乖乖听话，我就允许你喜欢我。"施长亭嘴上严肃，心里却好想咬她一口，她那么甜，他哪里还想吃什么马林果。

见施长亭语气这般严肃，蒲桃起初还有点怯怯的，可听到最后一句，她又欢喜了起来，每个表情都随着他的情绪变化而波动。她小心翼翼地向他伸出手："手凉，能牵手吗？"

就在大手牵住小手的那一刻，神奇的一幕发生了。蒲桃的发顶忽然长出了五颜六色的花苞，在施长亭惊愕的目光里，它们渐次开放，就像是一个美丽的花环。

"长亭哥哥，告诉你一个秘密。"蒲桃的脸颊红红的，"其实我有一个超能力，就是……"她顿了一下，"就是用爱开花。和对方握手，如果对方对我有爱意的话，我就能开花。"

瞧着小姑娘一头的花花绿绿，施长亭哭笑不得，用爱开花？这大概是世上最没用的超能力了吧。他故意沉下脸，却没有放开她的手："我才不爱你。估计你这无聊的超能力也有出现偏差的时候。"

对他的话，蒲桃也不反驳，只是笑眯眯地紧握住他的手，眼中是满满的爱与信任，仿佛自己是他最虔诚的信徒。

那天之后，施长亭就让蒲桃搬到他套间的里屋去住，似乎只有把她放在他的视线中，他才不放心。每天晚上，他都会在她睡着后偷偷走进她的屋子，也不做别的，只把她的小手握在自己掌心，然后看着她那一头花花草草，一个人傻笑。

他们的婚期礼定在三月，叶尼塞河解冻的日子。按理说，他们本应先订婚，但施长亭直接跨过了这道程序。虽然蒲桃还小，但他向来没什么耐心，不想再等了。

一旦确定了自己的心意，他就恨不得天天同她在一起啊……

进入春日后，施长亭忙着准备婚礼，作为准新娘的蒲桃就乖乖待嫁。小兔子鱼子酱不太适应换季期，总是生病，蒲桃就会带着它去稍远一些的地方看兽医……一切就这样缓慢而又有序地进行着，仿佛积蓄了一整个冬日的力量后，在等待一个最盛大的花期。

婚礼之前的最后一个周末，施长亭去巴黎为蒲桃取婚纱。除了最开始定制的那一件，他后来又追加了十件。一路马不停蹄，脑海中勾勒着蒲桃穿上婚纱的娇俏模样，施长亭心里除了欢喜，还是欢喜，可等他的直升机再次降落在天使孤儿院时，迎接他的却是七年的牢狱之灾。

6 他在时空尽头

十年后，繁华的四九城街道上，施长亭见到了伽罗。

她并没有死。

街边橱窗中的电视里正播着娱乐新闻，说是冥王星集团的总裁霍静园早与妻子分居，另置千万别墅作为他与新晋影后霍伽罗的爱巢。新闻还体贴地配上了霍夫人憔悴的出行照片。十年了，蒲桃长高了也瘦了，曾经总是亮晶晶的眼睛亦失去了光彩。

"活该。"施长亭自言自语道。

早在入狱的那年，他就知道了一切。伽罗和蒲桃并不是奥斯马诺夫家的佣人，伽罗是奥斯马诺夫家小少爷霍静园的干妹妹，蒲桃是霍静园的未婚妻。她们之所以出现在那条商船上，完全是为了霍静园。两人爱争风吃醋，想做点什么以便提高自己在霍静园心中的位置……她们潜伏进孤儿院，要找到那个军火库，只不过霍静园心疼伽罗，早早就派人来了一招金蝉脱壳，让她假死离开。而蒲桃，霍静园并不在意。

施长亭喜欢蒲桃，蒲桃喜欢霍静园，霍静园喜欢伽罗，施长亭处在这条爱情链的最底端……

很快，施长亭就见到了蒲桃，她随霍静园出席拍卖会，一身石榴红的旗袍，裙摆上的金银双绣暗纹蝴蝶随着她的步子跃跃欲飞。但她看起来过得很糟糕，虽然硬撑着，眼底的疲惫却根本遮不住。

拍卖会的最后一件拍品是影后伽罗在电影中穿过的婚纱，底价八位数，竞拍的人很多，他不怕叫价，因为这件衣服最后肯定会落在霍静园手里，抬了价，还给了霍静园面子，何乐而不为。

施长亭站在二楼，看着坐在光影里的蒲桃。她现在一定很煎熬吧，自己心爱的男人为了另一个女人一掷千金，连眉头都不皱一下，她一定恍如身处油锅吧！可是，这点点痛苦哪里够呢。当年若不是因为她背叛他，利用出去请兽医的机会把天使孤儿院、军火库，还有雷区的地图交给霍静园，索菲亚就不会在突围中死去，他也不会被霍静园送进监狱。

如今，她的苦难仅仅是赎罪罢了，而这赎罪的路程才刚刚开始。

想到这儿，眼底一片猩红的施长亭默默地重置了时间，他要让她一遍又一遍地"享受"这诛心之苦啊！

拍卖结束，果不其然，那件鱼尾婚纱最终被霍静园收入囊中，主办方还请出了特别嘉宾——霍伽罗。拍卖后的酒会上，霍静园携着伽罗站在巴洛克的水晶大吊灯下，远远望去，他们被人群簇拥着，像是一王一后，而名义上的王后蒲桃却一个人去了小花园。施长亭的嘴角勾出一抹笑，她一定伤心欲绝了吧。

下意识地，施长亭跟了出去，隔着蔷薇花墙，他没有看到蒲桃的身影，却听到几个女人的碎碎念，不外乎是嘲笑蒲桃，家族破产后还死皮赖脸地非要嫁给霍静园，不知羞耻，同她那死去的妈一样，非得赖着一个不爱自己的男人，破坏丈夫的真爱……

"啊！"

女人中忽然传出一声惊呼，不知谁把浇花的水管朝她们扔了过去，把她们都浇成了落汤鸡。

施长亭倒是一眼就看到了花墙后干坏事的蒲桃，她也看到了他。

十年，人生中能有几个十年？

十年后,他能一眼就认出她,可她眸中没有丝毫惊讶或愧疚,就像是看一个陌生人。

人声喧哗,那些遭殃的女人们似乎要向这边走来,施长亭自然不在乎,可他不受控制一般,紧走几步拉住蒲桃的腕子,穿过花林,拐进了另一处较为僻静的庭院。

"谢谢你。"面纱一样朦胧的月光下,蒲桃向施长亭道谢,"我刚才一紧张就忘了跑了。我叫蒲桃,您贵姓?"

她如此诚挚又自然地道谢,施长亭反倒不知如何开口了,他在狱中想过无数种他们再会时的情景,她扑进他怀里哭,边哭边道歉,而他无动于衷,使劲把她推开;她因为内疚,不敢面对他,而他也是冷酷地拒她于千里之外;或是她既不道歉也不内疚,他则生气地给她一巴掌……靠着这些想象,他才熬过了七年暗无天日的牢狱生活。可这些构想的场景全都没出现,她像是完全不记得他了。

施长亭背在身后的手握成拳,松开握紧又松开,最后,他说:"我是施长亭。"

"长亭?"蒲桃微微侧头,"是'长亭外,古道边'的长亭吗?真是个好名字。"

那年,她也是这样的。在万千星辰下,小丫头仰着头,眼睛比星河还灿烂:"'长亭外,古道边,芳草碧连天',真是个好名字。"

如果霍静园再晚出现一秒钟,也许施长亭真的会忍不住问:"你这坏丫头,真的不记得施长亭了吗?那个你欺骗后,又毫不犹豫地遗弃的小狮子……"

"蒲桃,"霍静园不知几时出现在花庭的月亮门口,一身黑西装,一副高冷禁欲的模样,"该回家了。"

蒲桃一看到霍静园,整个人就鲜活了起来,她小跑着过去,手伸出去,像是要拉住霍静园的手,可是不知想到了什么,她又把手收了回去。

施长亭一下子就明白了这个动作的意思,她是不敢去拉霍静园的手。

霍静园不爱她,所以不能让她开花。她明明知道,却又自欺欺人,掩耳盗铃似的逃避这个现实。她的爱,太卑微了……

霍静园与施长亭擦身而过时,用只有他们两个才听得到的声音说:"好久不见,手下败将。"

施长亭目光一凛,连霍静园都认得出他,蒲桃为什么……

过了那晚后,施长亭再见蒲桃时,她在会所酒吧里买醉,迷迷糊糊的,东倒西歪的,仿佛随时能被人拖走,任人为所欲为。施长亭知道她伤心的原因,因为他前几天刚叫人给她送去了霍静园与伽罗的亲密照片。虽然照片是借位拍的,但也足够让她难过了。

一会儿后,蒲桃身边就聚集了形形色色的男人,有几个胆子大的断定她是一个人后,便把她架起来向外走。

施长亭的本意是让蒲桃吃些苦头，然而，他的身子根本不听心的使唤，还没等那几个男人走出会所后门的小巷，他就把他们打得满地找牙、哭爹喊娘了。之后，他把瘫软在地的蒲桃抱到会所最高层的房间，扔到他的床上。

蒲桃迷迷糊糊地睁开眼，小手抓着他的领带："你是谁啊？我叫蒲桃，蒲松龄的蒲，黄桃罐头的桃。"

"我是施长亭，你前几天见过我！"施长亭真是被她气死了，她是金鱼吗？记忆只有七秒钟。

"长亭？是'长亭外，古道边'的长亭吗？真是个好名字。"

施长亭无奈，气急败坏地扯了扯领带，打电话叫他的私家医生上了楼："你给我看看，她脑袋是不是有毛病，怎么记不住人。"

三年前，施长亭出狱后，带着索菲亚留下的暗线回到四九城发展，虽说势力赶不上早已回到中国的霍静园，却也是数一数二的了。这个三十三层的会所是他的产业之一，其中酒吧、餐厅、游泳馆、购物中心、医院一应俱全。

检查后，医生告诉施长亭，蒲桃的大脑很正常，没有受过冲击的迹象，更不曾失忆。

施长亭困惑了，她这是怎么了？是假装不认识他吗？如果是，演技也太好了，比伽罗更值得影后这个称号啊。

这一晚，蒲桃睡得很不安稳，梦里还不停地叫着霍静园的名字，气得施长亭眉毛一跳一跳的。在搀扶她去卫生间呕吐的时候，一不小心，施长亭握住了她的手，旋即，昏暗的灯光中，她毛茸茸的发顶瞬间变得花花绿绿的。

施长亭一怔，自己……自己竟然还喜欢着她吗？

在被欺骗、被遗弃之后，他竟还爱着她？

可悲，亦是十足可笑。

8 他在时空尽头

第二天早晨，不等蒲桃醒来，施长亭就离开了。之后的很长一段时间里，他都克制着自己不去关注她的消息。他还给了自己一个冠冕堂皇的理由，不需要浪费自己宝贵的时间去报复那个坏丫头，爱而不得的她已是生活在地狱之中了。

为了麻醉自己，施长亭全身心地投入与霍静园的商战之中，然而，身体康健的他的精神状况却越来越差，就算吃安眠药也总失眠。终于，5月的最后一个周末，初夏来临之际，他在医生的建议下参加了一个心理互助小组，就是一些陌生人坐在一起，在不透露个人信息的情况下，各自说出自己的心事，以告白的形式缓解压力与抑郁的情绪。

小组活动的第一天，施长亭就见到了蒲桃。小组成员们围成一个圆圈，她就坐在他对面。四目相对，她便礼貌一笑，看来又把他忘记了。

轮到蒲桃时，她缓缓开口："我结婚三年了，与我从小就喜欢的人成了夫妻，就像做梦一样欣喜。可他不喜欢我，娶我只是因为婚约。就像大家看到的一样，我不活泼，也不会说话，性格绵软又内向，而他喜欢的女孩恰恰与我相反，开朗、积极，像个小太阳。"

洒满阳光的安静小屋里，蒲桃说了很多，话语中没有强调自己为爱情的付出，只是些平常的话，却让施长亭心头酸酸的。

他应该恨她的，可她不快乐，他更难过……

告白的最后，蒲桃摸了摸小腹，苍白的脸上露出一个虚弱的笑容，眼里泪光盈盈："两周前，我失去了一个小生命。那天，我的丈夫在给他的小太阳庆祝生日……我不怪他，也许上天也在惩罚我的强求吧。"她顿了顿，笑容越发虚弱，"我们已经离婚了，是他提出来的。"

她话音方落，在大家惊讶的目光中，施长亭腾地站起身，转身就向门外走。他脑中只有一个念头，他要杀了霍静园。他的小蒲桃，就算她伤害他，欺骗他，忘记他，他也舍不得她皱一下眉，霍静园那个浑蛋怎么能害她流泪。

可走到门口，他又停住了脚，握着门把手的手背上青筋暴起。他就算杀了霍静园，蒲桃也不会开心啊，她的爱是那般无望，就像他对她的爱一样……于是，施长亭重置了时间，温暖的日光中，他静静地坐在那里，听她又讲述了一遍自己的故事，然后，他也讲了他的故事。

"十年前，我喜欢上一个很坏很坏的小姑娘，她为了他喜欢的人欺骗了我，害得我一夜之间一无所有。这十年里，我无时无刻不在想着她，一开始以为这是因为恨，等再见到她，才发现这是因为喜欢啊……"

他慢慢地说，对面的蒲桃安静地听，似乎是她的故事与他的很相似，产生了共鸣。小组告白结束后，她叫住了他，递来一颗马林果味的水果硬糖："我的朋友说吃甜的东西会心情好，请你吃。"

施长亭接过那颗糖果，拇指与食指一按，糖果就在透明的包装纸中碎成了两半，他把其中一半递回给蒲桃："你也吃。"

就在蒲桃吃那半块糖时，施长亭再也抑制不住心中复杂的情愫，他长臂一伸把蒲桃拥进怀中，一低头，就吻住了她的唇。

蒲桃显然被吓坏了，她睁大眼睛，挣扎着推开施长亭，可依然抵不住他用舌尖把他的那半块糖抵入她口中。

这个吻如此霸道又突然，奇怪的是，蒲桃不觉得它讨厌。

施长亭一次又一次地重置时间，享受这个迟到了十年的初吻，他的小蒲桃太甜了……算了，他想，还报复什么啊，在她手里，他只有认栽的份儿。

悠长的一吻过后，他把发蒙的蒲桃带到镜子前，从后边轻轻环住她，将他修长的十指插进她的指缝，再交叉在她胸前。

镜子里的蒲桃惊讶地张大了嘴,她身后这个初见的男人竟让她开了花?他……爱她?

施长亭知道他的蒲桃是单纯又保守的,即便她与霍静园的婚姻结束了,也不会这么快就接受他。可他不愿意等,于是他以强硬的姿态进入她的生活,根本不给她喘息的机会,等她反应过来,他已经带着家当登堂入室了。

9 他在时空尽头

长时间的精神压抑外加失去孩子,使得蒲桃的身体十分孱弱,而蒲桃性子又娇气,很挑食,令施长亭着实头疼,既甜蜜又头疼。

施长亭家中虽然有不少厨师,可蒲桃的饮食,施长亭不想假手于人。他摸索着蒲桃现在的口味,这道菜不喜欢,他就重置时间,再做另外一道,直到蒲桃满意为止。多少人梦寐以求的重置时间的能力,只被施长亭用来讨蒲桃欢心,但他一点都不觉得大材小用,因为蒲桃就是他的全世界。

他游离在时间之外,本有掌控世界的能力,但他只想做一个普通人,和她一起雪月风花就足够了。

渐渐地,在施长亭的不断努力下,蒲桃的脸圆润了起来,眼中也有了光。施长亭一直担心的,说不定哪天她就忘了他的事情并没有再次发生。只是,蒲桃为什么不记得十年前的事,也不记得十年后他们的两次相遇,对施长亭来说,依旧是个解不开的谜团。

起初,蒲桃对施长亭的追求还有些抗拒,但烈女怕缠郎,外加施长亭一次又一次地重置时间,把每件事都做到蒲桃满意为止,就像是打游戏,一遇到关卡失败就重新读档,再次攻略一样,只要有耐心,哪里有不成功的道理呢。

很快,夏天过去,秋花满地,再一眨眼,天空中便飘起了冬雪。在蒲桃生日这天,她忽然小声问他:"还喜欢那个伤害过你的女孩子吗?"

正在做生日蛋糕的施长亭一滞,只一刹那,他就在心里笑开了花,他的小蒲桃在吃她自己的醋呢。

施长亭不答反问:"那你呢,还想着霍静园吗?"

"我……"蒲桃低下头,不再说话。

施长亭也不逼她,只是心中酸涩。他的蒲桃就是这样晶莹剔透的一个人啊,明知道她说什么他都信,可偏偏连一句假话都不对他说。

晚饭后,施长亭坐在沙发上看电视,新闻里播放着霍静园要与伽罗结婚的消息,他侧眼望了望露台上的蒲桃,她正低着头侍弄着她的那些花花草草,脸上没有其他的表情,像是什么都没听到。

新闻里记者问霍静园是怎么看待蒲桃的,霍静园摸着手指上的订婚戒指,目光深邃,恍若银河深处的黑洞:"那是一个错误,幸好现在还来得及纠正。"

露台上的蒲桃转身去修剪盆栽,施长亭看不到她的脸,但他感觉得到,她哭了。

施长亭走上去,拉过蒲桃的手放在自己胸口:"蒲桃,我们也结婚,和他们定在一天。我比他英俊潇洒,比他年轻有为,你会比伽罗还风光的。"

蒲桃刚刚止住眼泪,听他这么说,又吸了吸鼻子,像是又要哭了:"你不必这样做的,这是利用你。"

在开满鲜花的露台上,他把她拥进怀中,轻轻却又坚定地说道:"利用我吧。我愿意。"

我愿意,且甘之如饴。

在婚礼前的一个星期五早晨,蒲桃不见了,随之一道消失的还有施长亭放在保险柜里的军火库钥匙。虽然当年军火库的位置暴露了,但霍静园没有钥匙,就算得到了军火库,这些年也用不了。

晨光熹微,施长亭望着露台上的葡萄架发呆,葡萄已经开始结果了。他昨天还抱着她,说葡萄成熟时,他可以摘了给她酿酒,可现在,葡萄架还在,她却又一次欺骗了他。

当日出东方,施长亭猛地站起身,使劲推倒了他们一起架好的藤蔓,叶子窸窸窣窣地落了一地,就像他破败的心。她离开还不到半天,施长亭本可以重置时间,在她逃走前拦住她,狠狠地管教她,报复她,但他没有。这一刻,撕心裂肺般的痛楚告诉他,没用的,那个铁石心肠的坏丫头,她不爱他,不管是十年前,还是十年后,连一丝一毫都没喜欢过他……

"长亭,你为什么毁了葡萄架?你讨厌葡萄,讨厌我吗?"熟悉的声音忽然从身后传来,施长亭简直不敢相信自己的耳朵,他机械地转身,却看到娇俏的蒲桃就站在他身后。

她说着,把一条银色的链子放在他掌心:"我去给这片钥匙配了一条链子。我看你好像很宝贝它,这样你就能天天把它带在身边了。"

她好像还要说什么,施长亭却将她整个人抱起来,扔到沙发上。他又气又喜,忍不住打她:"以后不许这样,不许……不许这么早就出门。"

不许这样什么都不说,就忽然不见了。

蒲桃被施长亭忽然迸发的怒气吓到了,不等她抗议,就被他压在了身下。他不住地吻她,在她气喘吁吁时,把那条链子戴在她皓白的脖颈上:"这个世上,没有什么比你更宝贝。"

蒲桃脸上露出迷茫的神色,好半晌后,她伸出胳膊环住他的脖子:"长亭,我以前是不是见过你?"

施长亭没答,过去的就过去吧,他们还有未来,还有很长很长的时光,只要他愿意,他们可以一同活到宇宙的尽头……

之后，在婚礼前的一段日子里，蒲桃都表现得非常乖，她开始回应施长亭的好意，为他煮饭洗衣，端茶倒水。施长亭心疼她累，她就说这是为将来成为他的妻子做准备。

妻子，一个多么美好的词。

只要咀嚼这两个字，就唇齿留香，不作他想。

可就在施长亭认为一切都在向美好的方向发展时，蒲桃又走了，这次是真的走了。

施长亭对蒲桃从不设防，也告诉了她自己能够重置时间的能力，于是，在喝下一杯加料的牛奶后，他再醒来时已经是一天之后了。超过了半天，他无法重置时间找到她了。

她给他留下了那把钥匙，还有一张字条，字条上只有两句话——

对不起。

谢谢。

不久之后，人们在江边发现了蒲桃的尸体，尸体周围围着一群红鲤鱼。蒲桃就像是在水中沉睡一般，面容姣好。

当时，施长亭站在围观的人群中，望着蒲桃的尸体被打捞上来。他没有哭，甚至连眉头都没皱一下，直到尸体被抬上车送往殡仪馆时，他才轻轻笑了笑。她又骗了他啊，其实她的抑郁症一点都没好。这些日子以来，她那么温顺爱笑，大概是早就放弃了活下去，对他好也只是想回报他的喜欢……她就这么喜欢霍静园吗？喜欢到爱情死去，她要随着它一同死去……

蒲桃葬礼的那天，恰巧是霍静园的婚礼。然而，霍静园却从婚礼现场逃跑了，跑到前妻的葬礼上，同前妻的未婚夫打了一架。

瓢泼大雨中，四九城两个最璀璨的男子带着满身伤痕躺在泥水里。

"如果再给你一次机会，你会对她好吗？"施长亭问。

"不会了，不会再有机会了……"

蓝紫色的闪电撕破了黑沉沉的天空，天地间一片昏暗，霍静园的声音迅速被雨声吞没了。

积聚了数日的悲恸情绪终于在这一刻爆发，无边雨幕之中，施长亭一遍又一遍地重置着时间，终于，频繁的时间重置引出了"零"，那个超能力者的监督者。

零出现的瞬间，雨丝停在空中，时间静止。

施长亭从泥水中站起身，问："一定有办法把时间重置到最初吧？"

"有是有……"零说，"但把所有能力集中在一次使用的后果，可能是你的死亡，说不一定是哪天，但你一定会横死，值得吗？"零有些疑惑，他不是人，这种牺牲在他眼中十分可笑。

施长亭的目光遥遥地落在墓园中蒲桃的遗像上，他说："值得。"

谈话的最后，施长亭还问了零一个问题："霍静园，他也是超能力者吧？"

"是的，"零点点头，"他是记忆重置者。"这样，一直困扰着施长亭的迷雾就都散去了，怪不得蒲桃总是忘记他，原来是霍静园重置了她的记忆……

尾声 他在时空尽头

西伯利亚在每年9月就开始入冬,这一年的冬天,霍静园结了一门婚事,对方是蒲家的小姐蒲桃,他们相爱了……再后来,施长亭听说霍静园带着蒲桃离开了西伯利亚,他们回到了四九城,要在那里举行婚礼。

终于,施长亭还是没忍住,想要远远地看她一眼,看她得到幸福的样子。可就在他刚回四九城的那个晚上,他遇到了抢劫。施长亭性子本就冷漠,其实是不想管闲事的,可那个被抢的女孩子,太像……太像他的小蒲桃了……他双拳难敌四手,搏斗之中,他被歹徒刺了数刀。血泊里,施长亭挣扎着拨通了那个烂熟于心的电话号码。

"喂,您好。"电话很快被接通了,是蒲桃。

大概是久久听不到说话声,蒲桃又问:"喂,您好,您是哪位?请讲话……"

施长亭张了张嘴,最终还是发不出一点声音来,但听她语调这么轻快,她应该很幸福很幸福吧……

草莓味的四十八小时

【冰糖雪梨】

文/枕衣衫
图/Nutdream

> 作者简介
>
> 枕衣衫: 射手座, 宠溺型写手, 时而鸡血时而丧, 握个笔都是爱你的形状。

潜规则是你用身体换取你想得到的利益, 而我们俩的关系换另一个词更合适一些——交往。

第一章

晚上10点, 顾昀刚刚洗完澡, 正在用毛巾擦头发时, 手机就响了起来。

她滑开屏幕, 映入眼帘的是一条微信: 你在家?

她心里一惊, 还没有回复, 又收到一条微信: 我准备过去, 你等会儿记得给我开门。

顾昀瞪大了眼睛, 差点儿把手机甩了出去。

好不容易手忙脚乱地抓稳手机, 她在手机屏幕上打字道: 余总, 你这算不算潜规则?

很快对方就回复了, 斩钉截铁: 不算, 潜规则是你用身体换取你想得到的东西。我们目前的情况换个词来形容更合适一些。

顾昀心里一颤, 控制不住自己的手在屏幕上打下: 哪个词?

对方这次只回了两个字: 交往。

在看清这两个字的同时, 顾昀脑海中警铃大作, 不是那种虚无缥缈的形容词, 而是真正意义上的警铃声, 尖锐的声音充斥在她整个脑部: 嘀嘀! 警报! 警报! 竹马恋爱预警! 请及时做出防备措施!

这下，顾昀是真的将手机给扔了出去。

微信那边的男人叫余晋阳，经营着一家网红公司，而顾昀是他公司旗下一个没有半点名气的网红，也是他的青梅竹马。

曾经他们两人无话不谈，可自从六年前的一桩变故起，他们之间便很少联系。

往事暂且不提，而交往这件事，要从半天前说起。

半天前，顾昀所在的公司举办年会。现场开始抽奖，抽奖的场地内停着一辆大红色的超跑，流畅的车身线条，还有那看起来就很奢华的喷漆。

长达两个小时的年会，顾昀什么都不记得了，只记得心里的紧张。终于等到抽奖环节，主持人看着面前的抽奖箱，故意发出一声惊呼："到了我们最终的抽奖环节了，余总今年相当大方，相信大家也看到了旁边的红色超跑。没错，那也是今年的奖品之一，大家期待吗？"

"期待……"

场下的叫喊声中，就数顾昀的声音最大。

她不仅声音大，神情也很认真，眼睛直勾勾地望着主持人塞进抽奖箱中的手。

"现在我已经抽出了今晚的一等奖。"为了制造悬念，主持人刻意停顿了片刻，而后缓缓开口，"现在让我公布结果，获得一等奖的就是……顾昀小姐！"

"昀"字刚刚落下，顾昀就从椅子上跳了起来。

超跑！

值好多钱的超跑！

应和着主持人的要求，顾昀乐颠颠地冲上主持台，发表了一段长长的获奖感言。

主持人终于听不下去，将话筒一把抢了回来："看来顾小姐对于能和余总谈一场四十八小时的恋爱，感到非常兴奋。"

没错！谁得到超跑不兴奋？

……等等。

她僵硬着脖子扭过脸，看向主持人，问道："一等奖是什么？"

"能和余总谈一场四十八小时的恋爱。"

"那……那辆超跑呢？"

主持人微笑："是二等奖。"

他得多大脸？！

就一场四十八小时的恋爱竟然比超跑的奖项还大！

她刚想抗议，突然觉得背后一凉。

舔了舔唇,她下意识朝台下望去,发现公司的女员工们全部以一种仇视的眼神望着她。

舞台侧面,余晋阳穿着银灰色西装,冲她晃了晃手中的红酒杯,嘴角边是一抹勾人的笑容。

与此同时,顾昀脑海中的警铃疯狂地叫嚣着。

第二章

在发完信息半个小时后,顾昀时限四十八小时的男朋友给她打了一个电话,说:"开门,我在你家门口。"

颤颤巍巍地走到门旁边,她紧张地握住手机,问:"那个,我可以申请一件事儿吗?"

"什么?"

"我能不能将一等奖的奖品换为二等奖的?"

"不能。"余晋阳拒绝得相当干脆,声音沉了下去,语气中带着浓浓的威胁之意,"你的意思是我还不如一辆车?"

当然不如!

虽然很想回答,但顾昀行走职场多年,靠的就是她超准的危险预判技能。

心中警铃大作,她讪讪地笑了两声:"没有,没有。"

"那就快点儿开门。"

一步一个指令,顾昀开了房门,外面的男人长腿一跨,走了进来。

不得不承认,余晋阳长得很好看,面容俊朗,眉目如画,比起那些涂了粉底、画了眉毛还要说自己是素颜的男明星要好看太多,可是……

余晋阳用手拎起她小熊睡衣的花边衣领,似笑非笑道:"都这么多年了,你的品位还是没变。"

顾昀脸一红,狠狠地磨了磨牙,还要假装客气地问道:"余总,这么晚过来有什么事情吗?"

余晋阳环顾了一下她的房子,答非所问:"小是小了点儿,勉强凑合两天吧。"

被他的话吓了一跳,顾昀瞪大眼睛,道:"你要在这儿睡?!"

"不然呢?"他转过身来看着她,说,"你迟迟不来兑换奖品,我只好送货上门了。"

还……还有这项服务?

顾昀抽了抽嘴角,退了一步说:"我选择放弃兑换奖品。"

余晋阳一向很忙,莫名其妙抽空谈个恋爱,估计对他来说也是一件很麻烦的事情。

她心中是这样猜想的。下一秒,他就将她心中的猜测全部推翻:"不行。"他抬起手,看向左腕上的手表,自顾自地说道,"从我踏进这个房间开始计算,还剩下四十七小时五十六分钟。"

他每说一句话就往前迈一步,顾昀抖着腿一步一步往后退,直至屁股抵到沙发扶手那儿,退无可退了。

余晋阳俯下身子,凑到她的耳边,声音低沉道:"时间宝贵,还请不要浪费。"

顾昀身子后仰,整个人翻到了沙发上。

趴在沙发上,她狼狈地抬起头,眼中是满满的防备。

他眼睛里盛满了笑意,揉了揉她的脑袋,道:"逗你玩的,你回房好好睡觉。我借用一下你的浴室,今晚就在沙发上凑合一晚。"

看着余晋阳离去的背影,顾昀忍受着脑海中的警铃声,面无表情地爬起来,冲着浴室紧紧关闭的门比了一个中指。

第三章

拜余晋阳所赐,顾昀一晚上都没有睡着。

她身为二十四岁的五好青年,从未带过异性回家过夜。

而她这次谈一个中奖恋爱,似乎全世界都知道了。

早上她顶着一双熊猫眼打开手机,一向安静又本分的手机突然就震个不停了,平常不怎么联络的人瞬间变成了知心好友。

叶灵淅:听说你和余总谈恋爱了?真的假的?

王煜:和余总这样亲密接触的机会可不多,你要好好把握哦!

苏熏:我中了二等奖,和我换,我再帮你把你现在住的那套房子的尾款补齐。

……

删除一条一条的留言,在看到苏熏那一条的时候,她顿了一下。

苏熏现在是圈内炙手可热的小花旦,有很多家网红公司都想邀请她入驻,可她偏偏选择了余晋阳的公司。

至于原因,顾昀再清楚不过——苏熏喜欢余晋阳。

叹了一口气,顾昀还是回了一句话过去:我做不了主。

将这句话发送出去后,她按下了锁屏键。

虽然信息轰炸让她再一次看透了这世间的人情冷暖,不过倒是提醒了她一点,虽然曾经和余晋阳闹得不痛快,但他现在是她的大老板啊!此时若不好好抓紧机会表现一下,活该她不红!

在老板面前表现有三大诀窍:殷勤、顺从和业绩。

前面两条她已经来不及表现了,唯一还能再弥补一下的只有最后一条——业绩。

虽然这个月的直播时长已经够了,但顾昀还是上了直播间,一本正经地开始直播化妆。

可惜大清早的,来看直播的人少得可怜。

看着屏幕左上方的六人,顾昀欲哭无泪,只得在心里暗自祈祷着余晋阳不要在这个时候醒来。

她心里刚刚祈祷完,余晋阳的声音就在门外响起,因为刚醒,所以他的声音还有些喑哑:"这么敬业?"

顾昀的手一抖,眼线笔就戳了出去。

屏幕上跳过一条弹幕:举报!主播小姐姐家里有男人过夜!

手又是一抖,她把直播间给退了出去。

仰着脑袋转过脸,顾昀顶着画到眉毛的眼线看着余晋阳,欲哭无泪:"余总,平时我直播其实是很少出事故的。"

他挑眉,道:"哦?"

"真的!真的!我还有死忠粉!天天给我送游艇的那种!"

"我知道你的业绩,唱歌五音不全,跳舞四肢僵硬,没有什么特殊的才艺,只能直播化妆,但流量低迷。至于死忠粉,"他拖长了音调,"如果我没有记错的话,也只有一位。"

余晋阳每说一句,顾昀的头就垂下一点儿,等他说完后,她的脖子已经快要低出颈椎病了。

怎么办?

他为什么会对她的情况了如指掌?

她会不会被开除?!

心里的恐慌弹幕一条接一条,顾昀甚至开始想象自己抱着他的大腿哭会不会更有用一点儿。

"一般这样惨淡的业绩,你早就应该被开除了。"打一个巴掌,再给一颗甜枣这样的套路,他做起来分外娴熟。看着顾昀猛然抬起的脑袋和期盼的眼神,余晋阳斜斜地倚在门框上,眼神深邃,继续说道:"你现在毕竟是我的女朋友,没有人敢开除你。"

女朋友……

回应他的,是顾昀从椅子上摔下去的巨响,还有她一声凄厉的惨叫。

第四章

顾昀从椅子上摔下来,将屁股和脚踝都摔肿了。

看起来,比她本人还要担心的却是余晋阳。

他冲上前去,一把将她打横抱起,抱到沙发上,眼眸中是满满的紧张:"医药箱在哪里?"

顾昀指了指自己的房间。

将医药箱拿出来,他倒了些药酒在掌心,想要帮她揉一揉脚踝。

但他到底技艺生疏,不是力气大,惹得她像杀猪般惨叫,就是力气太小了,令她痒得咯咯直笑。看着他一副如临大敌的模样,顾昀擦了擦眼角的泪花,戳戳他的肩膀。

正在专心帮她推药酒的余晋阳头也不抬:"什么事儿?"

"不用对我这么好。"

余晋阳的手停下来:"我难道不是一直对你这么好?"

回想起小时候,他捅马蜂窝,她被马蜂蜇;他打群架,她被人揍的经历,她面色复杂地"嗯"了一声。

"既然我对你这么好,"这一句问话很轻,近乎呢喃,却偏偏带着一丝委屈,"那为什么……你还要逃?"

顾昀的心微微一颤,不禁偏过脸去。

一阵静谧后,她死活不肯回答的态度彻底惹恼了余晋阳,他将手中的药酒丢回医药箱,站起身居高临下地望着她,冷哼一声后开门离去,眼中满是伤痛。

看着余晋阳离去的背影,虽然顾昀心中充满了愧疚,但是家中熟悉的安静让她觉得安心了些。

她也不是傻子,莫名其妙中了一个四十八小时恋爱体验的奖项,平时高高在上,连见一面也难的余公子突然间成为她的男朋友,还死缠烂打,关怀备至。

天上从没有掉馅饼的好事儿,余晋阳身为一家大公司的总裁,平时要忙的公事那么多,绝不会任由下属将自己安排进奖品中间,所以唯一可能的解释就是,那个奖项是余晋阳自己安排的。

顾昀估计,或许就连自己中奖这件事情也是早已内定好的。

那么，这究竟是为什么呢？

她忍不住大着胆子自恋地猜测：余晋阳喜欢她。

可是她心中也清楚明白，这么多年了，她的猜测从未准过。

六年前，她莫名其妙多了一个让她烦恼到不行又没什么用的超能力——每当她的青梅竹马有要谈恋爱的趋势时，她的脑海中就会响起一阵警报声。

她好好地走在路上，脑海中就会响起这个预警声，紧接着就知道有人向余晋阳告白了；她好好地看个毕业晚会，脑海中也会有这个声音，然后就看到舞台上的余晋阳一副主持人的打扮，而他身旁的小姐姐正含情脉脉地注视着他……

久而久之，顾昀又发现了一件事情，只要在警报声响起的时候，她佯装无意地去破坏，而当她破坏成功，站定在余晋阳面前时，脑袋里烦人的声响就会停止。

有一日，顾昀的脑海中又响起了那个烦人的警报声，可她给余晋阳打了很多个电话，余晋阳都没有接。她头痛欲裂，开始满校园地找他，却被人拦住了去路。

那个人就是苏熏。

她穿着吊带裙，露出精致的锁骨："你就是顾昀？"

顾昀点了点头，不明所以。

"我有一段录音要给你听。"

苏熏掏出自己的手机点了两下，熟悉的声音从里面传来，是余晋阳的声音："我也不知道该怎么办了。"

苏熏："是顾昀这阵子来捣乱的事情吗？"

"是啊，都不知道她从哪儿得来的消息。"

"我有办法帮你解决，这两天你不接她电话就可以了，我保证她不会再捣乱。"

录音到这里戛然而止，顾昀的脸色惨白。

虽然总是用头疼的借口捣乱，但她其实心里知道，她早就喜欢上了余晋阳，她不过是仗着自己青梅竹马的身份来妨碍他正常恋爱。

明明这样的做法，就连她自己都忍不住唾弃，可为什么在得知余晋阳的态度之后，她的心底还是一阵刺痛？

她也不是没想过那是苏熏伪造的录音，不过她连续给余晋阳打了两个电话，他始终都没有接，跟录音中说的一样。

恰巧学校有交换留学的机会，她便去了国外。

这之间余晋阳来找过她，但她再没有理会，她怕自己心软，怕自己误会。

说来也奇怪，自从她去国外之后，她脑海中的警报声就再也没有响过。

第五章

顾昀原以为余晋阳生气地离开后就不会再回来了,结果她刚刚躺下没多久,门铃就响了起来,没人开门后,她的电话也响了。

电话那头传来余晋阳的声音:"给我开门。"

顾昀慌忙地爬起来给他开门。

跨进门,他瞥了她一眼,语气淡淡:"让开,我现在还不想看到你。"

顾昀乖乖地让开,他一头钻进了厨房。

为了自己的生命安全,她还是跟着他来到了厨房。

可她没想到的是,从前十指不沾阳春水的大少爷围着围裙,做起饭来半点儿也不含糊。

看着他身上套着的粉色围裙,顾昀又控制不住自己的嘴巴了:"你确定你要做菜?我还记得你曾经想给我做个蛋炒饭,结果差点把厨房炸掉。"

"你都说了那是曾经。"拎着菜刀,余晋阳仿佛将砧板上的肉当成顾昀一般,哐哐哐地剁着。

在旁边看了一会儿,顾昀背后一凉,默默地咽了咽口水,悄悄地退了出去。

她靠在沙发上,不知道什么时候就睡了过去。

梦中,她回到了余晋阳曾经给她做蛋炒饭的时光。那时她的脑海中刚开始出现竹马恋爱预警的警铃声,她手足无措,觉得自己可能是个神经病。

她每天都藏在宿舍里,不想动,不想说话,甚至连饭也不想吃,可她的举动却被余晋阳给误会了。

他以为她是没有食欲,问她怎么才愿意去吃饭,她当时随口说了一句:"你做的饭我就吃。"

他当了真,去学校食堂阿姨那儿苦苦相求,借了一下厨房,在掀翻了两个锅,捏碎了三个鸡蛋后,给她炒了一盘焦香扑鼻的蛋炒饭。

他脸上还有灰黑的痕迹,却挡不住他盛满笑意的双眼,他说:"现在,给我乖乖吃饭。"

从那一刻起,顾昀就无比确定,自己是喜欢上了余晋阳,她百般阻拦余晋阳的恋爱,甚至想跟他分享自己的烦恼。

可就在她来回纠结了一段时间,终于组织好语言后,苏熏出现了。

等她醒来的时候,余晋阳已经将午饭做好了,三菜一汤,令人食指大动。

看着顾昀狼吞虎咽的吃相,他慢条斯理地给她夹了一筷子菜,道:"过往我可以既往不咎,往后如果你愿意,我可以每天做给你吃。"

继摔下椅子之后,她又将菜给呛进了气管里。

余晋阳倒了一杯水递给她,他开口:"还剩下三十三个小时,你有足够的时间考虑。"

考虑?

顾昀的脑子半天转不过弯。

下午3点,余晋阳将洗好的水果递到她面前,提醒道:"还剩下三十一个小时。"

睡觉前,余晋阳给她热了一杯牛奶:"还剩二十三个小时,晚安。"

第二天早上,她睡眼迷离地走到客厅,在看见余晋阳的那一刻,她下意识就想到了昨晚的那个梦境:"余晋阳,我想跟你说一件事。"

她的表情很是凝重,余晋阳走到她身前,垂眼看向她:"什么事?"

她本来想将自己的异常全部告诉他,可在他向她走来的那一刻,她回想起了那段录音,瞬间又没了勇气:"我想说……还剩下十六个小时。"

"没错,记得挺清楚的。"被顾昀的反应逗笑,他揉揉她的脑袋,"脚不疼了?"

晃了晃脚腕,顾昀答道:"不疼了。"

"那今晚带你出去吃饭。"

今晚10点就是四十八小时的截止时间。

顾昀犹豫了一会儿,点了点头。

那时顾昀还没有想到,他们会那么凑巧碰到苏熏。

看得出来,餐厅里进行过精心的布置,烛光、玫瑰和香槟,虽然很俗气,但是很浪漫。

余晋阳也悉心整理了一番,这两天,顾昀见惯了他休闲的装扮,陡然间看到他西装革履的模样,她不得不承认自己被他吸引了。

"还剩三个半小时,这期间你好好考虑我的提议,有什么事随时可以跟我说。"

烛光下,他眼波流转,说不出的诱惑。

幸好餐厅光线幽暗,挡住了她脸上的红晕,可是脸上的烧灼感令她无所适从。她还没有想好要怎么回答,面前就出现了一个纤细的身影:"原来真的是你。"

来人是苏熏。

她妆容精致，五官在烛光的映照下显得更加魅惑，一身黑色的无袖礼服将她的身材衬得妖娆可人。

看了一眼顾昀，又看了看坐在顾昀对面的余晋阳，她弯了弯嘴角："你真的很自私，从来没有管过这六年的时光。"

顾昀张了张口，想要解释，却又不知该从何解释起。

她的确很自私，因为觉得难过，便跑到国外；因为觉得想念，就来到他的公司。

左右不过是被说几句，顾昀觉得自己忍着就是。

可是她能忍得了，她对面的余晋阳却忍不了。

他慢条斯理地放下叉子，擦了擦嘴巴，开口道："无论管没管过，都和苏小姐无关吧？"

顾昀讶异地看了他一眼。

记忆中，余晋阳从未用过这样带刺的语气和别人说话。

她想要开口缓解一下剑拔弩张的气氛，可脑海中的警报声再次响起，比之前的更加尖锐，她一时不禁僵在了座位上。

苏熏倒也无意跟他争论这件事情，见他开口维护顾昀，只是笑笑，说了一句意味深长的话："日久见人心。"

"谢谢。"余晋阳自然地端过顾昀面前的盘子，将她盘中的牛排细细切成适合入口那般大，"不过如你所见，我现在还没有追求成功。"

看着苏熏离开的背影，顾昀缓过神来，低声说了一声谢谢。

"不用谢我，你现在还是我的女朋友。"将盛放牛排的盘子放回她的面前，余晋阳的声音有些低，语气诱哄道，"怎么样？考不考虑延期？"

顾昀抬起眼。

似乎看出了她心中的挣扎，余晋阳继续说："永久性的终身卡，有没有心动？"

不得不承认，她是心动的，可是刚刚的警报声，还有包里的信息，都让她不敢往前迈步。

打定主意，她狠下心摇头："抱歉，我只是中了一个四十八小时的恋爱体验奖，体验感觉很棒，但是就止步于此了。"

余晋阳眼中的光，一下一下地黯淡了下去。

晚宴结束，余晋阳开车送她回家，却没有跟她一起上去。

虽然只有两天，但是顾昀已经习惯了余晋阳总是跟在她身后的日子。今天他没有半点儿动静，她下意识地回过头，疑惑地望向他。

"离结束还剩半个小时，我想顾小姐应该也不会在乎这仅剩的半小时。"他坐在车内，窗外的霓虹灯光打在他的脸上,模糊了他的轮廓,"我就不上去了,有缘再见。"

这明明是她自己的选择,可她心中还是一阵刺痛。

她勉强冲他笑笑,道:"再见。"

挎着肩上的包,顾昀走入电梯,看着电梯的门渐渐合上,她掏出手机,看着苏熏发来的短信呆愣了一会儿,随后咬住下唇,缓缓地打字:好,你将他的东西拿走吧。

苏熏发来的短信不是跟她叙旧,而是要来拿走余晋阳的东西。

苏熏告诉顾昀,这六年,她都在和余晋阳谈恋爱。而前一阵子因为去探班,余晋阳看到了苏熏和导演聊天,心生醋意,便办了那样一场活动来气苏熏。

顾昀翻了一些报道,里面的确有当时余晋阳探班的照片。

整整六年的时光,是她跨不过去的鸿沟。她觉得自己不能再这样自私下去了,过去的四十八小时就算是她得偿所愿。

第七章

余晋阳明明只在顾昀家住了两天,却将他的睡衣、牙刷什么的都搬进了她的屋子。

离去之后,他什么都没有拿走,那些东西也就都闲置在了她的家中,不大的屋子布满了他的气息。

他离去后的第一天,顾昀还会下意识地朝沙发望一望。

看见毛毯整齐地放在沙发上后,她才反应过来他已经离开了,而且是她亲手将他推离的。

一点一点地将余晋阳的东西收拾好,顾昀拨通了电话,道:"是你上来还是我下去?"

"你开门就好。"电话那头,是苏熏的声音。

顾昀打开房门,苏熏走了进来,咂了咂舌说:"你怎么还住在这里?"

未等顾昀回答,苏熏就继续说道:"也对,听说你做了网红之后流量不行,赚不到什么钱。"

"苏熏,我虽然放手,但我并不欠你什么。"

她自私,毁了余晋阳几场恋爱,不过她愧疚的对象是余晋阳,而非苏熏。

她现在选择放手,也是站在余晋阳的立场上来考虑。

接过顾昀递过去的东西,苏熏打开确认后,冷笑了一声,道:"好自为之。"

顾昀关门送客。

从来不混娱乐圈的余晋阳最近频频出现在微博热搜上。

原因无他,是因为与当红花旦苏熏传出了绯闻。苏熏近些年来的人气居高不下,余晋阳多金又帅气,两个人的绯闻引起了广大网友的关注。

我叫李神莲:这到底是真的还是假的啊?麻烦当事人出来说明一下!

南锣紫箱:楼上是不是傻?这还用解释什么?你去翻一下苏熏微博里的照片,她那张自拍照的右下角明显有个男人的身影,而那身衣服就是前一阵子被爆出来的余晋阳的私服。

大葡萄啊:还有很多铁证啊!有人拍到两人在同一家饭店讲话,还有余晋阳的睡衣。那件睡衣看起来平淡无奇,却是私人定制款的,全世界只有那么一件,绝不可能有第二件。

……

顾昀一条接一条地刷着微博,表情麻木。

这两天,她脑海中的警报没有响过,看来他们两个人已经彻底和好了。

看着略显空荡的房间,她想了想,还是给余晋阳发了一条短信。

短信里面,她详尽地解释了她当年为何会阻拦他恋爱的举动,也说了自己脑海中曾经常会响起"竹马恋爱预警"的事情。

按下手机锁屏键,她轻舒了一口气,总算对自己的过去有了一个交代。

第八章

余晋阳彻底从她的世界中消失了。

而外界,是余晋阳和苏熏愈演愈烈的绯闻。

终于在一次发布会上,记者向余晋阳提问:"最近有很多网友在关心两位的恋爱问题,我可以代广大观众朋友求个真相吗?"

余晋阳接过旁边递来的话筒,垂下眼,似乎在想怎么说。

看到这里,顾昀心里很不是滋味,便将电视关掉了。

但她心里再不舒服,生活还是要继续。

又是新的一个月开始了,顾昀打开了直播间,开始直播。

可生活中的打击一个接着一个,余晋阳离开了她的生活之后,经常给她送礼物的死忠粉也不见了。

没了那个死忠粉,她的直播间很冷清。

看着空无一人的直播间,顾昀叹了一口气。

在她垂头丧气的时候,电脑里传来了"叮"的一声响,直播间有人送礼物了。

她消失已久的死忠粉终于上线了,不仅上线,还送了一艘游艇给她。

看着这豪气的礼物,一向视财如命的顾昀却一点儿也开心不起来。

歌不唱,舞不跳,妆也不化了,顾昀托着腮,在只有一个观众的直播间任性地开口道:"今天我就是恋爱主播。"

死忠粉发了一条只有问号的弹幕。

"你说,为什么我明明做好了决定,心里却还是这么难受呢?"喝了一口牛奶,顾昀回想起余晋阳在的那两天,满腔苦涩。那两天,牛奶都是他热好再递到她的手上。

死忠粉问:主播小姐姐是有了喜欢的人吗?

"有啊,之前莫名其妙中了一个四十八小时恋爱体验奖,于是有了一个为期两天的男朋友。"一口气喝完杯中的牛奶,顾昀看着直播间又多了几个人,突然有了一个大胆的想法,"不然,我也来举办一场恋爱体验活动吧,到时候微博搞个抽奖,你们谁抽中了,我就和那个人谈一场四十八小时的恋爱。"

进入直播间的人越来越多,一排排弹幕开始刷过:

哈哈,小姐姐好可爱,来抽我啊! 我想和小姐姐谈恋爱!

这真的是余晋阳的主播女友吗? 我是不是走错频道了?

楼上阅读理解零分,余总说的明明是还在追的。

……

密密麻麻的弹幕让顾昀情不自禁地揉了揉眼睛,她的直播间还从来没有出现过这么多人。

发生了什么? 她红了吗?

虽然是很惊喜的,但是她依然没有错过她死忠粉的弹幕:开门。

嗯? 开门?

与此同时,她家门铃响起。

随之疯狂的,又是一片密密麻麻的弹幕:

哇! 看来我赶上了直播!

太好了,我也没有错过!

小姐姐快开门啊!

……顾昀觉得这些网友都比她知道得多。

门铃一声一声地响着,她的直播间也不停飘过死忠粉的弹幕:开门。

心中疑惑着,她关了直播间,打开了房门。

站在房门之外的,是好久不见的余晋阳。

等等……难道她唯一的死忠粉就是他?!

顾昀又开始直播了。

身为现今人气飙升的网红，顾昀一开直播间就收到一排礼物，还有满屏求还原当日表白现场的弹幕。

那日，余晋阳到她家之后，看着她满脸迷茫的模样就了然地说："你没有看电视？"

惊讶于他还会来找自己，她愣愣地回答："什么电视？"

在顾昀因为吃醋而关掉的直播采访中，其实有余晋阳的告白。

余晋阳接过话筒后，他答的是："那些都是子虚乌有的事情，我已经有了喜欢的人，希望大家不要再传绯闻了。"

记者发问："那网上流传出来的照片，您认为都是假的咯？"

"有真有假，那些所谓的证据都不过是有心之人汇总到一起的，以便混淆观众视线而已。"

记者不死心地继续发问："那可以问一下您喜欢的人是圈内人吗？"

"算是吧。"他回答道，"我曾经为了追求她，还假公济私办了一场四十八小时恋爱体验的抽奖活动。"

余晋阳口袋里的手机突然振动了一下，这是私人号码，知道的人没有几个，他想了一下，掏出手机，上面是一条短信。

他一行一行地扫过，眼底露出浅浅的笑意，他原先想要说的，早已尽数忘却。他微微站直了身体，表情认真："我打算这两天正式去告白，所以希望网友们还是不要相信网上的谣言了。"

重新看了一遍当时的采访，顾昀用手肘戳了戳身旁的男人："你是从什么时候开始喜欢我的啊？"

他冷哼一声："很早。"

当年苏熏的录音只有一半，余晋阳烦恼的从来就不是顾昀打扰到他和那些女生的发展，而是打乱了他告白的计划，而他想要告白的那个人，是顾昀。

虽然两人相熟多年，但他第一次告白，难免有些慌乱。室友便给他出主意，说女生最懂女生，让他随便问问身旁的女生就可以了。

可每一次他与别人刚开始讨论的时候，顾昀就会出现。

他正在烦恼要怎么避开顾昀给她一个惊喜的时候，苏熏站在了他的面前，说可以帮他。

　　他听信了苏熏的话，整整躲了两天，计划了一个惊喜，可等他准备好一切，顾昀却避而不见，眼神闪躲，再然后，顾昀一言不发地去了国外。

　　听完前因后果，顾昀还是有点儿蒙，小心翼翼地问道："可你……为什么一直不来找我？"

　　他的脸上闪过一丝羞恼："因为苏熏跟我说，你知道了我想告白的计划，因为我俩多年的情分不好意思直接拒绝我，便以这种方式婉拒我。"

　　可看了她的短信之后他才知道，原来她的脑海中竟然会响起那么稀奇古怪的声音。

　　因为误会，他们俩错过了那么多年。

　　"那你后来为什么又办了那个四十八小时恋爱的抽奖？"

　　"因为你回来了。"他抿嘴，脸上一派认真，"我告诉过自己不能让你为难，可忍不住想再试一次。"

　　他想用当年想好的惊喜再给自己一次机会。

　　余晋阳一本正经地问她："你以后还会跑吗？"

　　顾昀乖乖摇头。

　　"那你有没有乖乖反省？"

　　"反省了反省了，我不该轻信别人不信你，辜负了我们俩那么多年的友情。"看着余晋阳蹙紧的眉毛，她赶忙继续说道，"还有，我不该将你让给别人，应该一直死缠烂打！"

　　原来他早就为她筹划了一场四十八小时的恋爱体验活动。

　　原来她脑海中的预警，从来不是他与别人在一起的警报，而是他与她在一起的见证。

　　余晋阳的眉头却没有舒缓开来，说道："还有呢？"

　　顾昀想不出来了。

　　"还有你趁我不在的时候，竟然找别人谈四十八小时恋爱！"

　　那个网友不就是你吗？！心中腹诽着，但她还是乖乖承认错误。

　　"知道错就好。"余晋阳俯身凑到她的耳边，声音低沉道，"你之前还欠我半个小时，本金加利息，你要不要赔？"

　　顾昀的脸又红了，道："怎……怎么赔？"

　　"赔一辈子。"

　　兜兜转转，他的愿望只有这一个，喜欢的人要一辈子抓牢。

　　他们耳鬓厮磨间，她的脑海中响起一个清脆的声音——叮！竹马恋爱成功！

鲸落

JINGLUO

文 / 璃华
图 / 猫小叶

【十里桃花】

> **作者简介**
> 璃华：作者，编剧，最近被逼婚的江南少女，文风与本人一样让人琢磨不透，时而温婉，时而妖娆，日常状态是跪着赶稿。

她爱他，所以将眼睛给了他，追逐着心里的一片海。
他也爱她，却与她错过，心里永远葬了一条鱼。

你见过深海最大的鱼吗？
激水三千以崛起，扶摇直上九万里……
可是啊，可是——
当它自断双翼，羽落成灰，它就永远只能做一条被禁锢在池子里的游鱼。
椎心泣血，却是它能留下的最后的温柔。

小鱼是被汤药的苦味给熏醒的。
睁开眼睛，熟悉的气息沁入鼻中，小鱼揉了揉惺忪的眼睛，低声唤道："飞帘？"

守在药炉前的男子微微一怔，然后飞快地来到小鱼身旁，伸手将她从床上扶起，声音带着不易察觉的温柔和紧张："醒了？"

小鱼瞪大了眼睛朝面前的男子望去，水灵灵的眼睛眨了又眨，然后叹了口气道："你在做什么？什么东西这么臭？你是想熏死我，好让我早死早超生吗？赶紧扔出去。"

看着小鱼一脸的嫌弃，飞帘收回手，方才的温柔消失不见，冷着脸对小鱼道："这是照着陶净寻来的郎中开的方子买来的药，我精心熬了半天才熬出了这么一碗，你要是不喝……"

"阿净为我找的方子？"小鱼没在意飞帘后半句说了什么，只在听到陶净这个名字后眼睛一亮，"拿过来，我喝。"

说着，她又不情愿地抱怨："你到底加了多少黄连啊？这味道……当真能苦死人！"

"陶净特意交代的，你若是有意见，找他说理去。"飞帘起身将药汤倒进碗里，然后便将那碗黑乎乎的、闻着就苦得掉泪的汤药递到了小鱼面前，简单粗暴地丢给她一个字，"喝。"

小鱼在心底将飞帘默默诅咒了一百零八遍，但飞帘既然说这是陶净弄出来的，她还是乖乖地接过汤药喝下。

她正犹豫着要问飞帘，陶净到底花了多少银子，飞帘像是洞察了她心中所想那般抢先开口，讥诮道："听说，他为了治好你的病，把娶你的聘礼都送给了那个郎中……"

"什么！"小鱼一下坐直了身子，怒气冲冲地咆哮，"哪里来的大夫，这么一碗破药就坑走了我所有的聘礼？不行，我要找那个郎中说理去！"

心底诅咒的名字又添了一个，小鱼捧起药碗直接一口喝了个精光，然后飞快地扯过外衣披上。

阿净为了治好她的病，几乎被那个郎中坑得倾家荡产，幸好她刚才没使性子摔了药碗，否则阿净的银子就白花了。

别说那碗里的是黄连，就算是鹤顶红，她也得喝。

滚烫的药汁被小鱼一口灌下，她却像是没有半点知觉，一边穿衣服一边吐着舌头抱怨："这么苦的药，舌头都被苦麻了。"

飞帘嘲讽地一笑，眼底有一丝痛苦一闪而逝，嘴上却依然讥诮："说得好像你真能尝出来苦味一样，你的味觉都消失多少天了？看你刚才一口灌进去的爽快劲，怎么没把你的喉咙给烫坏？"

这药方本就是为了刺激她的舌头，希望能找回她的味觉。

她从小身体就差，大部分的时间都养在屋子里。在海神的惩罚实行之后，她就尝不出任何味道了……

"我不跟你小子一般见识。"清甜的声音打断了飞帘的思绪，小鱼的眼睛眨啊眨的，像是把整个星空都装在里面，飞帘目光一顿，但小鱼已经抬脚朝门外冲去，"我去找那个郎中！没有聘礼，阿净怎么娶我过门？原本说好了他下个月就来娶我的！"

声音还没落，人就已经没了踪影，可她在越过飞帘的时候，一下就撞翻了屋子正中那小小的药炉。那含着飞帘所有心血的药罐啪的一声摔了个粉碎，里面的药汁洒了一地，蹿起了一股热腾腾的白烟。

飞帘原是想抓住她的，可她的身影轻盈得像穿花蝶翼，浮光掠影般消失在他面前。飞帘缓缓地走到那一片狼藉前，弯下身子捡起了一片带了丝血渍的残片，眼底的痛苦再也掩饰不住，白净的脸上也多了些猖狂的戾气。

阿净，阿净，你的心里只有阿净！

他狠狠地将那碎片摔在了地上，脑子里却想起了白音之前说过的话……

白音说——

"不只是味觉，她更早失去的其实是视觉和触觉。她的眼睛早就看不见了，而她的身体也几乎变成了朽木，什么都感觉不到了……"

雀离湾背靠北荒大海，方圆百里只有这么一个渔村，满打满算也不过几十户人家。

小鱼冲出家门后就径直朝一个方向跑去，腥咸的海风送来一股熟悉的味道，她能认出，这是陶净身上的气味，像阳光一样温暖，如海风一般和煦，是她最喜欢的气息……

"哎？阿净？"然而，当小鱼跑到海湾边最大的礁石前，模糊的视线中只有一个朦胧的影子，先前那股无比熟悉的气味反而消失不见了。

她放慢了脚步朝前走去，一脸狐疑地望着礁石上的影子问："你是谁？"

"小鱼。"温和的声音传来,那人转身,影子开始晃动,气息也逐渐转浓,显然正朝小鱼走过来。

听声音,他应该是个很年轻的男子,身上的味道也很干净。

嗯,凡是带着她不讨厌的气味的男子,一定都是好人。

小鱼站定在原地,甜甜一笑,清澈的眼睛里水光幽幽:"你认识我?"

"小鱼。"男子又唤了她一声,"坐下,你的腿在流血。我叫白音,是飞帘找来为你治病的郎中。"

"飞帘?"小鱼随意地坐在地上,瞪大了眼睛,惊讶地问,"找郎中来给我瞧病的不是阿净吗?"

说着,她突然反应过来,一把揪住面前男子的衣领:"原来你就是那个郎中!说!你到底坑了我们家阿净多少银子?"

白音微微一怔,重复:"我不认识阿净,寻我来给你看病的是飞帘。"

他将小鱼小腿处的裙摆撕开,露出了里面寸许长的伤口,那伤口像是婴儿张开的小嘴,正汩汩地朝外冒着鲜血。

白音淡然地从一旁的担子中取出伤药为她止血,问:"感觉不到疼?"

"嗳……你轻点!"鼻尖嗅到了血腥味,小鱼立刻配合地叫了一声,然后戒备地瞪着白音,"先说好,这是你主动为我包扎治伤的,我可没银子给你!"

说着,她又美滋滋地一笑:"我的银子都攒下来当嫁妆了,一个多余的铜板都没有!"

她甜甜的笑容像是北海初起的朝阳,能将人心里的所有的阴霾都驱散,连海风都显得温柔了几分。

白音的手微微一顿,突然问:"小鱼,你知道现在的雀离湾变成什么样了吗?"

"雀离湾?"小鱼闻言一愣,皱了皱眉头后回答,"大离国的海上明珠啊。"

她神情惬意地往背后一倒,就这么随意地躺在了海沙上,眯着眼睛轻笑:"北荒最美的海上瑰宝。天是蓝的,水也是蓝的,每日的阳光都是暖的……"

她勾着嘴角对白音说:"你知道这是为什么吗?"

她眼前突然闪过一个画面,像是根植在她脑海里的记忆,也像是她等待已久的未来——

雀离湾,大离国与北荒交界处的一个渔村。因为村民离群索居,海湾的形状又极像一只即将展翅的雀鸟,所以,这个地方就叫雀离。

这里原本是大离最为贫瘠的地方,因为背靠着北荒,只能望见无垠的海水,四周的土地又寸草不生,村里稀稀落落的几十户人家就只能靠海吃海。在海浪的肆虐下,村民过着朝不保夕、食不果腹的日子,出海还经常冒着被海浪倾覆,永远葬身在雀离湾底的危险。

村长的儿子陶净曾指着海水发誓,若是海神能让雀离湾的村民脱离贫困,避过海浪潮汐的肆虐吞噬,他愿意终身不娶,侍奉海神。

那时候,同样年少的飞帘嘲笑陶净:海神就算想要个玩伴,也会选个千娇百媚的美女,你一个上蹿下跳的傻小子,送到海神面前也只会被嫌弃,说不定还会让海神大发雷霆,一个浪头就吞了雀离湾。

幼时的陶净已经一副倨傲的样子,他不服气道:"谁说海神一定是男的,海神就不兴是个女的?就小爷这长相,一定把海神迷得七荤八素,每天都给咱们扔十斤海鱼到岸上。"

这话碰巧被路过的村长,陶净的亲爹陶叔听到,蒲扇般的大手就朝陶净脑门上扇去,夹带着他的呵斥声:"贼小子,竟敢拿海神开玩笑,明天出海就把你扔海里祭神!"

小鱼在一旁咯咯直笑,仰着明媚的小脸,眼睛一眨不眨地看着飞帘和陶净。直到现在,小鱼想起儿时的过往,还是会满脸怀念地感叹一声:"年轻真好啊。"

年幼无知,没有烦恼,哪怕生活贫苦,也不懂什么叫痛苦。

记忆里,那时候的日子真是极好极好的,虽然艰难贫穷,却简单干净,像是海上明珠般熠熠发光。

她记忆中的雀离湾就是这么美好,也该永远这么美好。

如今有白音这个外人在,小鱼一脸骄傲地重复:"雀离湾是大离国的海上明珠,是北荒最美的海上瑰宝。"

"小鱼。"冷冰冰的声音从小鱼身后传来,打断了她的自吹自擂。

白音看到来人后对他微微点头,然后低声说:"小鱼,这片海已经死了。它已经不是你记忆中的雀离湾了。"

说完,白音就挑着担子转身离去。

一阵细微的摇铃声传来,拨动了小鱼的心弦,小鱼又是一怔。待身后的影子靠近,熟悉的气息将她环绕,她突然凶巴巴地转头,一把攥住来人的衣服:"飞帘,白音是什么意思,什么叫这片海已经死了?"

她转头望向前方,嘀咕道:"雀离湾怎么会死呢……"

"小鱼。"飞帘弯腰将她的裙摆拉好,脸上的表情很冷,"你是从什么时候看不见的?"

小鱼像是触电般把手缩了回去,冷哼了一声道:"什么看不见?"

"你的眼睛。"飞帘不像白音那样温柔,更不像小鱼记忆中的陶净一样有耐心,他冷冷地看着小鱼,毫不客气地说,"你的眼睛,其实从小就看不见吧。"

说完,小鱼还没有什么反应,飞帘自己的心先抽痛了一下。

为什么没有发现呢?看着她那双虽然看不见,却仍旧水灵灵又会说谎的眼睛,飞帘在心里问自己。

她行动如常,总能准确地"认出"他们所有人,于是,这雀离湾几十户人家一百来口人,竟然没有一个人发现,原来她的眼睛从来都是看不见的。

她总是笑得那样开心,见到谁都像个小太阳一样。可这样单纯干净的一个姑娘,不但时常生病,身上还带着一个永远的缺陷。

可她却从来都没有在意过,从来都是笑得没心没肺,心底眼里只装着一个陶净。

阿净,阿净……

飞帘心底蓦地涌上了一股怒火。

她就不知道难过,不知道疼吗?

不过也是……

白音说过,小鱼根本不知道什么是疼,因为她也失去了知觉,否则不会连腿被撞得鲜血直流也没有发现。

小鱼仍旧睁着一双水灵灵的眸子望着他,那双眼睛清澈干净,却映不出任何影子……

"你什么时候知道的?"小鱼见飞帘都把话说到这个份上了,心里知道瞒不住了。

"其实也不是看不见,就是只能看到模模糊糊的影子。小时候有段时间喜欢晒太阳,所以总是盯着太阳看,大概是那时候晒伤了吧。"小鱼漫不经心地回答,仿佛眼睛看不到根本不关她什么事儿,她就这么若无其事地告诉飞帘,然后又突然狠狠道,"不许告诉阿净!"

"怎么,你怕他嫌弃你?"飞帘习惯性地勾起嘴角,脸上讥诮的表情一如既往。

可惜,小鱼看不见。

所以,她依然笑眯眯地回答:"对啊!阿净是咱们雀离湾最完美的男子,他自然要配最美好的姑娘。要是他知道我的眼睛看不见,他不娶我了怎么办?"

她美滋滋地掰着手指开始算:"还有一个月,再有一个月,我就能过门了呢。"

少女美好的俏脸上满是憧憬,映在飞帘的眼中却无比刺目。

"小鱼!"飞帘湛蓝的眼底突然闪过一丝阴狠,他一把攥住了小鱼的肩膀,将她的脑袋扳向了自己,"陶净不会娶你的。"

小鱼目光一滞,身体也微微一僵,飞帘的冷笑传入了她的耳中:"你若是看见雀离湾如今变成了什么模样,你就知道陶净为什么不会娶你了。"

少年诡异的笑声在空中回荡:"雀离湾已经死了,真的死了。天是黑色的,海水也是黑色的,海里已经一条鱼都没有了。没有海鱼,就没有了大离瑰宝蓝瑚金鲤,村子里的村民已经有一半生了怪病。海神发怒了,海神在惩罚雀离湾!很快,这个村子会彻底埋葬在北荒海底!"

飞帘蓝色的眸子里有光在闪动,像是流不出又化不开的眼泪。他捧着小鱼的脸,语气恶毒,一再重复:"你等了这么多年的陶净,他一定不会娶你的。因为他快要没命娶你了。"

小鱼一把推开了飞帘,疯了一样地朝陶家跑去。

雀离湾死了?

飞帘在说什么鬼话?

雀离湾是有海神庇佑的海上明珠,怎么可能会死呢?

十二年前,雀离湾的确是非常贫瘠的。那时候的小鱼只有两岁,飞帘和陶净也不过五六岁。

村里有好多渔民即使出海多日,也带不回半条海鱼,甚至葬身海底。村子里的老人都说这是海神的惩罚,所以要选村子里的孩子送去海里祭海神。

陶叔身为一村之长,为了避免村民们说自己偏颇,所以就忍痛带上了自己的儿子。

飞帘是个孤儿,从小就和陶净混在一起。飞帘不清楚祭海神到底意味着什么,但飞帘有一种直觉,若是陶净就这么走了,或许永远都回不来了。

于是,飞帘直接爬上了渔船,死赖着陶叔,和他们一起出了海。

诡异的是,那日的海面无比平静。

至今,雀离湾的渔民们回忆起那一日,还会觉得像做梦一般神奇。

没有海浪肆虐,没有海风咆哮,他们第一次感受到了什么叫风平浪静,顺利驶入了深海,然后——

陶净意外地跌入了水中,还抓到了一条蓝瑚金鲤。

他掉进水里却没有被海水吞没,而是浮在了海面上。

陶叔吓得三魂去了两魂半,跟着就看到陶净身边有水纹荡漾,一条通体透明的、蓝光莹莹的鲤鱼昏了头一样跳进陶净的怀里,陶净下意识地抱住,然后被陶叔连人带鱼一起拖上了渔船。

渔民们从来没见过,更没听说过有蓝色的鲤鱼,更何况,这里是北荒,是深海,鲤鱼本该活在湖泊中。

阳光一照,蓝鲤身上的鳞片散发出耀眼的光芒。渔民们顿时傻了眼,忙不迭地拿容器将那珍稀的鱼儿装好带回了村子。

然而还没等他们弄明白那小鱼到底是何物,大离国京城的使者就来了。

长长的车队,华丽的仪仗。

当朝国师亲临北荒,因为他在不久前发现帝都北面有紫气凌空,占卜显示为大吉之兆。于是,他就领了皇命亲自北上,刚好就撞见了陶净抱回了一条珍稀的蓝鲤鱼。

国师大喜,差人将鲤鱼带走,并赏了村子诸多财物,还给那小鱼取了个名字叫蓝瑚金鲤,意指那鱼儿像北海的珊瑚一样珍贵,还是鲤鱼中最为珍贵的金字品级。

从此之后,雀离湾就成了大离国的海上明珠,蓝瑚金鲤就是北荒的海上珍宝。

说也奇怪,自从那日之后,只要陶净出海,就一定能带回蓝瑚金鲤,好像这片海已经认了主人,而陶净就是海神的宠儿,注定要给雀离湾带来荣华富贵。

雀离湾脱去了贫穷的外壳,不再风雨飘摇,朝不保夕。

只要陶净能带回来海上瑰宝,交给使者送入帝都,就能换来源源不断的财富。

渔村修了大房子,渔船也越造越大,能带回来的蓝瑚金鲤也越来越多——

因为国师说了,紫气东来,国之吉兆。

只要有蓝瑚金鲤在,就代表着大离国国运昌隆,永不衰落。这蓝鲤是离国的象征,也是北荒对离国独一无二的馈赠。

雀离湾的渔民们都相信,他们是被北荒海神选中的宠儿,北荒永不会抛弃他们。

直到半年前,海浪再度汹涌,海风再不平静,北海也变得阴郁又漆黑,渔民们更是一个接着一个地病倒。

第一个出事的,就是小鱼。

心心念念要嫁给陶净的小鱼,从小就看不清楚东西的小鱼突然昏迷了整整一个月,醒来之后,便失去了味觉和触觉。

与她一起长大的飞帘,愤怒地砸了海神宗祠。自此,北荒海神就开始了对雀离湾漫长又残酷的惩罚。

小鱼气喘吁吁地跑到了陶家。

腿上的伤口因为剧烈地跑动裂开,溅落了一地的血。但小鱼看不见,更感觉不到,她站在陶家门口徘徊,思索着等会儿见了陶净要如何开口。

你为什么这么多天都不来看我?

不行不行,女孩子要矜持。身为雀离湾未来的守护人,阿净他每天都有很多事情要忙,所以我不能无理取闹让他不开心。

那就问他,雀离湾是不是发生什么不好的事了?除了我之外,是不是还有其他人生病?

……好像也不行。

她病了就已经够让人操心了,还好有飞帘照顾她,要是再问其他村民的事儿,那不就是给阿净添堵?

那到底问啥?

问他雀离湾为何会死,北海是不是真的变成了另外一种模样?

那阿净会当场被她逼疯,而且会发现她眼睛看不清东西的事实……

小鱼有些郁闷地抱着脑袋,几乎要纠结得叫出声来。

当年,阿净力排众议要娶她这个小孤女,他待她如此好,她怎么能给他添麻烦呢?

这时,一道声音从屋内传来,小鱼认得,这是陶叔的声音。

"国师给的期限还有一个月。一个月后使者过来,若是我们交不出蓝瑚金鲤,国师会屠了整个雀离湾!"

陶叔的声音很低沉,隐隐透着一股无力感。

国师位高权重,平时对雀离湾的村民表现得无比亲近,可如今翻脸比翻书还快,为了一条鱼下了死令。

如今的北海哪里还能进船?

整个渔村都快被海浪吞噬掉,更何况他们这些弱小的渔民。

"那你想如何?"陶净的声音失了平日的温和,变得异常的阴冷和漠然,"雀离湾现在离灭族也差不了多少,村子里有半数的人得了怪病,左右也只剩下了最后一口气,早死晚死也没什么差别。"

门外的小鱼心中一紧,突然觉得胸口很闷,还有些喘不过气来。

这是阿净?

她记得阿净的声音,也绝不会认错阿净的声音,可阿净的气息为何突然变得如此陌生?

阴郁、压抑、暴躁的气息,与她记忆中干净温柔又和煦的男子一点都不一样。

"把飞帘叫过来!"陶叔的咆哮声继续传出来,"让他出海!当初是他毁了海祠的!既然如此,他就得出海去给我找鱼!"

"飞帘?"陶净冷然一笑,"飞帘一心要照顾小鱼,死都不愿意出海,你敢强迫他把他扔进北海吗?若是飞帘真的死了,雀离湾哪还有半点活路!"

"那你说怎么办!"陶叔的咆哮声越来越大,"国师原本允诺过我们,只要我们能熬到大离收复南荒,雀离湾的所有渔民都可以迁入帝都,你也可以入宫给公主做驸马!要是找不到蓝瑚金鲤,雀离湾就真的完了!"

陶净的声音突然也拔高了几度,还带了一丝绝望:"如何?等死!飞帘不是说了吗!北海已经死了!已经死了!我们的梦也该醒了!"

说完,一阵衣服的摩擦声响起,陶净拉开门就冲了出来,刚好撞到了静立在门口的小鱼。

小鱼的脑中一片空白,她没有想到会这样与陶净相见。

陶净一时间也有些怔然,他看着小鱼的表情很冷,也没有伸手过来扶她的意思。

小鱼的心底再度如撕裂般的疼。她抬头看着面前的影子,半晌后,努力扯开了一抹笑容:"阿净,你什么时候娶我呀?"

她其实想问:阿净你到底怎么了?雀离湾到底怎么了?

可她开口说出的话却变了一个味道,她听到自己没心没肺地问:阿净,你什么时候娶我呀……

她听到陶叔说阿净要入宫,说阿净要娶公主。

可阿净当年明明说要娶她的啊。

那时候的阿净,如阳光一样的阿净,站在雀离湾的海岸边拉起她的手说:"小鱼,我们从小一起长大,以后就由我来照顾你。等你十五岁及笄的那天,我就娶你,你一定会成为比蓝瑚金鲤还要好看的新娘子……"

可如今的陶净眉心紧锁,看着小鱼的目光中满是痛恨。

都是因为她,飞帘才拒绝出海并毁了海祠。

都是因为她,海神才发怒,毁了雀离湾。

如今所有人都惶惶不可终日,她竟然还能笑得出来?

陶净望着小鱼,露出了讥讽的笑容:"小鱼,我永远都不会娶你,你都快死了,就别再跑出来给人添堵了。"

小鱼病倒了。

她这一病,又病了大半个月。这大半个月来,她一直都昏迷不醒,嘴里呢喃着什么。

飞帘衣不解带地照顾小鱼,急得脾气更加暴躁,不管见谁都会刺上几句。

白音还在渔村没有离开,飞帘之前火急火燎地将他请来,他却只说了一句小鱼没病,当她愿意醒过来的时候,自然会清醒。

飞帘气得差点对白音动手,恰逢陶家父子又过来找碴,飞帘便赶走了白音,把陶家父子拦在了门口。

"飞帘,再有几日,宫里的人就要来了,你还是不愿意出海?"陶叔的脸色黑得像锅底,可惜飞帘半点面子都不给,只冷冷地笑了笑,扔给他两个字:"不去。"

刀锋般的眉紧紧地拧着,飞帘的心底满是焦灼。

小鱼为什么又晕倒了?

虽然她身体不怎么好,但他这些年一直很细心地帮她调理,之前白音给她看过身体,也说她根本没有病,而是沉醉在梦里不愿醒。

梦?小鱼的梦……

飞帘的脸色又是一沉,修长白皙的手指掐进了掌心。

他当然知道小鱼的梦是什么,小鱼做梦都想嫁给陶净!

此时,陶净阴着脸往前走了两步:"村民们已经变成这样了,你真能袖手旁观、不闻不问?"

飞帘露出了惯有的讥诮表情,双手环胸,背靠着房门:"他们死不死跟我有什么关系?"

"是你把雀离湾变成这个样子的!"陶净暴躁道,"当初若不是你砸了海神宗祠,北海海神就不会抛弃雀离湾!村民们不会生病,海风也不会肆虐,都是你!都是你的错!"

"那又如何?"飞帘笑得无比快意,脸上的表情无比倨傲,挺拔的身姿如同逆着海风的苍鹰,"如今北海已经死了,海里也没有了蓝瑚金鲤,甚至没有任何海鱼了!等雀离湾的人也死绝了,这里就会彻底变成北荒!"

飞帘眼睫一垂,脸上带着深深的不屑与鄙夷:"有种你们现在就把我扔到海里,否则就滚得越远越好!"

陶叔眼睛一眯:"飞帘,你莫不是忘了谁把你和小鱼养大的?"

飞帘冷笑一声:"那你是不是忘了,当初找到蓝瑚金鲤的到底是谁!又是谁硬拉着我出海,想让我顶替他儿子祭神的?"

说完,飞帘转身进了屋子,将门重重地甩上。

屋内弥漫着浓浓的药香,明明还是白日,却暗沉得仿佛再也不会亮起的永夜。

没有小鱼的笑容,雀离湾的一切都变得无比的阴暗,寻不到半点生机。

飞帘像是战败的将军,卸下了满身的伪装,靠着门悄无声息地滑落在地上。

修长的手指遮挡住视线,有什么晶莹的东西啪的一声坠落在地,然后,飞帘突然听到了细碎的脚步声。

面前罩下了一小片黑影,熟悉的气息慢慢靠近,他面无表情地抬头,看到了一脸茫然的小鱼。

她不知何时已经醒来,睁着一双懵懂的眸子在他面前蹲下,脸上的表情带着一丝惶恐:"飞帘,是你砸了海神宗祠?"

她的声音有些颤抖:"还有……当初把蓝瑚金鲤带回来的不是阿净?"

飞帘一把将小鱼拽进了怀里。

她的身子小小的,软软的,似乎稍微用力就会折断。

缺了一块的心被怀中密实的柔软填满,飞帘顿时又露出了倨傲的笑容,满不在乎地回答:"是啊,是我砸了海神宗祠。"

门外突然有凌乱的脚步声传来,飞帘皱了皱眉头,心底升起了一丝不祥的预感。

他抱着小鱼想起身,但小鱼却攥紧了他的衣服问:"为什么呀?"

她的声音带了一丝哭腔,脸上也带着深深的不安与紧张,这还是他第一次见到她这种快哭出来的模样。

飞帘桀骜的表情立刻软化成了似水般的温柔:"因为我不想出海了。"

为什么要砸了海神宗祠?

因为小鱼生病了。

雀离湾因为一条蓝瑚金鲤变成了海上明珠,从此之后,渔民们就将所有的心血都耗到了这种鱼上。

他们日复一日出海,日夜不停地寻找,起初只是为了谋生,后来就变成了满足他们的贪念。

蓝鲤已经变成了大离国的一种象征,圣上打赏要蓝鲤,贵人们攀比要蓝鲤……

各种各样的海鱼被渔民们打捞回去,然后他们在鱼群中翻找蓝瑚金鲤。可蓝鲤本就是稀有之物,北海又哪里经得起他们夜以继日地索取?

小鱼的身体就是从那时候开始越来越虚弱的……

慢慢地,蓝鲤由一日一条变为一个月一条,直到渔民们再也找不到蓝鲤。

渔民们不死心,将一条条海鱼的肚子剥开,丧心病狂地搜寻蓝鲤的踪影,再把死去腐臭的海鱼扔回北海,到今日——

北海不但没有了蓝鲤,也再捞不出半条海鱼了。

北海死了,汹涌的海浪再度出现,飞帘的脑海中突然涌起了一个念头。

他们触怒了海神,北海也抛弃了雀离湾,那么第一个遭殃的,一定会是小鱼。

因为,找到蓝鲤的,带回来蓝鲤的,从来都不是陶净,而是飞帘。

而这些年来,飞帘从未在意过任何人,唯一抛不下的只有和他从小一起长大的小鱼。

他性情乖戾,村民们没有一个待见他的,只有小鱼会没心没肺地对着他笑,而她身体不好,他也习惯了照顾她。

那一日,小鱼呼吸微弱,看着像随时要断气,但陶叔等人却还心心念念着让飞帘出海,他一怒之下就直接砸了海神宗祠。

他认定小鱼生病是海神的惩罚,而一切的起因就是蓝鲤。

既然海神的惩罚已经到来,那索性就让神的惩罚来得更猛烈一些。

雀离湾早已经不是以前的雀离湾了,他们每个人都罪孽深重,尤其是发现蓝瑚金鲤的他。

也是从那个时候起他才明白,原来最锥心的惩罚不是夺去你的所有,而是让你看着自己唯一珍爱的东西日渐毁灭。

若是小鱼逃不过此劫,那他还活着干什么?

如果他知道那条鱼会把雀离湾变成现在这样,那十二年前他还不如死在北海。

飞帘有一阵恍惚……

若是那个时候他死了,小鱼就不会变成这样,她应该早就嫁给陶净了吧。

心底涌起撕裂般的疼,门外嘈杂的咒骂声越来越清晰。

轰——

一声巨响突然从他背后传来,有什么东西重重地砸到了门上。

飞帘反应颇快地抱着小鱼一闪,翻身挡在了小鱼上方,而他身后的木门也在一瞬间碎开,直接朝他砸下。

"飞帘?"小鱼惊得脸色发白,飞帘沉着脸扶着小鱼站起来,将小鱼拉到了自己身后,一脸阴鸷地看向门外。

渔村富裕起来之后,家家户户都修葺了房屋,唯有飞帘的住处和以前一样破旧。

此时,门外站着全渔村的村民,他们正透过破烂的门扉仇恨地瞪着飞帘,将数不清的谩骂指责扔给飞帘。

"飞帘,你怎么可以如此自私?"

看不清是谁的脸在眼前晃动,小鱼只能透过重重叠叠的影子感觉到一股股令人窒息的抑郁气息扑面而来。

"村子里有半数的人生了怪病,这都是你害的!你还要害我们到什么时候?"

"使者再有几天就来了,如果找不到蓝鲤,大家都会被处死,你就是这么报答我们的?"

"嘀,忘恩负义的畜生,就该把他扔进北海去祭海神!"

"对,把他扔进北海!"

小鱼听得脸色发白,她突然伸手将飞帘往后一扯,挡在飞帘面前叫道:"你们怎么可以这样对飞帘!"

她一脸伤心地摇头:"雀离湾以前不是这样的……大家以前也不是这样的……"

飞帘环住小鱼摇摇欲坠的身体,一脸戾气地对村民道:"你们——"

"小鱼。"陶净的声音打断了飞帘的话。小鱼飞快地抬头,嘴角颤动,轻唤了一声:"阿净……"

她听到陶净低笑了一声,冷漠的嗓音传入她的耳中:"既然海神的惩罚是从你开始的,飞帘也是因为你才毁了整个雀离湾,要祭神,那也该从你开始……"

"陶净!"飞帘的脸在一瞬间因愤怒而扭曲,蔚蓝色的眼睛因气极充血而隐隐发红。

飞帘上前一步就要动手,小鱼却一把将他拉住。

飞帘愤恨地甩开了小鱼的手,怒道:"你到现在还要护着他?"

小鱼扯开了一抹笑,对飞帘摇了摇头,飞帘满心的怒火在一瞬间被浇了个透心凉,脸色铁青地望着小鱼。

半晌后,飞帘低下头嘲讽地一笑:"随便你吧。"

早知道小鱼的心里没有半点他的位置,他又何必计较她此时的态度。

她的眼里从来都只有陶净,小小的一颗心里也只装了一个陶净。

他不过是因为寂寞,因为在这个渔村里格格不入,这么多年来已经习惯了照顾小鱼,所以才会嫉妒陶净,将小鱼理所当然地看成自己的所有物,也因此变得越来越乖戾,对小鱼的态度也越来越恶劣。

如今渔村都快没了,他还有什么好计较的,就由着小鱼喜欢陶净又如何?

"飞帘……"

软软的小手抚在他的脸上,小鱼清甜的声音缓缓响起:"你是不是喜欢我啊?"

飞帘瞳孔一缩,四周也瞬间安静,陶净脸色铁青地望着小鱼,而飞帘则愕然地抬头,对上了小鱼那双清澈无比的眸子。

飞帘只觉得脑袋发蒙,一时间竟不知道该如何回答小鱼。

她向来这么可恶,总会在不合时宜的时间做出一些出乎人意料的举动,但她那双会撒谎的眼睛,却总能浇灭他心头的怒火,让他在喜欢之余只剩下酸涩。

"小鱼!"

陶净愤怒的声音传来:"你我尚有婚约在身,你却跟飞帘说这种话?"

"婚约?"飞帘立刻嘲讽地骂了回去,"你心里何曾有半点小鱼的位置?小鱼是跟我一起长大的,你不过是看我喜欢小鱼,所以想把小鱼留在身边绊着我,这样就能长长久久地利用我寻找蓝鲤。"

飞帘将小鱼紧紧地抱在怀中,愤恨地对陶净道:"你若是对小鱼有半点关心,何以她病了这么多天,你都不管不问!又有哪个正常的未婚夫会像你这样,由着她跟另外一个男子生活在一起!"

飞帘字字诛心,每说出一句话,小鱼的脸色就白上几分。

他低下头,直视着小鱼的眼睛,冰冷的嗓音似要穿透小鱼的心,也想砸醒她的美梦:"小鱼,你的确是瞎了眼、蒙了心,才会喜欢上这样一个人。他们只想借着蓝鲤入帝都做贵人,陪着你、照顾你的人一直都是我!可是你永远都看不见……"

"飞帘……"小鱼的眼里有泪水溢了出来,"你为什么不告诉我啊……既然你喜欢我,为什么你这么多年从来都没有说过?"

她的心很小,小到只能装下一个人。

很小的时候,她就认准了陶净,所以她自然不会再去看其他的男子。她的眼睛看不见,就只把所有的心思都耗费在记住陶净的气息,记住陶净的喜好,所以她才忽略了飞帘。

如今听到飞帘椎心泣血的指控,小鱼才猛然惊觉,这些年来,在她身边陪伴的人其实一直都是飞帘。

心很痛,前所未有的痛,痛到几乎要将小鱼的心撕裂,又带出一丝前所未有的惶恐。

小鱼心底有一个声音在咆哮,似乎有什么东西一开始就错了。

小鱼本能地抓紧了飞帘的衣袖,努力地睁大眼睛想看清飞帘的长相和表情。可不管她如何努力,眼前飘荡的都只是朦胧的影子,以及飞帘那乖戾中似乎透着些温柔伤痛的气息。

"为什么?"飞帘露出了一抹惨笑,他抬手覆上了自己蔚蓝色的眼睛,"因为我根本没有资格对你说喜欢,我的命早已经卖给了北海。小鱼……是我害了你。你会生病,会看不见,甚至失去味觉和知觉,全都是因为我……"

十二年前,雀离湾寸草不生,贫瘠穷苦,飞帘和陶净为儿时玩伴,曾在海岸边有这样一段对白——

陶净说:"若是海神能让雀离湾的村民脱离贫困,避过海浪潮汐的肆虐吞噬,我愿意终身不娶,侍奉海神。"

飞帘闻言,不屑地嗤笑:"海神就算想要个玩伴,也会选个千娇百媚的美女,你一个上蹿下跳的傻小子,送到海神面前也只会被嫌弃,说不定还会让海神大发雷霆,一个浪头就吞了雀离湾。"

陶净不服气地反驳:"谁说海神一定是男的,海神就不兴是个女的?就小爷这长相,一定把海神迷得七荤八素,每天都给咱们扔十斤海鱼到岸上。"

碰巧路过的村长陶叔听到这番话后,立马呵斥陶净:"贼小子,竟敢拿海神开玩笑,明天出海就把你扔海里祭神!"

陶叔揪着陶净的耳朵就朝陶家扯,陶净一路哀叫,陶叔还是怒骂不止:"你当真想被扔到海里去祭神!"

陶净小声讨饶:"爹,我错了,北海那么黑,浪又那么大,儿子还要孝顺您,让您颐养天年呢。"

飞帘望着两人远去的背影,桀骜不驯地扯了扯嘴角,不屑地骂了一声:"胆小鬼。"

可当飞帘回头望向北海时,他乖戾的眼神中透出了一丝温柔,他低声说:"若是海神真要玩伴,把我这个无父无母的孤儿带去也不错,吃香的,喝辣的,总好过寄人篱下、受人白眼。"

海风吹走了他几不可闻的低喃:"那样,雀离湾的村民就能承北海恩泽,无病无灾地活下去了吧……"

几日之后,陶叔带着陶净和飞帘出海,飞帘无意中掉入了北海,却被海浪温柔地托起,怀里还抱着一条蓝珊金鲤。

不仅如此,当飞帘回到雀离湾,他的眼睛就变成了海一样的湛蓝色。

飞帘一直都深信,北荒大海真的有海神,她听到了自己的祈祷和呢喃,这双蓝色的眼睛就是契约的铁证。

从那一刻起,他的生命再也不属于自己,而是属于整个北海的。

海神如约给了他馈赠,让村民们得到了荣华富贵,那他必然是要付出代价的。他孑然一身,等待海神的召唤。

然而,他却喜欢上了小鱼。

十几年来,他陪着小鱼长大,看着她心里、眼里只有陶净,却从不敢开口阻拦,更不敢为了自己去争取,因为他知道自己根本没有资格。

虽然后来他对村民的贪婪深恶痛绝,但只要一想到小鱼,他还是会木然地上船出海,带回蓝鲤交给陶净,并看着陶家把陶净捧成了北海神子,将所有的功劳都归在了陶净的身上。

因为他飞帘不过是个孤儿,陶净却是村长的儿子,又是小鱼喜欢的男子。

飞帘不在乎那些虚名,只在乎小鱼会不会开心平安。可他万万没有想到,哪怕是不着痕迹的心动与守护,也会给小鱼带来灭顶之灾。

"终于承认这一切是因为你了?"陶净的声音打断了飞帘的思绪。

一众村民咄咄逼人地看着飞帘:"嘀,本来就是他的错。看他长的那双蓝色的眼睛,妖里妖气的,村子变成这样,不是他害的还会有谁?"

"是啊,当年咱们出海时风平浪静,唯独他一个人掉进了海里。他一定是背着我们犯了什么禁忌,那双眼睛就是证明!"

小鱼身体猛然一震,飞快地抬头瞪向飞帘:"飞帘!"

她一把扣住飞帘的肩膀,指尖几乎要掐入他的肉里:"他们说……"她的声音一直在发抖,"你的眼睛是蓝色的?"

飞帘对小鱼低声一笑:"是啊……"

蓝色的眼睛,他曾无比庆幸也无比痛恨的眼睛。

这双眼睛对他来说到底是北海的馈赠,还是北海的诅咒,他现在已经没有力气去计较了。

飞帘握紧了小鱼的手,面无表情地对陶净等人说:"我这就出海。"

雀离湾上刮起了狂肆的海风,北荒尽头有惊雷响起,张牙舞爪的闪电劈开天幕,引得下方的村民一阵瑟缩。

飞帘站在岸边,身后是肆虐的海浪和一条小小的渔船。

海水打湿了他和小鱼的衣衫,衬得两人无比狼狈,他抬手摸了摸小鱼的脑袋:"留在家里,你的病会好的。"

或许北海的惩罚不过是海神的呼唤,告诉他到了他回报北海的时候。

只要他如约沉寂于海中,村子里的灾难就会停止……

他不在乎那些村民会如何,他只在乎小鱼能不能安稳地活下去。

小鱼一直默默地跟在他身后,微垂着脑袋,看不清脸上的表情。他看着这样的小鱼,只觉得心痛,却又有些释然。

"小鱼,以后别再没心没肺地傻笑了。"飞帘轻叹口气,"你该学着一个人长大了。"

他微微咬咬牙,放开小鱼的手就要转身,但小鱼却飞快地攥紧了他的袖子,问:"飞帘,你喜欢雀离湾吗?"

飞帘有些怔然地回头,小鱼依然低垂着脑袋,他有些恍惚地望向后方的北海,轻声回答:"喜欢……"

他记忆中的雀离湾其实和小鱼一样美好,虽然穷苦,但没有仇恨,只有剔除贪婪后的最初的美好。

他喜欢那个时候的雀离湾,喜欢能让小鱼笑得没心没肺的雀离湾。

小鱼缓缓地抬头,脸早已经被泪水浸湿,她伸手抚向了飞帘的眼睛,笑盈盈道:"对不起,错的不是你,是我。"

一股灼烧般的疼痛从飞帘的眼睛上传来,飞帘猛然发出了一声惨叫,然后就觉得胸口传来一股大力。

他被小鱼狠狠地推倒在了地上。

身后有惊呼声传来,飞帘忍住剧痛张开了眼睛,然后就瞳孔一缩,目眦尽裂地吼道:"小鱼!"

小鱼的长发在风中飞舞,嘴边带着飞帘熟悉又喜欢的浅笑,她一半的身子已经没入了海水,在海浪的席卷下很快漂向北海深处,而她的眼睛不再清澈而空无一物,而是变成了海水般的湛蓝,还清晰地映出了他的影子。

"小鱼!"

飞帘挣扎着朝前方扑去,却被一人拽住了胳膊。飞帘回头,拉住他的人竟然是白音。

他奋力挣扎,想要把小鱼从北海中夺回来,却听到小鱼的声音被海风送过来:"飞帘,我不叫小鱼。"

飞帘脚步一顿,小鱼最后的笑容于一声轻叹中彻底消散:"我叫鲲……"

狂风顿起,整个北海被惊雷和闪电笼罩。

海浪汹涌,腾起的浪头遮天蔽日,几乎要在一瞬间把雀离湾吞没。

所有人都愕然地瞪大了眼睛,看到一条巨大的深蓝色鱼儿从北海中腾起,然后化为了一只金色的鸟,于一声呼啸后铺开了漫天的金光。

轰——

北海传来深深颤动,似乎整个北荒都要随着那一声巨响化为焦土,而后,金光散落,刚刚腾起的金鹏翎羽飞散,再度变回了湛蓝色的鱼儿,落入了北荒大海,缓缓地沉入了海底。

一切发生在瞬息之间,快得像是一场来不及抓住就消散的梦。

狂风停止,海浪平息。

北海又恢复了昔日的清澈,海岸的边缘一片金光闪烁,雀离湾的村民狂喜地看到,那被海浪推向岸边的,是数不尽的蓝瑚金鲤。

"雀离湾有救了!"陶净第一个发出欢呼,跟着,所有人都疯了一样朝海岸冲去,扑向了那密密麻麻的蓝瑚金鲤。

晴空之下,唯有飞帘一人站在原处,面无表情地看着前方的大海,还有那海中正在下沉的深蓝色影子。

"北冥有鱼,其名为鲲……化而为鸟,其名为鹏。"白音的声音传入他耳中,"国师所说的吉兆并无错处,北荒大海本就是鲲鹏的栖息之地。鲲鹏集天地灵气所生,千万年方能孕育出一只。她的出现是上天对北海的馈赠,也是对大离国的馈赠,却是雀离湾的灭顶之灾。"

鲲化飞鹏,必然引发天地异动,海浪肆虐是常态,雀离湾也必然会埋葬在北海深处。

然而,飞帘和陶净的戏言却传入了鲲的耳中,年幼且有灵性的鲲记住了飞帘的许诺,记住了他稍纵即逝的温柔,然后就有了偏执又美好的执念。

从来就没有什么海神,北海中只有心思单纯又善良温柔的小鱼。

飞帘是她无意中贪恋上的一个梦,她只看到了模糊的影子,却想将那影子抓在手里,于是她将自己的眼睛送给了那个小小的少年,将心底的大海藏在了少年的眼睛里,希望那双眼睛能将自己带到他的身边。

雀离湾多了一个叫小鱼的姑娘,她将一片片鱼鳞化为蓝鲤,养育了整个雀离湾的村民。即便她日渐憔悴、五感渐失,她依然追逐着自己心里认定的温暖。

她以为许诺陪伴她的人是陶净,她也感觉到了陶净的温雅柔和与体贴暖心。

虽然她的心早已认出了飞帘,缘分也将她和飞帘绑在了一起,但她失去的眼睛却蒙蔽了她的心,让她与飞帘一错十二年。

飞帘,你既然喜欢我,为什么不告诉我呢?

她在那时候也问过自己:为什么我喜欢的不是飞帘?

直到现在她才明白,原来她喜欢的一直是飞帘……

北海的阴霾消失了,那堆积的蓝鲤也足以解决雀离湾的困境,让他们免于离皇判的死罪。

白音将手伸进海中,握着一片金色的翎羽递给了飞帘。

飞帘已经在这海岸边站了无数天。

"化鹏要消耗无数生气。小鱼这些年为了满足村民的贪念,几乎耗尽了心血,用尽了力气。化鹏的日子逐渐到来,她自然会无意间夺走村民的生气,所以他们才会昏迷不醒,形如槁木,逐渐死亡。你把这些翎羽分给村民,他们的怪病自然就会好。"

飞帘木然地转头看向白音,突然伸手将那金翎夺下,然后狠狠地扔进了海里:"凭什么?"

他冷冷地一笑,眼底的乖戾比以前更甚,指着平静的北海笑道:"小鱼已经不在了,他们凭什么还活着?"

他飞快地跳下礁石,伸手去推岸边的渔船。他抬头朝北海望去,似乎还能看到沉默的巨大残影。

一股海风轻轻吹来,拂过飞帘的脸庞,飞帘手一顿,嘴角一扬:"小鱼,你等我。"

他用力将渔船推进了海中,然后朝北海深处划去。

小鱼不见了,村民们也都不记得她了。

她像是一场梦,给雀离湾带来了北海的馈赠与恩赐,然后又消失得无影无踪。

只有他,因为曾烙下过属于她的印记,所以只能怀抱着过往,站在这里慢慢腐朽。

她爱他,所以将眼睛给了他,追逐着心里的一片海。

他也爱她,却与她错过,心里永远葬了一条鱼。

海面上,渔船孤影越来越远,白音望着飞帘消失的方向静立了半晌。

身后有脚步声传来,一个穿着红衣的小女孩出现在白音身边,她握着手中的金翎在他面前晃了晃:"上好的药材呢!就这么扔了,简直暴殄天物。"

白音微微一笑:"绿萝,我以前去过一个地方,听过一个故事。"

绿萝将那金翎收起,满不在乎地问道:"什么呀?"

白音回答:"在那里,鲲还有一个名字,叫作鲸。那里的人把鲸的死亡叫作鲸落。当她死去,她会缓慢地沉入海底,以自己腐朽的血骨养育整片大海,换回这片海中所有的生灵,让大海得到重生。这是她能留给北荒的……最后的温柔。"

绿萝微微皱眉:"小鱼死了吗?"

白音摇头:"她在北海,一直都在。"

"那飞帘呢?"

"飞帘啊……"白音的声音被海风吹远,"他永远都在鱼的梦里。"

PRODUCER

出品
大周互娱

脑洞言情 MOOK《两个人》

总策划　周政
总监制　杨翔森　曾筱佳
项目策划　大周互娱·图书
项目总监　猫懒懒
责任编辑　钟一丹
特约编辑　姜虹羽　杨珍
封面设计　袁芳
版式设计　刘春瑶
封面绘制　潘冉
插图绘制　Nutdream

重磅推出

图书在版编目（CIP）数据

两个人. 第一辑，超能恋爱 / 宋小君等著. -- 武汉：长江出版社，2018.5
ISBN 978-7-5492-5722-5

Ⅰ. ①两… Ⅱ. ①宋… Ⅲ. ①短篇小说－小说集－中国－当代 Ⅳ. ①I247.7

中国版本图书馆CIP数据核字(2018)第077109号

本书著作权由大周（贵安新区）互动娱乐文化传媒有限公司合法享有。由大周（贵安新区）互动娱乐文化传媒有限公司正式授权长江出版社，在中国大陆地区出版中文简体版本。未经许可，任何单位、个人不得以任何方式复制或抄袭本书部分或全部内容。

两个人第一辑：超能恋爱/宋小君等 著

出　　版	长江出版社
	（武汉市解放大道1863号　邮政编码：430010）
出　　品	大周互娱
	（湖南省长沙市开福区芙蓉中路一段288号　邮政编码：410000）
项目策划	大周互娱·图书
市场发行	长江出版社发行部
网　　址	http://www.cjpress.com.cn
责任编辑	钟一丹
封面设计	袁芳
印　　刷	长沙鸿安印刷有限公司
版　　次	2018年5月第1版
印　　次	2018年5月第1次印刷
开　　本	710mm×1000mm　1/16
印　　张	16
字　　数	310千字
书　　号	ISBN 978-7-5492-5722-5
定　　价	25.80元

版权所有，侵权必究。如有质量问题，请本社联系退换。
电话：027-82926557（总编室）027-82926806（市场营销部）